I0715155

PAS
UNE
LARME

OUVRAGES ÉCRITS PAR D.K. HOOD

En français

LES ENQUÊTES DE JENNA ALTON & DAVID KANE

Pas un mot

Pas une larme

Pas un cri

Pas un bruit

Pas un doute

Pas une ombre

DETECTIVE BETH KATZ

Filles fleurs

Anges d'ombres

Sombres Cœurs

En anglais

DETECTIVE BETH KATZ

Wildflower Girls

Shadow Angels

Dark Hearts

DETECTIVES KANE AND ALTON

Don't Tell A Soul

Bring Me Flowers

Follow Me Home

The Crying Season

Where Angels Fear

Whisper in the Night

Break the Silence

Her Broken Wings

Her Shallow Grave

Promises in the Dark

Be Mine Forever

Cross My Heart

Fallen Angel

Lose Your Breath

Pray for Mercy

Kiss Her Goodnight

Her Bleeding Heart

Chase Her Shadow

Now You See Me

Their Wicked Games

Where Hidden Souls Lie

A Song for the Dead

D.K. HOOD

PAS UNE LARME

Traduit par Theo Elric

bookouture

L'édition originale de cet ouvrage a été publié en 2018 sous le titre *Bring Me Flowers*
par Storyfire Ltd. (Bookouture).

Publié par Storyfire Ltd.
Carmelite House
50 Victoria Embankment
London EC4Y 0DZ

www.bookouture.com

Copyright de l'édition originale © D.K. Hood, 2018
Copyright de l'édition française © Théo Elric, 2022

D.K. Hood reconnaît être l'autrice de cet ouvrage.

Tous droits réservés. Il est interdit de reproduire intégralement ou partiellement le présent ouvrage, sur quelque support que ce soit, sans autorisation de l'éditeur.

ISBN : 978-1-83618-389-1
eBook ISBN : 978-1-83618-388-4

Cet ouvrage est une fiction. Les noms, les personnages, les entreprises, les lieux et les événements relatés autres que les faits relatifs au domaine public sont le produit de l'imagination de l'autrice ou utilisés à des fins de fiction. Toute ressemblance avec des personnes, vivantes ou décédées, ou bien des événements particuliers, serait pure coïncidence.

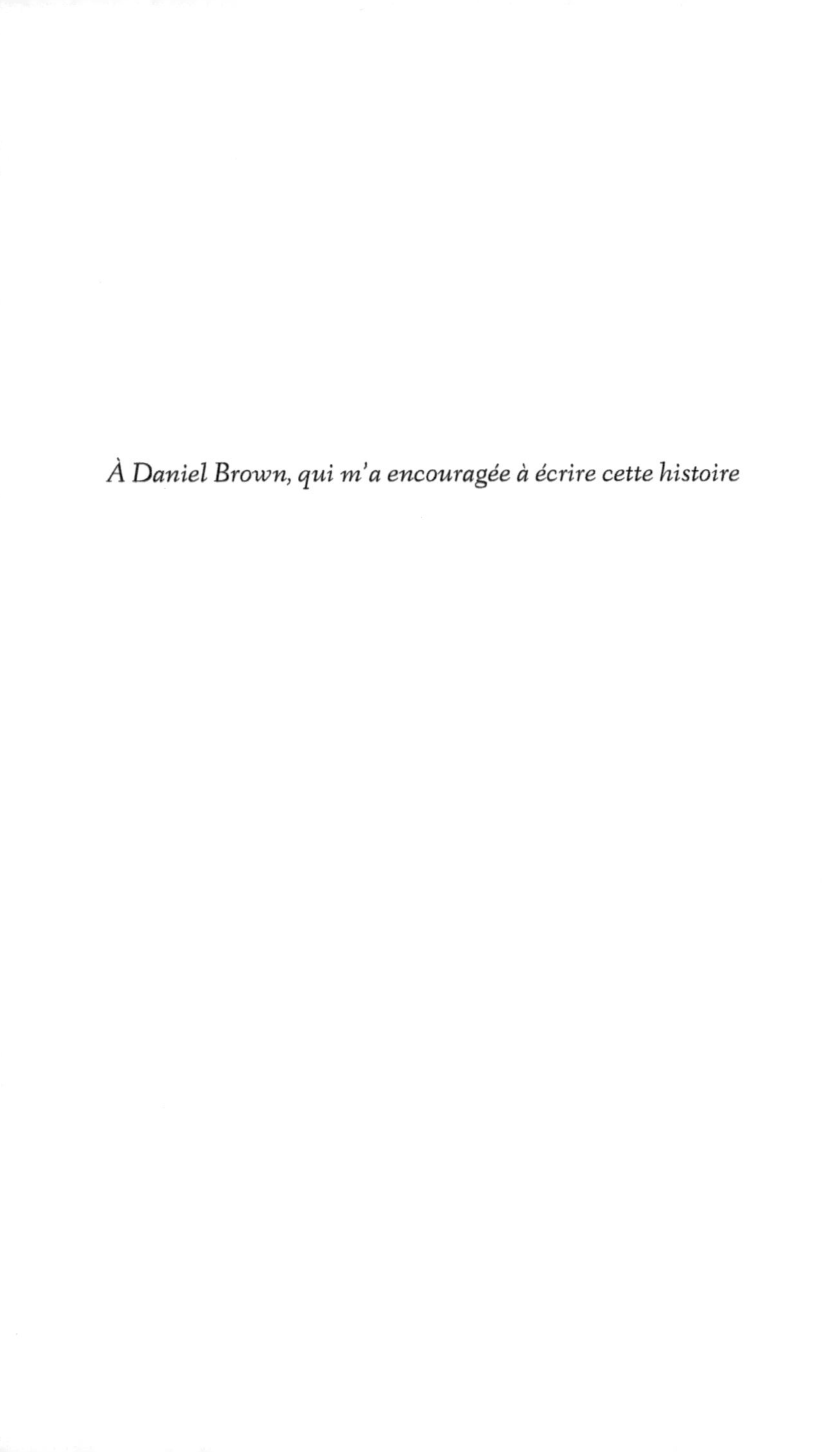

À Daniel Brown, qui m'a encouragée à écrire cette histoire

PROLOGUE

Il s'imagina à quoi elle ressemblerait une fois morte.

Bouche béante, grands yeux bruns immobiles et la sensation de cette peau jeune et lisse contre la sienne.

Son visage serait le dernier que verrait Felicity Parker.

L'idée le réjouit ; avoir ce pouvoir de vie et de mort était quelque chose qui l'excitait. Felicity crierait et le supplierait, mais en fin de compte, elle le respecterait avant qu'il lui tranche la gorge.

Il contempla les photos étalées sur son bureau des filles qu'il avait choisies, mais à cet instant précis, une seule occupait son esprit.

Il passa une main tremblante sur le portrait de Felicity. Une jolie adolescente, avec de belles formes. Cheveux noir corbeau, très longs, qu'il pourrait enrouler autour de ses doigts. Il aimait caresser la chevelure de *ses* filles, que les mèches soyeuses glissent le long de sa paume. Même dans la mort, les cheveux demeuraient intacts et il pouvait ajouter une nouvelle pièce à sa collection ; pour se souvenir du temps passé ensemble.

Il frétillait d'impatience. Une planification méticuleuse et trois longs mois d'observation l'avaient mené à ce choix. Il avait, en secret, épié leur vie dans les moindres détails. Felicity serait sa première à Black Rock Falls.

Personne ne pouvait lui échapper.

Dans l'espace confiné de leur chambre, il observait les filles se pavaner en sous-vêtements sexy, parler de garçons ou de combien elles espéraient se faire sauter par un des cow-boys de la région. Il avait vu leur manière de les aguicher, avec leurs mini-jupes et leurs *crop tops*. La façon dont elles étudiaient leurs mouvements et leurs regards, tout en sensualité, pour séduire les mâles. Que ce soit aux bornes de Wi-Fi gratuit, au magasin d'informatique qui vendait de tout, des jeux vidéo jusqu'aux bonbons, ou encore au café Chez Tante Betty, il trouvait un prétexte pour leur parler. Mais *ses* filles l'ignoraient la plupart du temps. Plongées dans le dernier jeu mobile à la mode, c'est à peine si elles levaient la tête pour manger ou boire.

Surexcité, il attrapa son sac et grimpa dans sa voiture. Plus tard, non loin de là, il s'arrêta en bordure de la forêt. Sa dernière image de Felicity : la façon dont elle avait balancé ses cheveux par-dessus son épaule avant de sourire, comme si elle savait qu'il surveillait le moindre de ses mouvements. *Les filles comme elle, ça rend plus d'un mec fou de désir.* Tellement de proies parmi lesquelles choisir. Vicieuses déjà. Avides de luxure. Il les appelait « ses » filles, parce qu'à un moment ou un autre, elles viendraient toutes à lui.

Bientôt, Felicity viendrait à lui.

Il lâcha un long soupir. *Il est l'heure de se mettre en position.* Il attrapa le sac sur le siège, sortit de la voiture et s'enfonça dans la forêt de Stanton. Il avait planifié son itinéraire avec attention, préférant un sentier de randonnée un peu reculé au chemin principal. Puis, longeant la rivière, il prit soin de marcher près de l'eau, pour dissimiler ses empreintes.

Quarante minutes plus tard, il atteignit une clairière non loin de la rive ; un coin un peu à l'écart, très populaire parmi les adolescents qui venaient se bécoter pendant les vacances d'été ;

les grands rochers plats qui allaient de la berge jusqu'à l'herbe faisant office de sièges.

Entouré d'arbres bien touffus, l'endroit était suffisamment éloigné de la route pour que personne n'entende les cris et, de l'autre côté, la montagne lui garantissait une intimité sans égale. Il aimait que les filles se débattent, qu'elles implorent son pardon. Ça ne rendait l'expérience que plus délicieuse.

Felicity arriverait par en face, de l'autre côté de la clairière ; elle prendrait Stanton Road en dépassant le lycée et suivrait son chemin habituel jusque dans la forêt. Elle serait calme et enthousiaste. Détendue. La clairière n'avait jamais représenté aucune menace, pas encore. Oh, comme il aimait imprimer sa marque sur une ville ! Grâce à lui, ce petit coin de paradis serait à jamais transformé.

La boule au ventre, il consulta sa montre. La fille serait en sueur après cette longue marche. Il se souvenait de son odeur. De cette fois où il l'avait bousculée, par erreur, au café. Ses doigts frémissaient encore à l'évocation de ce souvenir. D'avoir effleuré son bras nu. Il se ressaisit, il fallait rester concentré.

Il jeta un coup d'œil aux alentours, mais l'endroit était désert, comme d'habitude. La préparation ne durait pas long-temps, il avait donc tout le loisir de savourer la montée d'adréna-line. Il se déshabilla, puis enfila un short. Pour avoir surveillé les lieux pendant plus d'une semaine, il savait que, le matin, personne ne s'aventurait par là, à part deux gamins qui venaient pêcher, toujours à la même heure. Il avait encore une heure avant qu'ils arrivent et les ados, eux, ne se montraient pas avant l'après-midi. La plupart d'entre eux faisaient la grasse matinée jusqu'à pas d'heure, ce n'était plus à prouver.

Il choisit un rocher, proche de la rivière, mais visible depuis la clairière, où il déposerait son offrande. Et un autre, non loin de là, mais à l'abri des regards, qui servirait de table. Satisfait, se félicitant d'avoir trouvé l'endroit parfait, il dégaina une paire de gants en latex et déposa ses outils en rang, prenant soin de les avoir à portée de main. Il attacha un couteau de chasse à sa ceinture, glissa une chaussette remplie de pièces dans une de ses poches.

Ce grand rocher plat était comme une toile sur laquelle il coucherait une œuvre d'art dont tous se souviendraient longtemps. Il tremblait en vérifiant chaque détail. Il retourna sur ses pas et fouilla dans le sac pour en sortir une corde, enveloppée dans un petit paquet dont il s'échina à défaire le nœud. Il respira un grand coup, puis déroula la corde, choisit un endroit stratégique et l'attacha entre deux arbres, à hauteur de cou. Si Felicity essayait de courir, la corde l'arrêterait net. Et elle serait toute à lui.

Son sexe devenait douloureux et il vérifia une nouvelle fois qu'il avait des préservatifs dans sa poche. Puis il s'installa, se fondant dans le maillage des arbres, prêt à attendre sa proie. Un frisson lui parcourut l'échine. Il se faufilerait jusqu'à elle et elle ne l'entendrait pas. Les filles qui portent des écouteurs enfoncés dans leurs oreilles font un gibier si facile.

1

Felicity s'assit à contrecœur et engloutit son bol de céréales. Sa mère avait insisté pour qu'elle mange avant de partir rejoindre son amie. Mourant d'envie de consulter ses messages, la jeune fille poussa un long soupir. Ses parents interdisaient le téléphone portable à table et si elle ne respectait pas leur règle débile, elle était privée de téléphone et de réseaux sociaux pendant toute une semaine.

Les vacances d'été, ça voulait dire deux choses : la reprise du rodéo et l'arrivée des cow-boys les plus populaires. Lucky Briggs et Storm Crawley. Bien sûr, elle avait demandé à ses parents – les avait suppliés, plutôt – de la laisser aller au bal du rodéo. D'ailleurs, elle avait mis les bouchées doubles pour aider à la maison, pour montrer toute sa reconnaissance. Évidemment, l'idée que ses parents soient présents, à observer chacun de ses mouvements, était extrêmement gênante. Elle avait 16 ans, elle était assez grande pour y aller seule avec ses amies ! Il fallait absolument qu'elle réussisse à les convaincre.

Elle se tourna vers son père, plongé dans la lecture d'un tas de documents.

— Papa... Tu as réfléchi à me laisser aller au bal avec Aimée et Kate ?

— Tu comptes y aller avec Derick ?

Le regard du père resta fixé sur ses papiers étalés devant lui. Felicity se leva, pour aller poser son bol dans l'évier.

— Non. On s'est disputés hier soir et maintenant il ne me parle plus.

— Je ne comprends pas pourquoi tu veux y aller, répondit le père, en levant les yeux un instant.

Il la dévisagea, l'air agacé.

— Ça va grouiller de cow-boys, reprit-il et Dieu sait combien de criminels avec tous ces voyous qui traînent en ville. Je ne suis pas sûr de vouloir que tu y ailles. Pourquoi tu refuses d'être accompagnée par un adulte ?

Felicity lui lança son plus beau regard de tragédienne.

— S'te plaît, Papa. J'ai 16 ans et Aimée presque 17. Si j'y vais pas, les autres filles vont se moquer de moi. C'est juste un soir. De 19 à 22 heures. Qu'est-ce qui peut arriver en seulement trois heures ? S'te plaît, Papa, laisse-moi y aller.

— Elle a fait toutes les tâches ménagères, intervint sa mère, appuyée contre le comptoir, buvant son café. Si on la dépose et qu'on vient la chercher après, ça devrait aller, non ? Je connais plein de gens qui y vont et qui pourront veiller sur elle.

— On verra ça quand je serai rentré, conclut le père en se levant et en rassemblant sa paperasse. En attendant, n'embête pas ta mère avec ça, compris ?

— OK... Je peux sortir de table maintenant, Maman ?

— Oui, répondit la mère en souriant.

Felicity courut à l'étage jusqu'à sa chambre et s'habilla rapidement. Son téléphone se mit à sonner dès l'instant où elle l'alluma. À sa grande surprise, c'était Derick.

— T'appelles pour t'excuser ?

— Nan. Écoute, je ne veux pas que tu t'approches de Lucky Briggs. Tu ne sais pas que les filles comme toi, il les collectionne comme autant de trous à sa ceinture ? À peine partie, tu seras déjà oubliée !

Felicity rit en enroulant une mèche de cheveux autour de son doigt.

— T'es jaloux ?

— Ouais, peut-être. Dis-moi, on peut en discuter un peu ? Je passe près de chez toi dans genre dix minutes. Je dois déposer une bagnole pour un client et récupérer celle du garage.

— J'ai pas le temps, dit Felicity en jetant son sac sur son épaule. Je rejoins Aimée, on va en ville.

Elle lâcha un autre soupir.

— Et puis, t'es trop sérieux ! Comme si on était mariés ou quoi. Je vais à ce bal sans toi et si Lucky Briggs m'invite à danser, crois-moi que je vais m'en remettre.

— Écoute, je veux pas qu'on se sépare, mais c'est lui ou moi. À toi de choisir.

Elle sourit. Elle savait que Derick reviendrait toujours, quoi qu'elle fasse. Comme un petit chiot qui a besoin d'une famille.

— Débrouille-toi tout seul avec ça. Moi, faut que j'y aille, dit-elle en lui raccrochant au nez.

En sortant de sa chambre, elle lança à sa mère :

— Je vais chez Aimée, on sort en ville après !

— Ça marche ! Tu seras là pour manger, ce midi ?

Felicity passa la porte et mit ses écouteurs. Musique dans les oreilles, elle déclara :

— Je serai de retour pour dîner.

2

Jenna Alton s'affala sur sa chaise et bâilla longuement. Quitter sa couverture en tant qu'Avril Parker, agent spécial de la DEA[1] et retrouver son quotidien « paisible » en tant que shérif Alton n'avait pas été de tout repos. Depuis l'arrivée de David Kane six mois auparavant, sa vie avait été... intéressante, pour ainsi dire. Et après avoir résolu quatre meurtres, plus sordides les uns que les autres, elle avait appris à apprécier l'expertise dudit « Dave ». Elle avait compris tout de suite qu'il était des forces spéciales, mais se fichait bien de savoir pourquoi il était venu se planquer à Black Rock Falls. L'avoir à ses côtés était un atout considérable.

Le nouvel adjoint avait beaucoup changé depuis. Il avait laissé pousser ses cheveux pour cacher sa cicatrice. Une plaque de métal dans le crâne. Blessure par balle dans l'exercice de ses fonctions. Ça devait lui faire un mal de chien. Mais jamais elle ne l'avait entendu se plaindre. Peut-être avait-il moins de maux de tête maintenant qu'il faisait moins froid. Elle aimait beau-

---

1. *Drug Enforcement Administration,* l'équivalent de la brigade des stupéfiants.

David Kane. Et ses compétences étaient particulièrement précieuses pour former l'équipe dont elle avait besoin. Elle savait, pour l'avoir appris des meilleurs, qu'en temps de crise, un bon leader doit savoir déléguer.

Après les affaires de psychopathes de l'hiver passé et après avoir perdu Pete Daniels, la bleusaille de l'équipe, le travail se résumait maintenant à de petites querelles de voisinage et à retrouver des vaches perdues. La vie était un long fleuve tranquille. Les chemises à col ouvert et autres chapeaux de cow-boys avaient remplacé les manteaux et les bonnets et les femmes s'habillaient en couleur. Mais l'été amenait toujours une vague de délits, à cause du retour des cow-boys et du rodéo.

N'importe quoi pour me sortir de cet ennui mortel.

Des voix à la réception lui attrapèrent l'oreille. Un nouvel adjoint devait rejoindre les rangs : Shane Wolfe, père de trois filles et, d'après son CV, médecin légiste qualifié qui attendait son accréditation pour exercer à Black Rock Falls. Jenna se réjouit à cette idée. Ils pourraient enfin gérer ça en interne, sans faire faire les autopsies par le thanatopracteur du coin et sans avoir à attendre les légistes fédéraux qui pouvaient mettre des plombes à débarquer. Avec son expérience du crime organisé – trafic de drogues, d'armes et de prostituées – et les talents de profilage de Kane, qui lui avaient déjà sauvé la vie, avoir dans l'équipe un autre adjoint ultra-qualifié était comme un rêve devenu réalité. *Plus jamais on ne sera dépassés par les événements.*

Elle se leva, sortit de son bureau et fit signe aux adjoints David Kane et Jake Rowley de la rejoindre à l'accueil.

Rowley avait gagné en assurance et était solide comme un roc, mais la présence de Shane Wolfe parmi eux ne leur rendrait la vie que plus facile. Avant l'arrivée de Kane, le seul avec qui elle pouvait avoir une conversation sérieuse sur les affaires en cours, c'était le vieux Duke Walters. Autant parler à une serpillière.

— C'est lui, le nouvel adjoint ? lança Rowley, en glissant ses pouces dans les passants de son pantalon de fonction. Il ressemble à un guerrier viking !

— Police militaire, il me semble, répondit Kane. Professionnels jusqu'au bout !

— Vous êtes bien installés ?

La secrétaire, Magnolia, ou Maggie comme elle préférait se faire appeler, fit voltiger ses longues boucles noires et sourit à l'homme, blond, très grand, qui se tenait face à elle.

— Ah, voici le shérif !

— Bonjour. Shérif Alton, se présenta Jenna, ravie de vous rencontrer. Voici David Kane et Jake Rowley.

Wolfe leur serra la main d'une poigne forte qui contredisait un visage fatigué.

— Moi de même.

Il s'arrêta un instant pour regarder autour de lui.

— On est vraiment loin de tout, beaucoup plus que je l'imaginais. Vous avez combien d'adjoints en service, madame ?

— Pas assez. En ce moment, seulement quatre. Vous, Kane, Rowley et Duke Walters, qui est là-bas, en train de prendre une déposition.

Elle désigna d'un pouce le vieil adjoint aux cheveux gris.

— Venez, suivez-moi dans mon bureau. Rowley, occupez-vous de l'accueil avec Magnolia. Vous aurez tout le temps de faire connaissance plus tard.

— Oui, madame.

Jenna s'installa à son bureau et invita Kane et Wolfe à s'asseoir.

— La maison vous convient ?

— Oui, elle est très agréable, merci beaucoup, répondit Wolfe en souriant. C'est même mieux que ce que j'espérais. À seulement quelques minutes de marche de l'école et d'ici, ce qui est parfait ! Il faut dire que depuis la mort de ma femme, j'ai du mal à m'occuper des filles tout seul.

Il lâcha un long soupir.

— C'est Emily qui s'occupe de Julie et Anna pour l'instant, mais je ne peux pas lui demander de faire ça tout le temps. Elle est en terminale, vous savez. Avoir perdu sa mère, puis déménagé ici, ça lui donne déjà assez de fil à retordre.

— J'imagine bien. Je vais demander à Rowley de nous faire du café. Je vous ai préparé une liste des nounous disponibles dans les environs. J'ai tout fait vérifier, elles sont très bien. Prenez le temps qu'il vous faudra pour les rencontrer. Vous pouvez utiliser mon bureau pour les entretiens, si besoin. On n'a pas beaucoup de dossiers en cours, en ce moment, Kane vous en fera faire le tour.

Puis, tapotant sur son bureau, elle ajouta :

— J'ai vu sur votre CV qu'en plus de vos compétences en tant que légiste, vous avez un diplôme d'ingénieur informatique ? Est-ce que ça veut dire que vous pourriez jeter un œil à nos systèmes ? Ils sont très vieux et auraient bien besoin d'une petite mise à jour.

— Oui, je peux bidouiller un peu, répondit l'homme, tout sourire. Qu'est-ce qu'il vous faut ?

— Ce qu'il nous faut...

Elle se pencha en avant, agrippant les bras de sa chaise.

— Ce qu'il nous faut, c'est un meilleur système pour répertorier les dossiers. Celui-ci archive tout, tous les trois mois, que les affaires soient closes ou pas. Donc on ne peut rien comparer. On n'a pas non plus de serveur sécurisé pour se connecter aux réseaux locaux. C'est basé sur le système booléen, mais il suffit que quelqu'un se trompe d'une lettre et toutes les infos sont perdues.

Elle grimaça.

— Et on n'a pas non plus d'ordinateur dans les véhicules de patrouille, poursuivit-elle, pas de quoi chercher une plaque ou un casier. Pas de caméra embarquée. Dehors, la nuit, on est vulnérables, expliqua-t-elle en soupirant. Malheureusement, mes connaissances en électronique relèvent d'un autre domaine. Heureusement, le nouveau maire, Petersham, nous a donné un financement pour des oreillettes qui devraient arriver bientôt.

— Vous pouvez accéder aux dossiers depuis un téléphone ? Ou rédiger les contraventions sur un ordinateur de poche ?

— Non. Rien de tout ça.

Elle autorisa Rowley à entrer et le remercia avec un sourire après avoir saisi le plateau de café fumant.

— Tout est une question de budget, soupira-t-elle.

Wolfe passa une main dans ses cheveux coupés court et secoua la tête.

— Je peux vous écrire un programme pour ce qui est du plus important, mais le reste, ça va demander des fonds.

Il sortit son téléphone pour compter les barres de réseau.

— Ici, en ville, on capte bien, mais en dehors, pas tant que ça. Il existe donc des zones blanches. Mais si vous avez tous des smartphones, je peux vous créer une appli pour remédier à ça.

— Ce serait fantastique.

Sirotant son café, Jenna Alton lança un regard malicieux au nouvel adjoint.

— Peut-être avons-nous là une bonne raison de demander une hausse de budget à Petersham. Il me laisse employer deux nouvelles recrues, après tout.

Son regard croisa celui de Kane.

— Même s'il n'y a pas eu une seule candidature aux annonces que j'ai postées hormis la vôtre.

— J'imagine qu'on peut continuer à chercher un peu, répondit-il. Ou bien nous débrouiller comme ça un an de plus et demander à utiliser l'argent pour moderniser les équipements.

— Merci, Kane. Je vais y réfléchir.

Wolfe semblait porter le poids du monde sur ses épaules. Après un bref instant de silence, ses yeux gris rencontrèrent ceux de Jenna, qui lui lança :

— Vous devez avoir faim après ce long voyage ! Vous pouvez y aller. Kane va vous expliquer comment les choses fonctionnent par ici.

— Oui, madame, dit Kane, avant de se tourner vers le nouvel arrivant. Je vais vous faire visiter. Et après, on ira se poser au café Chez Tante Betty. C'est ma pause, je peux vous *briefer* un peu. Et si vous avez besoin de quelques jours pour vous installer, le temps d'engager une nounou, ce genre de choses, ça ne me dérange pas du tout de vous remplacer.

— Oh non, pas besoin ! rétorqua Wolfe en se levant. Il avait bu sa tasse d'une traite.

— Je suis habitué à travailler sous pression et ma fille Emily a 17 ans. Elle est assez grande pour s'occuper de ses sœurs jusqu'à ce que l'école reprenne.

— Peut-être bien, mais je préfère que mes adjoints soient entièrement disponibles pour leur travail. Je ne veux pas qu'ils aient la tête ailleurs ou s'inquiètent de savoir si leurs enfants vont bien.

Jenna posa sur lui un regard strict qui l'empêcha de répliquer, puis se recala sur sa chaise.

— Les cow-boys vont débarquer en ville avec la reprise du rodéo. Il me faut tout le monde sur le qui-vive dès ce week-end. Mais pour l'instant, mon urgence numéro un, c'est un chat qui pisse sur la voiture d'un voisin. C'est bon, allez-y, je vous appelle s'il y a une émeute.

— Ça marche, dit Wolfe en souriant. J'apprécie votre compréhension. Je travaillerai sur le programme informatique depuis la maison, histoire de rattraper le temps perdu, dit-il en quittant le bureau.

Kane le regarda partir puis se retourna vers Jenna.

Levant un sourcil broussailleux, il lâcha un : « Hum ».

— Eh bien ! lâcha-t-elle en lui souriant. Y'a tellement de testostérone dans l'air qu'on pourrait la couper au couteau ! En voilà un avec qui vous devriez bien t'entendre.

— Moi ? dit Kane avec un grand sourire. Jamais !

Une heure plus tard, alors que Jenna venait de finir de remplir son agenda, Maggie lui transféra un appel. Une femme était au bout du fil :

— *Shérif Alton, ici Prue Ridley.*

— Bonjour, madame Ridley, que puis-je faire pour vous ?

— *Je crois qu'il y a eu une attaque d'ours. Mon fils et son ami ont trouvé une fille dans la forêt de Stanton. Je suis allée voir. Elle est morte, grièvement entaillée.*

Horrifiée, Jenna ravala sa salive et attrapa un stylo.

— Sauriez-vous me donner l'endroit exact ?

— *À l'extrémité nord de la forêt de Stanton, près de la rivière. On vous attend près de la route.*

— Vous êtes en lieu sûr ?

— *Oui. Pas de signe de l'ours dans les parages et si on en voit un, on saute dans la voiture.*

— Très bien. Attendez-nous, on arrive tout de suite. Jenna posa ses mains sur son front après avoir raccroché. Les attaques d'ours étaient rares en bordure de la ville. *Peut-être un autre homicide.* Depuis quelque temps, une sorte de paralysie la rendait indécise, mais elle refusait de laisser les flash-back de son kidnapping affecter son travail. Pendant un instant, elle pensa appeler Kane, mais changea d'avis. Rowley lui donnerait les détails. Elle appela le thanatopracteur et expliqua pourquoi son nouvel adjoint assisterait à l'autopsie. Puis, elle se précipita hors de son bureau.

— Rowley, Walters, avec moi !

— Oui, madame !

En un éclair, Rowley était à ses côtés et Walters non loin derrière.

— Quelqu'un a trouvé un corps, à l'extrémité nord de la forêt de Stanton. Possiblement une attaque d'ours.

Elle fixa Rowley droit dans les yeux :

— C'est vous qui êtes aux commandes jusqu'au retour de Kane. Mais d'abord, courez chez Tante Betty lui passer le mot. Dites-lui d'attendre mon appel et mangez quelque chose tant que vous y êtes. Je ne sais pas pour combien de temps ça va nous prendre. Je vais examiner les lieux et interroger les gamins qui ont trouvé le corps. Walters, avec moi ! On y va !

3

Sous ce soleil, Kane avait du mal à croire que les neiges d'hiver avaient disparu. Le printemps avait été un vrai soulagement, mais en cette première semaine de juin, des couleurs s'étaient invitées dans le paysage et les jardins débordaient de fleurs. Une atmosphère de carnaval semblait avoir pris possession des habitants. On était loin de l'ambiance habituelle des lundis mous et mornes. Des guirlandes habillaient la devanture des magasins sur toute l'allée principale et des panneaux suspendus entre les lampadaires célébraient la reprise du rodéo qui s'étendait jusqu'au week-end suivant. Wolfe marchait derrière lui, tournant la tête d'un côté puis de l'autre, vers un groupe de passants, puis un autre. Occupé à observer la ville, il ne parlait pas beaucoup.

Kane le dévisagea. Il avait l'impression de l'avoir déjà vu quelque part. Il se dégageait de lui quelque chose de familier, mais Kane ne savait pas dire quoi. Il hésita, se racla la gorge, puis lança :

— Je n'avais pas vu autant de monde ici depuis le dernier match des Larks. C'est mon tout premier rodéo. Selon le shérif

Alton, ça fait monter la criminalité d'au moins quatre-vingt-dix pour cent.

— Vu le nombre d'adjoints disponibles, ça ne m'étonne pas, dit Wolfe en faisant un pas de côté pour laisser passer deux femmes avec des poussettes. Pourquoi tout le monde me regarde comme si j'étais un extra-terrestre ?

— Vous êtes nouveau en ville, c'est tout, répondit Kane en riant, amusé par son expression maussade. Ne vous inquiétez pas, les gens sont sympas ici. Vous aurez votre photo épinglée au mur du Chez Tante Betty avant même de vous en rendre compte !

— Vous pensez ? demanda Wolfe, avec un léger sourire. OK... Je peux faire avec, j'imagine. La sympathie, je veux dire.

Un pick-up noir flambant neuf les dépassa à toute vitesse, avant de s'arrêter le long du trottoir.

— Ça, par contre, je ne supporte pas. Les conducteurs dangereux. Les gars comme lui mériteraient qu'on leur confisque leur bagnole et qu'on la réduise en miettes. Y'a que comme ça qu'ils comprennent.

Kane rit.

— Ça les ralentirait un peu, ça, c'est sûr. Mais pour l'instant, ce qu'il nous faut, c'est surtout de nouvelles lois.

Sur ces mots, il invita Wolfe à entrer dans le café.

— Ici, c'est le meilleur endroit pour manger. Sauf si vous voulez être chic, dans ce cas, vous avez l'hôtel Cattleman.

— C'était qui, le gars dans le pick-up noir ?

— Dan Beal, le nouveau capitaine des Larks, l'équipe de hockey, répondit Kane en grimaçant. Mais ne vous inquiétez pas, il n'a droit à aucun traitement de faveur.

— C'est bon à savoir.

Avant que Kane puisse ouvrir la porte, le révérend Jones sortit du café et lui adressa un sourire radieux.

— Bonjour ! Je vois qu'on a un nouvel adjoint, dit-il en posant les yeux sur Wolfe.

Kane acquiesça.

— Oui, révérend Jones. Je vous présente Shane Wolfe.

Le visage de Wolfe sembla se renfrogner, mais il adressa poliment un signe de tête au révérend.

— Ravi de faire votre connaissance, dit Jones.

Il offrit sa main, mais Wolfe ne la serra pas. L'homme d'Église répondit à cette hostilité par un grand sourire.

— J'espère vous voir au service du dimanche, avec votre famille. Vous aussi, monsieur Kane. Tout le monde est le bienvenu.

— Merci pour l'invitation, dit Wolfe, les lèvres pincées. Peut-être plus tard, quand on sera mieux installés.

Voulant épargner à Wolfe les questions trop personnelles, Kane salua le révérend.

— On est un peu pressés, dit-il en le contournant pour accéder au café.

— Ces satanés religieux, grogna Wolfe, une fois à l'intérieur. J'en ai ma claque de ces prêcheurs, moi. Vous auriez dû les voir, après la mort d'Angie. Débarquer de nulle part tout d'un coup. Comme des mouches, à nous voler autour. Dès que je tournais la tête, y'en avait un nouveau pour me dire que c'était la « volonté de Dieu ». Non. C'est le cancer qui a tué ma femme. Dieu n'avait rien à voir avec ça.

— Il essaie de bien faire, répondit Kane dans un haussement d'épaules en traversant le café pour rejoindre sa table habituelle.

Sous l'alcôve, près de la baie vitrée. Il aimait ce coin un peu à l'écart, sans personne pour épier ses conversations.

— Je doute qu'il revienne vous importuner si vous n'allez pas le trouver. Vous savez, les gens ont besoin de quelqu'un à qui parler. Et ce sont les religieux qui endossent ce rôle, ici.

Kane s'assit et comme il avait du temps devant lui, regarda le menu. En voyant la serveuse arriver, il se racla la gorge.

— Un des avantages d'être adjoint du shérif, c'est qu'on me sert avant tout le monde.

— Cool, dit Wolfe en se plongeant lui aussi dans le menu. Vous me conseillez quoi ?

— Tout. Leur chili est le meilleur que j'aie jamais goûté et je suis en train de devenir complètement accro à leurs gâteaux.

Il sourit en regardant Susie Hartwig s'avancer vers eux, cafetière à la main.

— Qu'est-ce que je vous sers aujourd'hui, monsieur Kane ?

— La même chose que d'habitude, merci.

— Je ne pense pas qu'on se connaisse ? lança-t-elle en dévisageant Wolfe.

Puis, levant un sourcil crayonné, elle poursuivit :

— Je suis Susie Hartwig et vous êtes ?

— Adjoint Wolfe.

Il décrocha brièvement ses yeux du menu pour lui adresser la parole alors qu'elle leur servait le café.

— Je vais prendre le chili, avec des frites en supplément et une part de tarte aux pommes avec boule de glace.

— Ça marche !

Après avoir noté la commande, Susie se hâta de retourner en cuisine.

Les yeux gris de Wolfe se plantèrent alors dans ceux de Kane et il lui lança à voix basse :

— Allez, arrêtons là ce blabla. Dites-moi ce que je fais ici.

Désarçonné, Kane se força à adopter une pose nonchalante et versa du sucre dans son café.

— Que voulez-vous dire ?

— Faites pas semblant de ne pas savoir, H98.

Wolfe regarda discrètement autour de lui puis son regard se fixa de nouveau sur Kane.

— Vous reconnaissez ma voix, non ? C'était moi votre liaison au QG ces trois dernières années.

Seules trois personnes sur terre connaissaient l'identité de

Kane et où il se trouvait. Sa liaison était évidemment l'une d'entre elles. Mais pourquoi diable le QG aurait-il envoyé Wolfe à Black Rock Falls, au risque de griller sa couverture ? Non. Il ne tomberait pas dans ce piège aussi facilement.

— Qu'est-ce vous racontez, mon vieux ? Vous vous sentez mal ou quoi ?

— Pendant trois ans, j'ai travaillé comme liaison, vingt-quatre heures sur vingt-quatre. Pour vous et trois autres agents. Jusqu'à la mort de ma femme. Et puis, tout de suite après les funérailles, trois pick-up sont venus me chercher. Deux agents ont pris mes enfants et un autre m'a escorté, arme en joue, jusqu'à un hélico. Ils m'ont caché dans une base militaire où j'ai suivi une formation intensive sur les procédures policières, notamment le droit pénal du Montana. J'avais déjà un diplôme de médecin légiste, mais on m'a fait faire une mise à niveau et une accréditation pour exercer ici. (Wolfe porta les deux mains à son visage.) Je pensais que, physiquement, je savais garder la forme, mais ça, c'était avant qu'ils me fassent subir un entraînement intensif. Entraînement au maniement des armes aussi. Je me doutais qu'ils allaient me remettre en service, mais je ne pensais pas que ce serait dans ce trou paumé.

Son regard vrilla par-dessus l'épaule de Kane.

— La bouffe arrive.

Kane se retourna et aperçut Susie qui revenait vers eux, un plateau bien garni à la main. Cœur battant à toute allure, il tenta de sourire à Wolfe, pour faire comme si tout allait bien.

— Je vois. Mais qu'est-ce que ça a à voir avec moi ?

— Je reviens tout de suite avec une cafetière, dit Susie en déposant le plateau.

— Je n'ai aucune idée de la raison pour laquelle on m'oblige à accepter un poste d'adjoint dans le trou du cul du monde. À moins que *vous* ayez demandé du renfort au QG. Même si, en toute franchise, je ne comprends pas pourquoi ils m'ont choisi, moi. Je ne suis pas un agent. J'ai été derrière un bureau pendant des années. Je n'ai pas votre formation.

Son regard, empli de rage, en disait long.

Ne voulant pas lui céder le moindre brin d'information, Kane laissa ces mots résonner un instant et attendit que Susie revienne avec le café. Il avala une cuillère de chili, puis souffla un coup avant de recentrer son attention sur Wolfe.

— En tant qu'adjoint, vous surveillerez mes arrières.

C'est la procédure habituelle.

— Arrêtez vos conneries, Dave ! Je peux vous dire la raison de vos trois derniers appels au QG. Le nom du type que vous suspectez d'avoir posé la bombe qui a tué votre femme. Je vous passe les détails. Je sais que vous avez fait une demande pour assister à vos propres funérailles ! Et l'appel suivant, c'était pour en apprendre plus sur le shérif Alton. Pas d'inquiétude, votre couverture n'est pas en danger.

— Ah bon ?

Wolfe sirota son café, yeux toujours fixés sur Kane.

— Vous savez comme moi que la ligne est sécurisée. Comment pourrais-je savoir tout ça autrement ?

— Peut-être que vous avez torturé quelqu'un pour avoir des infos, cracha Kane. Ce sont des choses qui sont souvent arrivées par ici, ces derniers temps.

— Pas mon style, répondit Wolfe, en commençant son assiette. Et avant que vous ne demandiez, les infos sur Alton étaient bien au-dessus de ce que vous avez le droit de savoir. La seule chose que j'ai le droit de vous dire, c'est que c'est le Département de la sécurité intérieure qui a son dossier et il est mieux gardé que Guantanamo.

Kane plaça une assiette sur son bol de chili pour le garder au chaud. Il n'allait quand même pas croire le premier venu qui prétendait le connaître.

— Je reviens.

Il quitta le café et se dirigea vers le magasin de téléphonie, deux portes plus loin.

Sur un téléphone prépayé, il tapa le numéro de son contact. Une voix inconnue lui répondit et il donna son nom de code, puis demanda le chef des opérations, nom de code *PurpleSky*. Une voix familière apparut sur la ligne et Kane lâcha un soupir de soulagement.

— Je vais faire court. M'avez-vous envoyé un homme du nom de Shane Wolfe ?

— *Affirmatif.*

— Pourquoi ?

— *J'ai cru comprendre qu'Alton recrutait. Nous ne voulions pas prendre le risque de laisser ce poste à des inconnus. Wolfe est fiable. Vous pouvez lui faire confiance.*

Une vague de soulagement s'empara de lui et Kane se décrispa un peu.

— Je ne fais pas confiance si facilement.

— *Est-ce que « Térabyte », ça vous dit quelque chose ?*

Oui. C'était le nom de code de sa liaison. L'homme au bout du fil qui lui avait sauvé la vie un nombre incalculable de fois.

— Oui.

— *C'est lui-même. Il est le seul à qui nous pouvions faire confiance. Le reste du monde croit qu'il n'est qu'un gratte-papier et qu'il a pris sa retraite pour prendre soin de sa femme, depuis plusieurs années déjà. Et puis ce n'est pas comme si vous étiez un témoin protégé ou en mission d'infiltration. Vous êtes vulnérable depuis qu'on vous a mis au vert. Si on vous découvre, vous allez perdre toutes les ressources sur lesquelles vous avez l'habitude de compter. Nous ne voulons pas que cela se produise. Le shérif Alton a besoin de soldats ; eh bien, Wolfe remplira ce rôle en son propre nom, sans poser de questions.*

— Vous auriez dû m'informer au sujet d'Alton avant que j'arrive ici. J'ai su que c'était un agent dès l'instant où j'ai débarqué ici et que je l'ai aidée à se sortir de sa voiture accidentée ! Jusqu'ici, je ne savais même pas de quel côté elle était, mais je me doutais qu'elle était sous protection. J'imagine que vous ne voulez pas me mettre au courant ?

— *Pas vraiment, non. Mais je peux vous dire qu'elle a toute notre approbation, que vous pouvez lui faire confiance. On ne lui a pas donné de liaison, parce que ce n'était pas nécessaire. Elle a fait tomber un individu de taille, il y a quelques années et elle a suffisamment d'informations en tête pour mettre tout un pays derrière les barreaux. Nous avons besoin de la garder à l'abri, là où personne ne la trouvera. Elle était parfaite pour ce métier. Aucune famille.*

— Pourquoi nous envoyer tous au même endroit ?

— *Black Rock Falls n'est pas des plus fréquentées. Quasiment invisible sur les cartes. Mais suffisamment grande pour vous cacher. Il n'y a que deux personnes qui savent où vous êtes : le Président et moi.*

— « Mis au vert », hein ? Le QG m'a traité comme si j'étais fini, envoyé à la retraite. Est-ce que ça veut dire que je vais reprendre du service ?

— *Oui. Vous serez impliqué dans l'arrestation des hommes qui ont tué votre femme. Je suis sûr qu'Alton et vous ferez une très bonne équipe une fois le moment venu. Mais pour l'instant, rien n'a changé et nous n'avons aucune information sur leur identité. Vous en serez informé dès que j'en saurai plus.*

— Dans ce cas, je veux sortir d'ici maintenant ! Vous savez comme moi que je saurai attraper ces connards.

— *Pas encore. Vous êtes trop précieux pour que nous prenions ce risque. Et Black Rock Falls est l'endroit le plus sûr que nous ayons trouvé. Jouez votre rôle. C'est un ordre. Et laissez-nous faire notre boulot. Faites de votre mieux et bossez avec Alton. Et ne me contactez plus, sauf si vous êtes découvert, compris ? Chaque appel vous met tous les deux en danger.*

Kane lâcha un soupir.

— OK... Je serai un bon garçon et continuerai à remplir des

plaintes sur des chats qui pissent sur des bagnoles. Passez une bonne journée.

Il éteignit le téléphone, retira la carte SIM, la brisa en deux et jeta l'appareil dans les égouts.

Furieux, il retourna au café. Alors qu'il soulevait l'assiette qu'il avait posée sur son bol, Wolfe ouvrit la bouche pour parler, mais Kane l'arrêta net, d'un geste de la main :

— Je me suis renseigné sur vous. On est bon.

— Que pouvez-vous me dire sur le shérif Alton ? Elle n'a pas vraiment l'air d'avoir besoin d'aide.

Kane dévisagea Wolfe d'un regard froid et s'enfonça dans son siège.

— Croyez-moi, Jenna Alton est la plus redoutable que je connaisse. Mais elle a un point faible. C'est ça qui la rend humaine, si vous voulez mon avis.

Il soupira.

— J'ai pour ordre de faire profil bas, donc on dirait bien que je suis coincé ici pour un bon moment, moi aussi. Autant en profiter le temps que ça dure, j'imagine. Voyez ça comme une retraite anticipée, dans une petite ville tranquille, conclut-il en haussant les épaules.

— Je m'ennuie déjà, grogna Wolfe en se resservant du café. Mais d'un autre côté, j'imagine que ce n'est pas le pire endroit où élever mes filles.

À cet instant, la porte du café s'ouvrit, laissant entrer une brise estivale qui fit voleter les serviettes de table et l'adjoint Rowley s'avança vers eux, la mine grave. Kane lâcha un juron avant de demander :

— Qu'est-ce qui se passe ?

— Quelqu'un a trouvé un corps dans la forêt de Stanton.

Rowley avait parlé si bas que Kane avait dû se pencher pour l'entendre.

— Est-ce que quelqu'un a vérifié que la victime était bien morte ? Ce n'est pas juste un type qui a la gueule de bois ?

— Non. La victime est une jeune fille, sévèrement entaillée. D'après la femme qui a appelé, ça pourrait être une attaque d'ours.

Rowley déglutit si fort que sa pomme d'Adam fit des allers-retours le long de son cou.

— Le shérif Alton est sur place avec l'adjoint Walters. Elle a demandé que vous attendiez son appel. Elle va examiner les lieux et interroger les enfants qui ont trouvé le corps.

— Une attaque d'ours ? répéta Kane, en fronçant les sourcils. Pourquoi ne pas m'avoir appelé, plutôt ? Y'a plus personne au bureau ?

— Maggie est à l'accueil et moi je suis les ordres. C'est le shérif qui m'a demandé de venir vous prévenir. Et personne n'est disponible pour me remplacer donc... euh... Je vais prendre un sandwich et repartir, expliqua Rowley en rougissant.

Pourquoi tu ne m'as pas appelé, Jenna ?

— OK, répondit Kane, confus. Merci d'avoir prévenu. Il lança un regard noir à Wolfe.

— Vous avez dû tenter le diable à force de vous plaindre que vous vous ennuyiez.

4

À la vue des deux femmes qui s'affairaient autour de deux têtes blondes qui pleuraient en s'agrippant à leurs cannes à pêche, Jenna stoppa le véhicule de patrouille. Deux vélos étaient attachés à un sapin, non loin de là.

— Demandez aux parents la permission d'interroger les enfants. J'ai noté leurs nom et coordonnées. Moi, je vais aller voir le corps. À mon retour, je m'entretiendrai avec eux.

— Entendu.

Jenna s'avança vers le groupe, bloc-notes à la main, sourit aux enfants, puis demanda aux adultes :

— Laquelle de vous deux m'a appelée ? Êtes-vous les parents de ces enfants ?

— Oui.

La jeune femme qui parlait écarta une mèche brune de son visage et caressa la tête de son petit.

— Je m'appelle Georgina Sanders et voici mon fils, Ian.

— Prue Ridley, ajouta l'autre. C'est moi qui ai appelé. Et voici mon fils, Jimmy.

Elle s'avança en remontant ses lunettes le long de son nez.

— On est venues tout de suite, dès que Jimmy m'a appelée.

Georgina est restée avec les enfants et moi, je suis allée voir le corps. Je suis infirmière à l'hôpital de Black Rock Falls, vous voyez. Mais c'était trop tard pour sauver cette fille, donc j'ai passé l'appel. Comme je vous le disais, ça pourrait être un ours. Même si les garçons n'en ont vu aucun signe dans les environs. On s'est dit que ce serait mieux de vous attendre ici.

— Vous avez bien fait. Moins il y a de personnes sur les lieux, mieux c'est.

Jenna se racla la gorge.

— Ça vous dérange de patienter ici pendant que je jette un œil ?

— J'aimerais vraiment ramener Jimmy à la maison. Il est très secoué et si ce n'est pas un ours, le malade qui a fait ça est peut-être encore dans le coin...

Jenna inspira profondément.

— J'en doute fort. Mais ne vous inquiétez pas, l'adjoint Walters, ici présent, est là pour veiller sur vous. Ça ne sera pas long. Où avez-vous trouvé le corps ?

Avant même que madame Ridley puisse ouvrir la bouche, Jimmy pointa du doigt un petit chemin qui s'enfonçait dans la forêt.

— Par là-bas. Ça va jusqu'à la rivière. On y va tout le temps pour pêcher pendant les grandes vacances. Sauf si les grands sont là. Ils aiment bien nager donc nous, on y va tôt le matin, parce qu'ils n'aiment pas quand on est là.

— OK. Merci, mon petit. Tu restes attendre ici avec monsieur Walters, d'accord ?

Jenna tapota l'enfant sur une épaule et se mit en route. Au premier virage, elle sortit son Glock de son étui. Que ce soit un homme ou une bête, elle serait prête.

Le sentier avait une allure de conte de fées, les rais de lumière qui s'immisçaient entre les arbres conféraient des airs enchanteurs aux fleurs sauvages et à la végétation hétéroclite. Elle comprenait pourquoi les enfants aimaient s'aventurer par là. Tout autour, plusieurs troncs d'arbres assez grands pour cacher un homme sans difficulté. Jenna ralentit le pas, vigilante.

Le bruit du vent dans les branches ressemblait à un gémissement et chaque brindille qui craquait sous ses pas résonnait aussi fort qu'un coup de feu. Consciente de sa fragilité, face à un ours comme à un tueur, elle combattit la panique qui montait en elle, brandissant son arme à deux mains. Alors qu'elle s'enfonçait dans la forêt, l'odeur de viande crue qui avait empli l'air la frappa de plein fouet. Jenna avançait prudemment le long du sentier sinueux, en alerte, prête à repérer le moindre signe de danger. L'épaisse couche de feuilles au sol étouffait tous les bruits, n'importe qui ou n'importe quoi pouvait se jeter sur elle à tout moment, ou se cacher derrière les pins. La forêt, dense et étouffante, semblait se refermer sur elle et Jenna en avait froid dans le dos. Pointant son arme d'un côté puis de l'autre, se méfiant de chaque ombre qui passait, elle continua longtemps, avant d'arriver enfin à la clairière et d'apercevoir la rivière qui scintillait, de l'autre côté. Le cœur battant à toute allure, elle observa les alentours.

Ne percevant aucun mouvement, elle s'avança avec prudence. Mais en se tournant vers la rivière, elle faillit vomir tant le spectacle qui l'attendait était horrifique et recula en titubant. Le dos plaqué contre un grand pin et son arme levée à hauteur d'épaule, elle se força à regarder la monstruosité qui avait été laissée là, à la vue de tous, étalée sur un grand rocher plat. Ce n'était pas un ours qui avait attaqué cette fille. Seul un génie du mal pouvait créer une chose pareille.

Oh, mon Dieu. Jenna prit quelques instants pour se remémorer les préceptes de sa formation d'agent. La voix de son commandant se répandit dans son esprit, lui permettant de combattre son envie de fuir. *Ravale ta peur. Tu es là pour rendre justice. Les morts ne peuvent pas te faire de mal.* Elle se redressa, puis s'éloigna de l'arbre. Respirant par la bouche pour atténuer l'odeur du sang, elle balaya la zone du regard. Même si elle ne tombait pas sur le tueur, l'odeur était assez forte pour attirer les lynx ou les ours noirs. Mais en dehors du bruit de l'eau et des quelques chants d'oiseaux qui brisaient le silence, elle ne perçut aucun mouvement à proximité.

Se détachant de cette vision d'horreur, elle passa en mode professionnel. Les battements de son cœur se firent plus calmes, à mesure qu'elle se concentrait. Avançant d'un arbre à l'autre, en prenant soin de couvrir ses arrières, elle observait attentivement le sol sous ses pas. Manquer un indice à ce stade de l'enquête pouvait être désastreux. Il fallait qu'elle appelle des renforts au plus vite.

Elle se rapprocha du corps, autant qu'elle le put sans compromettre la scène. Le vrombissement des mouches, innombrables, qui s'étaient agglutinées dessus, la rendait malade. Et l'adrénaline lui criait de se tirer de là illico. Une vague de panique se saisit d'elle, la ramenant à son passé. Des hommes l'avaient attachée et laissée sans défense. La corde se resserrait autour de son cou, elle ne pouvait plus respirer. S'échapper. Elle devait s'échapper. Sortant un instant de son flash-back, elle saisit son Glock, rassurée par la sensation familière de la crosse contre sa paume. *Ressaisis-toi, Jenna.* Puisant dans ses dernières forces, elle posa les yeux sur le corps de la fille assassinée.

La victime était jeune. 16 ans, peut-être. Une plaie béante au travers de sa gorge contrastait avec la pâleur de sa peau, mais il n'y avait presque pas de traces de sang sur le rocher. C'était comme si le tueur l'avait vidée de son sang avant de l'allonger là. Elle était nue, les bras en croix et les jambes écartées. Ses longs cheveux noirs avaient été arrangés en un grand éventail autour d'elle. Ce malade l'avait éviscérée et les mouches s'étaient attaquées aux intestins. Un rouge à lèvres carmin barbouillait sa bouche et ses joues étaient grossièrement maquillées, le tout faisant ressortir la transparence de son visage figé. À ses pieds, un bouquet d'asters bleus et de bergamote sauvage, cueillis directement dans la clairière.

Nauséeuse, Jenna balaya une fois de plus la zone du regard, mais ne trouva ni vêtements ni aucun indice. Les poils sur sa nuque commencèrent à se hérisser. Elle n'aimait pas avoir à rengainer son arme pour attraper son téléphone, mais elle avait besoin de renfort. *Il est peut-être toujours là, à me surveiller...* Dos à un sapin, elle dégaina le téléphone et appela Kane.

— Kane, j'ai besoin de vous sur place immédiatement. On a un homicide.

— *Je suis avec Wolfe, est-ce que je l'amène ? On aurait bien besoin de son expertise.*

— Oui, amenez-le, dit-elle en ravalant sa salive. Mais faites vite, OK ?

— *Je suis en route.*

Kane, lui aussi, ravala sa salive.

— *C'est grave ?*

Le regard de Jenna se posa une nouvelle fois sur le corps.

— Dégueulasse. Une jeune fille. Le salopard l'a complètement mutilée. Les pauvres gamins qui l'ont trouvée sont avec Walters sur Stanton Road, mais je n'ai personne pour sécuriser les lieux. Il me faut des gens sur place pour protéger le corps avant que les animaux sauvages détruisent les preuves et je suis toute seule ici.

— *Je suis dans mon véhicule. Stanton Road, là où la rivière rejoint la forêt, c'est ça ?*

— Exact. Mettez les gyrophares, mais pas de sirène. Je ne veux pas qu'il y ait toute une foule qui se rassemble ici. Je retourne avec Walters interroger les gamins.

Il faisait très chaud en cette journée d'été, mais Jenna avait la chair de poule.

— Restez en ligne, je ne sais pas si je suis en sécurité.

— *Bien reçu. Arrivée prévue dans quinze minutes. Je vous passe Wolfe.*

Un écouteur dans une oreille et le téléphone dans la poche de sa chemise, Jenna dégaina son arme pour se remettre en route. Une brise faisait bruisser les branches et la faisait sursauter et chaque son lui semblait être celui de pas. Elle sentait son cœur battre jusque dans son crâne et elle s'empressa de rejoindre le chemin, pointant son arme d'un côté puis de l'autre. La forêt semblait s'assombrir à chaque pas ; le fait d'avoir été en contact avec plusieurs psychopathes dans les mois précédents faisait que les zones boisées plongées dans la pénombre l'effrayaient bien plus qu'elle ne voulait l'admettre.

Elle avançait, jambes tremblantes et le soulagement fut intense quand elle aperçut le dernier virage. Rengainant son Glock, elle lança au micro :

— Je raccroche, je suis en lieu sûr.

Elle rangea le téléphone dans sa poche de pantalon, fit signe à Walters de s'éloigner des témoins et lui expliqua à voix basse :

— C'est une jeune fille, peut-être 16 ans, brutalement assassinée.

Les yeux de Walters étaient figés d'horreur.

— Kane et Wolfe sont en route. Je vais interroger Jimmy.

Se forçant à chasser de son esprit les images de mort, elle tenta d'afficher une expression sereine en s'avançant vers les deux femmes.

— Puis-je poser quelques questions à votre fils, madame Ridley ? Monsieur Walters va interroger Ian, si ça vous va.

La mère de l'enfant acquiesça et Jenna s'accroupit pour parler à Jimmy.

— Tu as quel âge, Jimmy ?

— 10 ans depuis mars.

Le garçon, cheveux ébouriffés, se frottait le nez de ses petits doigts tremblants et ses yeux étaient toujours emplis de larmes.

— Je veux rentrer à la maison, reprit Jimmy.

Il va falloir prévoir une psychologue pour ces pauvres petits...

— Ta maman pourra très vite te ramener. Mais d'abord, il

faut que j'aide la personne que tu as trouvée. Est-ce que tu saurais me dire à quelle heure c'était ?

— Vers 10 heures. J'ai appelé Maman, dit-il en sortant son téléphone portable. Vous voyez, 10 h 15.

Jenna lui sourit.

— C'est très utile, merci beaucoup. Donc vous êtes arrivés vers 10 heures. Vous venez souvent ici pour pêcher ?

— Oui, on est venus hier aussi, vers dix heures et demie. On apporte des sandwiches et on s'assied sur le gros rocher pour les manger.

Il tressaillit.

— J'y retournerai plus jamais ! dit-il en fondant en larmes.

Jenna se redressa pour noter l'heure dans son carnet.

— Vous avez vu des gens dans les environs ce matin ?

Ou des voitures garées près de la route ?

— Oui. Deux cow-boys du rodéo. On les a vus sortir de la forêt et partir super vite avec un pick-up rouge, expliqua Jimmy avant de se moucher.

— Ils sont sortis par où ? Ils venaient de ce chemin ou d'ailleurs ?

— On les a dépassés à vélo. Ils étaient sur un autre chemin, celui qui va là où les rochers font comme une piscine. Ils ont dû nager parce qu'ils avaient les cheveux mouillés et ils étaient torse nu. Je sais qu'ils font du rodéo, j'ai vu Lucky monter plein de fois, expliqua-t-il entre deux sanglots.

— Connaissez-vous le nom de famille de Lucky ? demanda Jenna à madame Ridley.

— Lucky Briggs. Et l'autre homme était sans doute son ami Storm Crawley. Tout le monde à Black Rock Falls connaît Lucky, sa famille vit ici.

Moi, je n'ai jamais entendu parler de lui...

— Je vois.

Jenna regretta un instant de ne pas aller au rodéo. Malheureusement, elle n'avait pas le temps, elle était déjà trop occupée à gérer les bagarres entre les compétiteurs et le public.

— Elle est où, cette « piscine » ?

— À environ cinquante mètres dans cette direction, indiqua Mme Ridley en pointant vers la ville.

Elle adressa à Jenna un regard noir, comme si, en tant que shérif, elle était censée savoir.

— Il y a un panneau. On ne laisse pas les enfants s'en approcher, c'est dangereux. Il paraît que c'est sans fond.

— Merci. C'est tout ce qu'il me faut pour le moment. Jenna sourit à Jimmy et lui tendit sa carte.

— Si tu te souviens de quoi que ce soit, même si tu penses que ce n'est pas important, demande à ta maman de m'appeler. Il ne faut en parler à personne sauf à moi, OK ? Je vais m'assurer que la famille de cette fille sache ce qui s'est passé avant que l'histoire ne fasse le tour de la ville, dit-elle en adressant un regard lourd de sens à madame Ridley. Ce n'était pas une attaque d'ours et je vous conseillerais de garder vos enfants à la maison. On peut leur présenter une psychologue, si besoin.

— Ça ira, on a déjà quelqu'un à qui parler. Et ne vous inquiétez pas, on ne dira pas un mot. Pas tant qu'un taré est toujours dans la nature. Il pourrait s'en prendre à mon fils, s'il découvrait que c'est un témoin.

Mme Ridley prit la carte et caressa la tête de Jimmy.

— Allez, viens, on rentre à la maison. Prends ton vélo, on va le mettre à l'arrière de la voiture.

Jenna acquiesça.

— Merci de votre aide. Je vous rappelle si j'ai besoin d'autres renseignements.

Soulagée d'être au soleil et loin de la scène de crime, Jenna secoua la tête un instant, tentant de chasser ces images de son esprit. Difficile de croire que quelqu'un puisse commettre des atrocités pareilles. Pas besoin d'être un profileur comme Kane pour voir que ce meurtre était différent de ceux qu'elle avait résolus jusque-là, mais heureusement qu'elle pouvait compter sur lui et son expertise pour comprendre le raisonnement d'un psychopathe. La personne – ou les personnes – qui avait massacré cette fille prenait un malin plaisir à exhiber les victimes, ce qui voulait dire que le tueur était sûrement toujours dans les parages, à se délecter de la peur qu'il avait instaurée. Des frissons lui parcoururent tout le corps à cette idée. *Est-ce que t'es là, connard, en train de me surveiller ?*

5

Un bruit de moteur attira l'attention de Jenna et elle fut soulagée d'apercevoir le SUV de Kane.

Comme Walters se rapprochait d'elle, elle lui demanda :

— Qu'est-ce que tu sais sur Lucky Briggs et Storm Crawley ? Pour l'instant, ce sont eux, nos suspects numéro un.

— Ils ont l'habitude de causer du grabuge pendant le rodéo, mais jusqu'ici, ils sont plutôt restés hors de notre chemin. J'ai parlé aux enfants pendant que vous étiez là-bas, ajouta-t-il en détournant le regard. Apparemment, Jimmy est arrivé dans la clairière en premier et en voyant le corps, il a poussé Ian à faire demi-tour, donc Ian ne l'a pas vu du tout. Il a dit qu'il avait juste couru, parce qu'il avait peur pour sa vie. On dirait bien qu'ils sont tous les deux en état de choc, trop traumatisés pour se rappeler des détails.

— Pas étonnant, répondit Jenna en portant son stylo à sa bouche. Je ne me rappelle aucune plainte concernant Lucky Briggs. Avec un nom pareil, je pense que je m'en souviendrais.

Elle vit Walters rouler des yeux et se demanda combien de cow-boys s'en étaient tirés avec un simple avertissement.

— Si ces mecs sont aussi mauvais que vous le dites, pourquoi personne ne vient se plaindre ?

— Ils ne sont pas *mauvais*, dit Walters en riant. Ce sont juste des jeunes qui s'amusent un peu fort et qui aiment attirer l'attention. Ils se chamaillent, mais ça ne sort pas du bar du rodéo. Au fil des ans, on a compris qu'il valait mieux les laisser tranquilles.

Ah bon ?

— Aucune plainte de la part de jeunes femmes ? J'ai entendu dire qu'elles se ruaient à leurs pieds.

— Faut croire que les filles d'ici aiment bien les cow-boys, allez savoir pourquoi, dit Walters en soulevant son chapeau, l'air malicieux. Celles qui ont la chance de passer du temps avec l'un d'entre eux ne s'en plaignent pas, généralement.

Le visage de Jenna se tordit de dégoût.

— *Baaah !* Ne comptez pas sur moi pour aimer ça. Les mecs qui puent le crottin de cheval, ça ne m'attire pas du tout.

— Ouais, mais vous êtes une fille de la ville, vous, répondit-il en lui souriant. Les filles d'ici, elles vous diraient que ça fait partie du charme !

Elle lui lança son regard le plus impassible avant de faire signe à Kane qui venait de garer son véhicule de patrouille derrière le leur.

— Espérons que leur « charme » n'aille pas jusqu'au meurtre. Ils crèchent où, ces cow-boys, en général ?

— Au motel de Black Rock Falls. Et vu comment ça se présente cette année, ils n'en bougeront pas avant la fin du rodéo.

Jenna repoussa une mèche de cheveux de son visage.

— S'ils ont tué cette fille, ils ont peut-être déjà quitté la ville.

— Non. Ils doivent savoir que les gamins les ont vus. Et ils sont connus dans tout l'État, on les reconnaîtrait n'importe où, dit Walters en remettant son chapeau. C'est bien plus probable qu'ils restent dans le coin et continuent la compétition. Partir comme ça, tout d'un coup, ça leur donnerait l'air coupable. À cette heure de la journée, ils sont probablement sur le terrain, à jauger leurs concurrents et à se préparer pour la compétition.

Le vieux Walters n'avait peut-être pas tort.

— Vous êtes sûr ?

— À cent pour cent, madame. Je connais ces gars, ils n'iront nulle part.

Il fronça les sourcils.

— Je ne les imagine pas faire ça à une fille. Vous voulez que je les interroge, madame ?

— Non. S'ils sont dans le coin, je vais attendre les renforts et j'irai les interroger moi-même.

Elle dégaina son téléphone. Le manager du rodéo lui assura avoir croisé les deux hommes moins de cinq minutes auparavant. Ils se dirigeaient vers l'arène principale. Elle lui fit promettre de la rappeler s'il les voyait partir, puis raccrocha.

— Ils sont bien au rodéo et sous surveillance. Ça nous laisse le temps de procéder à nos fouilles sur la scène de crime. J'irai les interroger ensuite, avec Kane.

Elle prit une grande inspiration. Il fallait sécuriser les lieux.

— Prenez du ruban dans ma voiture et bouclez l'accès au chemin, voulez-vous ?

En se retournant, elle aperçut Wolfe, qui avançait vers eux, un grand sac à la main.

— À quoi ça ressemble, madame ?

— Je n'ai jamais rien vu de pareil. C'est... *graphique*. Le tueur l'a allongée dans une pose lascive, a déposé des fleurs à ses pieds.

— Un meurtre, c'est jamais beau à voir, madame.

Wolfe posa le sac, enleva son chapeau et se gratta la tête avant de le remettre.

— Est-ce que quelqu'un a identifié la victime ?

— Pas encore, dit Jenna en soupirant. Mais je suis sûre qu'on saura bien assez vite.

— Pensez-vous qu'il serait préférable de garder le silence en attendant, madame ?

Elle se hérissa.

— Je connais le protocole, Wolfe. La dernière chose dont j'ai envie, c'est que les journalistes viennent contaminer la scène. J'ai déjà demandé aux témoins de garder ça secret.

— Avons-nous des suspects ? demanda Kane, en se glissant à ses côtés.

— Deux. Les gamins qui ont trouvé le corps ont aperçu deux cow-boys sortir de la forêt, qu'ils ont identifiés comme étant Lucky Briggs et Storm Crawley. Je veux les interroger dès l'instant où on aura fini de sécuriser les lieux.

Son regard se posa sur Wolfe puis elle enchaîna :

— C'est dommage que vous n'ayez pas encore votre accréditation. Demander au thanatopracteur de jouer les légistes n'est pas dans notre intérêt. Je vous laisse les clés de ma voiture. Suivez le thanato jusqu'à la morgue et faites-moi un rapport aussi vite que possible. Je lui ai expliqué qui vous êtes.

— Oui, madame.

— On va interroger les cow-boys, puis une fois au bureau, je jetterai un coup d'œil aux trombinoscopes des lycées, pour voir si je peux trouver notre victime. J'imagine qu'elle n'est pas encore portée disparue, le corps a l'air encore frais.

— Savez-vous si des gens ont dérangé la scène de crime ? demanda Kane, son matériel à la main.

— Les deux petits, leur mère et moi, a priori. Vous avez tout ce qu'il vous faut ?

— Je ne sors jamais sans mon kit. Et comme on est chanceux, Wolfe avait son matériel dans sa voiture, on est passés le chercher sur la route.

Il lui lança un regard inquiet avant d'ajouter :

— Vous voulez sécuriser la scène et fouiller la zone, madame ?

— Oui, dit Jenna, une boule dans la gorge.

Au cours de sa carrière, elle avait vu des choses qu'elle n'oublierait jamais. Et cela en faisait partie.

— J'ai fait ce que j'avais à faire. Walters peut attendre le thanato ici et nous, on couvrira plus rapidement la zone si on s'y met à plusieurs. Offrons un peu de dignité à la victime.

— OK, dit Kane en dézippant son sac pour distribuer les combinaisons.

— Équipez-vous et allons-y. Et assurez-vous d'avoir votre arme à portée de main, lança le shérif.

— Bien reçu, répondit Wolfe. Vous voulez ouvrir la voie, madame ?

— Oui, dit-elle en relevant la tête vers lui.

Wolfe se tenait debout devant elle, en la fixant, comme s'il voulait poser une question.

— Y'a un problème ?

— Serait-il possible de discuter un peu après, madame ? Pour rendre notre relation de travail plus facile. Nous trois, quand vous aurez le temps.

Une vague d'appréhension stoppa Jenna dans son élan. Elle jeta un regard à Kane, qui se contenta de hausser les épaules.

— Pour l'instant, on a une fille mutilée qui requiert notre attention. Concentrez-vous sur votre travail. Je discuterai avec vous plus tard.

Les poches débordant de matériel, elle les guida jusqu'à la clairière. Derrière elle, le bruit familier des armes sorties de leur étui et le cliquettement des balles chargées dans les chambres. La forêt paraissait moins menaçante avec deux adjoints compétents pour veiller sur elle. Mais dès l'instant où ils atteignirent la clairière, un profond effroi reprit possession d'elle.

Jamais dans sa carrière elle n'avait considéré les victimes de meurtre comme des objets. Jamais elle ne les oubliait et jamais elle ne cessait de vouloir leur rendre justice. C'était sa manière à elle d'y faire face. Face à de tels carnages, d'une certaine façon, elle devenait quelqu'un d'autre, au milieu de tant d'horreur. Comme si elle se détachait d'elle-même. Elle n'avait pas d'autre choix que de mettre son humanité de côté, un court instant, le temps de suivre les indices jusqu'à la tanière des monstres qui avaient commis de tels crimes.

6

Kane avait bien évidemment remarqué la réaction de Jenna quand Wolfe était allé lui parler. Il l'avait vue perdre de ses couleurs. Il se sentait bien bête maintenant, après lui avoir promis de ne pas fouiller son passé. Il balaya la forêt du regard, remarquant la façon dont les oiseaux semblaient s'opposer à leur présence. Si quelqu'un était dans le coin à les observer, il ne bougeait pas d'un pouce. Ça lui semblait peu probable que le tueur soit resté pour les regarder emporter la victime, mais il savait que certains appréciaient voir la réaction d'effroi dans les yeux des témoins, face à l'œuvre qu'ils avaient disposée pour eux. Certains venaient même se fondre dans la foule de curieux, qui s'entassait souvent autour des scènes de crime.

Mais cette fois-ci, pas de foule à l'horizon. Pas un mot n'avait été divulgué au public. Tant mieux. Les parents de cette pauvre fille n'auraient pas à revivre le meurtre partout dans les journaux. Mais le vieux Weems avait la langue bien pendue, il ne manquerait pas de laisser échapper quelques détails. En tant que croque-mort, il n'avait probablement pas grand-chose à raconter en général et se délecterait sûrement de ce bref instant de célébrité.

L'odeur de mort flottant entre les arbres, Kane rangea son arme le temps de mettre son masque. Il suivit Alton jusque dans la clairière, avec Wolfe juste derrière lui, marmonnant dans sa barbe.

— Nom de Dieu, elle a le même âge que ma fille, Emily, murmura-t-il, en enfilant un masque lui aussi. Vous m'aviez dit que Black Rolls Falls était une petite bourgade tranquille...

— Je pensais qu'on avait déjà eu notre dose de détraqués. On a eu quatre meurtres en ville, il y a à peine six mois.

— Merveilleux.

Examinant la scène de crime, Kane grimaça à la vue des corbeaux qui se faisaient un festin du cadavre. Voyant qu'Alton était en état de choc, il lui toucha le bras.

— Quels sont vos ordres, madame ?

— Wolfe, examinez le corps et faites-moi un rapport. Ella attrapa un galet et le jeta en direction des oiseaux, qui se mirent à hurler en se dispersant dans les airs, faisant tournoyer les cheveux de la morte autour de son visage.

— Quant à nous, nous allons laisser l'adjoint Wolfe faire son boulot et essayer de trouver où le meurtre a eu lieu exactement.

Voyant qu'elle frissonnait, Kane se plaça devant elle, pour l'empêcher de regarder le corps. De là, il jeta un œil aux alentours.

— Où sont ses vêtements ?

— Ouvrez les yeux, Kane, dit Jenna en se massant les tempes, pour reprendre le contrôle.

Puis elle posa sur lui un regard froid et assuré.

— Vu le peu d'éclaboussures sur le rocher, je dirais que le tueur a lavé le corps, ou bien qu'il l'a tuée près de la rivière. Dirigez-vous vers l'eau depuis la gauche du rocher et marquez avec un drapeau tout indice potentiel. Je m'occupe du côté droit. Vous avez besoin d'aide, Wolfe ?

— Non, madame, répondit-il en se penchant sur le corps. Je suis d'accord avec vous. Vu le peu de sang, la victime n'a pas été tuée ici. Elle a des lésions sur les mains et les jambes qui laissent entendre qu'elle s'est défendue contre une attaque au couteau. Elle s'est battue pour sa vie. Et vu l'angle des plaies, on a affaire à un homme d'au moins un mètre quatre-vingt. Cherchez des signes de lutte dans la zone. Si vous trouvez des traces de sang, j'aimerais les voir avant qu'elles se détériorent.

— Compris.

Jenna fit signe à Kane :

— Allez-y !

— Attendez !

Wolfe leur désigna le sol de l'autre côté du rocher.

— Il y a des traces, là. On dirait qu'il l'a traînée ici et qu'elle lui a glissé des mains. Je vois quelque chose qui brille entre les feuilles, peut-être une chaîne en or ou quelque chose comme ça. Si je puis me permettre, je vous conseillerais de fouiller ça en premier, madame. Le sol est encore humide, je vois des traces de pas. Vu la profondeur, je dirais un homme d'au moins cent cinquante kilos. Non. Disons plutôt cent. Comme il la portait, il faut prendre ça en compte. Je vais faire un moulage. J'ai un kit.

— Je m'en charge, dit Alton, en lui prenant le matériel des mains. J'espère que ça fait assez de plâtre. Est-ce que vous ajoutez des bâtonnets pour renforcer ?

— Il y a des bâtonnets en plastique dans l'autre boîte. Mélangez un tiers de poudre avec de l'eau dans le grand récipient et vous devriez avoir assez pour deux empreintes.

Kane dégaina son téléphone. Il avait la chance de pouvoir prendre des photos en haute résolution. Se déplaçant prudemment autour du rocher, il se pencha pour prendre des gros plans, puis suivant les instructions de Wolfe, recula pour prendre des clichés de la victime.

S'efforçant de rester méthodique, il avait du mal à contenir la rage qui montait en lui, face à une jeune femme ainsi brutalisée. Même après des années de carrière, ce genre d'images le secouait toujours autant – certainement que ça ne s'arrêterait jamais. Non. L'expression de choc sur le visage de cette fille ne le quitterait jamais. Ses yeux bruns, qui ressemblaient à ceux d'un chevreuil mort et cette bouche peinte, tordue dans un sourire grotesque. Non. Levant les yeux du téléphone, il jeta un regard à Wolfe, qui peinait à allumer un petit enregistreur de poche.

— Besoin d'aide ?

— Oui, merci, dit Wolfe en lui passant l'appareil. Si j'enregistre mes découvertes au fur et à mesure, je n'oublierai rien pour le rapport. Si vous pouviez le tenir, pas trop loin de moi, ça devrait capter mes commentaires.

— OK, pas de problème, dit Kane en faisant attention où il marchait, pour ne pas détruire de preuves.

Il s'approcha de Wolfe et alluma l'enregistreur.

— Examen initial. La victime est une femme, caucasienne, d'environ 16 à 18 ans. Un mètre soixante-cinq, cheveux noirs, yeux marron. La rigidité est minime. Température du corps : trente-trois degrés Celsius, ce qui indique une mort il y a environ cinq ou six heures. Très peu de sang sur la scène de crime. J'estime que la mort a eu lieu aux alentours de 9 heures-9 h 30, le corps ayant été découvert à 10 heures.

Il souleva légèrement la tête de la fille pour examiner son crâne et fronça les sourcils.

— Traces de contusion à l'arrière de la tête, correspondant à un choc violent qui a donné lieu à un traumatisme crânien.

Il passa ses doigts gantés le long des bras, observant les traces de légitime défense.

— Je vais ensacher les mains pour une analyse plus poussée, dit-il en déposant des sacs plastiques autour des mains de la victime. Traces de brûlure sous le menton et sur une des joues, probablement causées par une corde. Le tueur a éviscéré la victime au niveau du torse. Traces de lacération sur le cou, d'une longueur d'environ quinze centimètres à travers la jugulaire. L'angle d'attaque suggère que le tueur est droitier et était armé d'un couteau. La faible quantité de sang sur les lieux indique que la victime a été déplacée. Actes sexuels à déterminer. Une grande quantité de rouge à lèvres a été appliquée sur les lèvres et les joues, post-mortem. Un bouquet de fleurs a été laissé aux pieds de la victime.

Il fit signe à Kane, un air triste dans la voix.

— C'est tout ce que j'ai pour le moment, vous pouvez éteindre. Je vais la couvrir pendant qu'on attend le thanatopracteur. Qu'elle ait droit à un minimum de dignité après sa mort.

Après s'être exécuté, il se tourna vers Kane, le regard noir.

— Je veux tellement choper ce salopard.

— Vous inquiétez pas, on l'aura, dit Kane avec une tape dans le dos.

— Mais pour l'instant, tout ce qu'on peut faire, c'est chercher des indices, ajouta le shérif. Les mecs comme lui se croient invincibles, mais ils font tous des erreurs à un moment ou à un autre et c'est comme ça qu'on va le coincer.

— Vous avez raison, dit Wolfe, je suis prêt à fouiller la zone.

— Allez-y, dit Alton en se penchant sur son moulage.

Kane suivit Wolfe, pour aller étudier le reflet doré qu'il avait repéré. En écartant délicatement les feuilles, il découvrit d'abord une croix, puis une chaîne en or, dont les maillons s'étaient brisés, comme arrachés du cou de la victime.

— J'ai un collier, ici. Avec une croix. On dirait que le tueur le lui a arraché du cou.

Il le photographia, puis rangea les pièces à conviction dans un petit sachet.

— Des traces de lutte par ici, avec un peu de sang, mais pas assez par rapport aux blessures subies. Regardez par là, dit Wolfe en désignant le bord sablonneux de la rivière. Des traces profondes dans la boue. On dirait bien qu'il l'a tuée dans l'eau.

Essayant de chasser de son esprit les images du cadavre, Kane prit d'autres clichés et suivit Wolfe pendant encore vingt minutes.

— Celui qui a fait ça a plutôt bien couvert ses traces. On a eu un autre meurtre avant Noël, un peu comme ça, avec presque pas de preuves. La faute aux émissions de télé, sûrement. Elles expliquent trop comment faire pour ne pas laisser de traces ou d'ADN.

Kane retourna vers l'endroit où Alton terminait les moulages d'empreintes de chaussures.

— On a un problème, madame, dit Wolfe en arrachant son masque, le regard fixé sur la silhouette de la morte, enveloppée dans son linceul. C'est pas son premier meurtre. Vu la façon dont il l'a défigurée avec ce rouge à lèvres, comme une caricature de prostituée. Et ce bouquet, déposé là, comme par un soudain acquit de conscience. On est face à un psychopathe. Et puis la façon dont il l'a disposée... Ce salaud est fier de ce qu'il a fait.

— Je suis d'accord, répondit Alton. C'est pour ça qu'il nous faut absolument un lien avec les bases de données des autres villes. Vu ce qu'il a fait à cette fille, ce mec a probablement commis d'autres meurtres dans tout l'État. Et maintenant, c'est le tour de Black Rock Falls.

Elle se releva, mains sur les hanches.

— Je suis sûre qu'il cherche à faire sensation autant que possible et que maintenant, il est tout près, à attendre les retombées médiatiques.

— Je serais prêt à parier qu'il sera présent aux funérailles, ajouta Kane. Dans son élément, à se nourrir du malheur des gens.

— Alors, on ferait mieux de se bouger le cul et de l'attraper avant qu'il recommence. Des idées ?

— Ce type est hors de contrôle, dit Wolfe en secouant la tête.

Il se tourna ensuite vers Kane.

— Vous êtes l'un des meilleurs profileurs que je connaisse. Est-ce que vous confirmez mon sentiment qu'il a aimé la tuer et qu'il cherchera des sensations encore plus fortes la prochaine fois ?

Kane hocha la tête, tandis qu'un frisson lui parcourait l'échine.

Oui. Préparez-vous au pire, parce que c'est pas joli joli.

Il soupira.

— Pour l'instant, on ne connaît pas son fonctionnement. Mais tous les psychopathes ont un cycle, il y a toujours un moment où ils ne peuvent plus attendre et frappent de nouveau. S'il est toujours à Black Rock Falls, nous devons rester sur nos gardes. Si ça se trouve, il pourrait bien récidiver dans seulement quelques heures.

— Wolfe, il me faut une identification de la victime illico presto et dites au légiste que je ne veux pas que ça s'ébruite dans la presse. Il ne faut surtout pas que les médias contactent les parents avant nous.

— Je vais m'en assurer, madame.

Alton lança à Kane un regard de glace.

— Les gamins ont identifié deux cow-boys qui traînaient par ici ce matin. Il faut qu'on aille les interroger sur-le-champ. Ah, voici le légiste ! Je laisse la victime entre vos mains expertes, Wolfe. Envoyez-moi les résultats de l'autopsie par mail dès que possible. Kane, on y va !

7

Le parking du champ de foire débordait de camions et de gens qui s'affairaient à installer des tentes ou autres food-trucks. Des panneaux aux couleurs vives indiquaient les différentes arènes et une énorme affiche trônait au-dessus de la porte principale, vantant les mérites des cow-boys et cow-girls, prêts à défier la mort et à réaliser des exploits, face aux bêtes les plus sauvages du Far West.

En arrivant sur les lieux, Jenna avait du mal à rester concentrée. Les mots de l'adjoint Wolfe tournaient en boucle dans sa tête. *Vous êtes l'un des meilleurs profileurs que je connaisse...* Elle en avait des sueurs froides. Kane ne lui avait pas dit connaître le nouvel adjoint et, de fait, pendant leur première rencontre, ils avaient plus l'air de deux cerfs en rut que de vieilles connaissances. Mais depuis leur petite excursion au café Chez Tante Betty, ils avaient soudainement l'air de deux vieux amis et Wolfe lui avait quasiment ordonné une réunion. Elle avait confiance en Kane. Il n'avait aucune raison de lui cacher des informations. *Mais qu'est-ce qui se passe ?*

Elle se tourna vers son adjoint, mais ne parvint pas à adoucir le ton de sa voix.

— Connaissez-vous Shane Wolfe ? Vous vous comportez comme de vieux amis.

— On s'est rencontrés pour la première fois ce matin. Mais je l'aime bien. Il a de l'expérience. C'est exactement ce dont nous avons besoin. Surtout aujourd'hui.

Son regard n'avait pas flanché, il était convaincant ; soit il disait la vérité, soit c'était le meilleur menteur du monde. Jenna se contenta d'acquiescer.

— Je suis d'accord. Il nous en faudrait six comme lui.

— Pas sûr que le maire vous laisse en avoir six. À la rigueur un de plus et un bleu !

D'un coup de menton, il désigna une des affiches accrochées près de la billetterie.

— Je vais demander au gars, mais on dirait bien que notre Lucky Briggs concourt dans plusieurs catégories. Monte de taureau, lasso...

Jenna observa le portrait pixellisé d'un homme brun, dont le visage était à moitié caché par son chapeau.

— On ne peut pas tirer grand-chose de cette photo, mais il a l'air assez connu. Je ne savais pas du tout qu'il y avait autant d'événements. Y compris l'élection de la Reine du Rodéo. J'ai toujours préféré rester en ville pendant la compétition, histoire de gérer les plaintes.

— Il y a même un bal, jeudi soir. Je vais nous prendre des tickets.

— Ne soyez pas ridicule. Non seulement c'est très déplacé, mais après ce qui vient de se passer, nous serons en service, pas en train de faire de la danse en ligne ! Sous réserve que je sache faire ça...

— Vous me brisez le cœur. Mais l'idée n'était pas vraiment de vous inviter à sortir. Vous ne pensez pas que nous fondre dans la foule nous permettrait de décrocher certaines informations ? L'alcool délie les langues, c'est bien connu. Et après trois ans ici, je suis sûr que vous vous débrouillez très bien en *Texas Two Step*[11], ajouta-t-il avec un grand sourire.

— Pas vraiment. Mais j'imagine que oui, vous avez raison. Nous pourrions nous servir de ça pour garder un œil sur les habitants et voir si nous repérons qui que ce soit de suspect.

Elle haussa les épaules.

— Mais je n'ai pas le temps d'acheter une tenue, par contre. On a un meurtre sur les bras, au cas où vous auriez oublié.

— Moi, une petite mission d'infiltration, ça me dit pas mal, dit-il en souriant. Ce genre de bal n'a rien de formel. Je suis sûr que vous avez un jean et une paire de bottes qui traînent quelque part. Une chemise à franges. Vous portez un chapeau de cow-boy en ce moment même ! Alors ? C'est d'accord ?

Depuis qu'il lui avait raconté sa rupture douloureuse, le shérif et lui étaient devenus très proches et passaient beaucoup de temps ensemble. Les poings sur les hanches, Jenna laissa échapper un long soupir.

— Je sais que vous avez l'habitude des femmes qui tombent à vos pieds, mais on est sur une mission, là.

— Exactement.

Alton leva les yeux au ciel et se détourna.

— D'accord. J'irai avec vous à ce bal. Mais c'est seulement pour servir de renfort aux adjoints sur place, OK ? Allez ! Achetez les billets. Moi, je vais aller voir aux écuries, demander si quelqu'un a croisé nos suspects.

Elle se dirigea vers les remorques à chevaux, alignées le long d'un bâtiment. Vu l'odeur qui se dégageait d'une grange fraîchement repeinte, les écuries étaient de ce côté. Contournant les tas de fumier et autres ruisseaux d'urine, elle entra dans le bâtiment, où les effluves de cheval, de paille et de cuir s'élevaient depuis les ténèbres. Arrivant tout droit d'une éclatante journée d'été, elle dut s'arrêter un instant dans l'entrée, pour permettre à

---

1. Danse en ligne au son de musique country.

ses yeux de s'adapter à la pénombre de l'intérieur. De rares rayons de soleil peuplés de grains de poussière illuminaient les lieux par les lucarnes du toit, révélant les rangées de chevaux, dont seule la tête dépassait de leur box.

Jenna s'avança dans l'allée centrale, passant devant les porte-selles et s'approcha d'un homme occupé à remplir une brouette de crottin de cheval. Elle attendit un instant qu'il abaisse sa fourche puis s'éclaircit la voix.

— Bonjour, monsieur. Avez-vous vu Lucky aujourd'hui ?

— Peut-être bien que oui, peut-être bien que non.

L'homme, séduisant, une petite trentaine d'années, la dévisagea, son regard la dévorant de haut en bas avant de revenir à hauteur d'yeux.

— Ils font pas des policières comme vous par chez moi, enchaîna-t-il. Lucky n'aime pas fricoter avec la flicaille, mais si vous cherchez un partenaire pour le bal, venez me voir. J'aime les femmes en uniforme.

Jenna se retint de grimacer. Aussi beau qu'il puisse être, elle se sentait salie. Mais elle pouvait jouer le jeu.

— Vous vous appelez comment ?

— Storm Crawley, mais vous pouvez m'appeler Storm.

Un frisson d'angoisse s'empara d'elle et elle dut se retenir d'attraper son arme. *C'est peut-être lui, le tueur et il a une fourche.* Nonchalamment, elle s'approcha du box le plus proche, feignant de s'intéresser aux chevaux.

— Vous me racontez ?

— Ah ça, ouais ! répondit l'homme, la lumière faisant ressortir son visage bronzé. Peut-être que je peux vous montrer un truc ou deux après le bal ?

Ignorant cette insinuation d'une subtilité incroyable, Jenna se força à sourire et jeta un œil à l'arrière de la grange.

— Pourquoi pas, mais là tout de suite, je cherche Lucky. Vous ne savez pas où je pourrais le trouver ?

— Vous voyez la porte au fond, là-bas ? Il est sûrement en

train de nettoyer sa selle. Moi, j'ai fini, il faut que je me lave, mais on se voit au bal, hein ? dit-il en tournant les talons, prenant soin de bien faire claquer ses éperons.

Ce connard ne lui avait même pas demandé son nom. *Pas besoin de ça pour le tableau de chasse, j'imagine.* Mais un tel désintérêt pour sa personne pouvait aussi être un symptôme, c'était peut-être lui le psychopathe. Depuis l'arrivée de Kane, Jenna avait appris certaines subtilités de profilage. Se rendant compte de son erreur, soudainement, elle jeta un œil à l'entrée par laquelle elle était arrivée, espérant que Kane n'était pas loin derrière. *Entrer dans un espace clos avec un tueur potentiel, mais quelle bonne idée...*

Le bruit d'un robinet attira son attention et elle se retourna. De l'autre côté du bâtiment, Storm passait de l'eau sur son torse nu. Se disant que sa toilette l'occuperait pendant un certain temps, Jenna ferma les yeux le temps de quatre grandes respirations, avant de s'aventurer dans la pièce au fond de la grange. La porte était entrouverte et elle jeta discrètement un œil.

Un homme grand, aux muscles saillants, accrochait une selle sur un râtelier et tourna vers elle un visage d'une beauté diabolique. Il la scruta un instant et fronça les sourcils.

Elle entra dans la pièce et fut saisie par les odeurs de savon, de cuir et de transpiration. Elle parcourut son corps du regard à la recherche d'armes et dans un élan de distraction, se demanda comment il avait réussi à rentrer dans un jean aussi serré. *Plus dangereux comme amant que comme tueur, a priori.* Elle avait envie de se gifler. Mais où avait-elle la tête ? On ne reluque pas un psychopathe potentiel. Ravalant sa salive, elle dit :

— C'est vous, Lucky Briggs ?

— Ouaip.

Il lui tourna le dos et s'enfonça dans la noirceur de la pièce.

— Je l'ai pas touchée.

Une vague de terreur saisit Jenna à la poitrine. Aucune information sur le meurtre n'avait pu fuiter aussi vite. Revenant sur ses pas, elle se précipita sur la porte, pour la laisser grande ouverte.

— Pas touché qui ?

Elle suivit Lucky par-delà les rangées de selles.

— Je ne lui ai pas demandé comment elle s'appelait, dit-il en attrapant un tas de torchons, pour les ranger dans une boîte avec une bouteille de savon. Je l'ai rencontrée à l'hôtel Cattleman, au bar. Elle m'a suivi jusqu'au motel, mais j'avais bu, donc je n'étais pas intéressé, si vous voyez ce que j'veux dire... Et j'avais fait du cheval toute la journée ! Je voulais juste pioncer ! Bon sang, je lui ai même dit que Storm pouvait se charger de faire le boulot si elle en avait besoin.

— Et que s'est-il passé ensuite ? demanda Jenna en le fixant du regard.

— Elle a pété les plombs ! Elle a déchiré sa chemise et s'est jetée sur moi en me griffant. Elle a dit qu'elle allait appeler les flics, dire que je l'avais violée.

L'homme se tourna vers Jenna, pour lui montrer les traces de griffures qu'il avait sur le cou.

— Je l'ai jetée dehors et je suis allé me coucher. Tout seul.

À cet instant, un cliquettement d'éperons se fit entendre derrière elle. Jenna regarda autour d'elle, à la recherche d'une sortie, mais n'en trouva pas. Tout son corps se crispa, un vent de panique prenant possession d'elle. *Storm est derrière moi. S'ils me sautent dessus, je suis piégée.*

8

Évaluant la menace, Jenna fit trois pas de plus vers Lucky, puis se tourna nonchalamment pour se placer dos au mur. De cette position, elle avait les deux hommes en vue. Tous deux avaient un couteau de chasse attaché à la ceinture, dans un fourreau en cuir et l'image de la jeune femme éviscérée lui traversa l'esprit. Elle avait déjà vu des cow-boys en action, leur façon de sauter de cheval pour attacher un taureau. Ces hommes, forts, agiles, étaient rapides comme l'éclair et – bien que Kane lui ait appris quelques nouvelles tactiques – ils pourraient la maîtriser avec facilité. Elle avait son arme, bien sûr ; mais sans motif raisonnable, elle ne pouvait pas la pointer sur eux.

Lucky lança un sourire complice à Storm et s'avança vers elle. Il était si proche qu'elle pouvait sentir son odeur. Paralysée par la peur, par cette sensation d'étouffement qui annonçait un nouveau flash-back, Jenna inspira longuement pour garder son calme. Il fallait qu'elle reprenne le contrôle de la situation.

— Reculez d'un pas, monsieur Briggs.

— Vous avez un problème avec les hommes qui pénètrent dans votre zone de confort, shérif ?

Bon sang, où es-tu, Kane ? Elle rencontra le regard bien trop confiant de Lucky et refusa de montrer qu'elle flanchait.

— Restez où vous êtes, répondez à mes questions et je ne resterai pas longtemps.

— OK, allez-y.

— Est-ce que quelqu'un vous a vu, au motel ?

— Ouais, Storm ! Il roulait des pelles à une fille sur le parking, juste à côté de ma chambre. Tu l'as vue, cette fille, m'attaquer, hein, Storm ?

— Carrément, ouais ! Cette folle lui a couru après toute la nuit, expliqua Storm en s'appuyant contre le porte-selle. J'ai essayé de la calmer, de lui dire que je pouvais très bien faire avec deux filles en même temps, mais elle m'a craché dessus et elle est partie.

Il sourit.

— J'veux dire, regardez-moi. Qui ne rêve pas d'une nuit d'amour dans mes bras ?

Pas moi. Ça, c'est sûr.

— Pouvez-vous me la décrire ? Quel âge avait-elle ? Quelle couleur de cheveux ?

— Plus vieille que vous... 40 ans, quelque chose comme ça. Difficile à dire avec toutes les couches de maquillage, dit Lucky en haussant les épaules. Blonde. Décolorée. Talons aiguilles noirs. Une belle paire de seins. J'imagine que c'était une pute. Enfin, elle en avait l'air en tout cas. Mais moi, j'ai pas besoin de payer pour avoir de la compagnie, donc c'est peut-être pour ça que ça m'a autant énervé, dit-il en souriant. C'est dommage que vous soyez flic ! Vous êtes vraiment canon. Y'a que les petites jeunes et les putes qui me courent après. Elles veulent un cow-boy avec un côté tendre, v'voyez ? Y'en a qui sont tellement jeunes que je commence à demander les cartes d'identité.

— Mais je ne vous cours pas après, monsieur Briggs.

— Ah bon ? À la façon dont vous me regardiez tout à

l'heure, j'ai pensé que vous aviez envie d'un bon cow-boy. Et appelez-moi Lucky.

Elle lui lança un regard froid, puis poussa un grognement dédaigneux.

— Je ne pense pas, monsieur Briggs.

— Oh ! Mais c'est qu'elle est sauvage, en plus !

Elle vit le regard de Lucky s'attarder sur ses seins, puis elle le vit sourire à Storm.

— Maintenant, je comprends pourquoi tu kiffes les femmes en uniforme.

Tentant d'ignorer cette remarque, elle lui lança un regard noir.

— Voulez-vous déposer plainte contre cette femme ?

— Non, dit Lucky en se grattant l'arrière de la tête. Je ne cherche pas les problèmes.

Storm passa une main dans ses cheveux humides et avança de quelques pas, alors que le cœur de Jenna battait à tout rompre. Les muscles en feu, elle se tenait prête au combat, planifiant déjà ses mouvements. Un coup de pied dans le genou lui fracasserait la rotule en déchirant les tendons. Cela ruinerait la carrière de Storm à tout jamais, ce qui stopperait Lucky pendant la fraction de seconde nécessaire pour qu'elle puisse pivoter et lui enfoncer son talon dans la mâchoire.

Elle s'éloigna un peu du mur, la main sur son pistolet. Storm remarqua son mouvement et s'avança encore un peu plus, pour se placer entre la porte et elle. Le menton haut, elle lança d'une voix autoritaire :

— OK. Mais avant que j'y aille, sauriez-vous me dire où vous étiez ce matin, entre 8 et 10 heures ?

— J'aidais le vieux Joey à déplacer Lightning, sauf que cette sale bête a piqué une crise et m'a envoyé valser contre un camion. Je me suis fait un bleu à la hanche, donc on est allés à la rivière, dans la forêt, là où les pierres font comme une piscine, pour que je me trempe dans l'eau froide. On y va souvent. Plein de mecs du circuit le font, parce que c'est bon pour les blessures.

Il baissa son pantalon pour montrer l'énorme ecchymose noire qui trônait sur sa hanche étroite.

— Je vais devoir concourir avec cette blessure, donc il fallait absolument que ça désenfle. J'y retournerai aussi demain et peut-être aussi plus tard aujourd'hui.

Avant que Jenna puisse dire quoi que ce soit, la voix de Kane retentit d'un coup sec derrière Storm.

— Couvrez-vous avant que je vous arrête pour attentat à la pudeur.

Kane lança un regard à sa partenaire et le temps sembla s'arrêter l'instant d'une seconde, puis il demanda :

— Avez-vous vu ou entendu quelqu'un d'autre dans le coin, pendant que vous et votre blessure faisiez trempette ?

Lâchant un soupir de soulagement, Jenna se faufila au côté de Kane et attendit la réponse de Lucky.

— Ouais, des gosses à vélo, qui nous ont fait signe sur le chemin du retour. À part ça, j'ai rien entendu d'inhabituel. Mais faut dire que la cascade couvre beaucoup les bruits.

— Pourquoi vous baigner là et pas plus haut dans la clairière ? Il y a une sorte de plage là-bas. Ça a dû être difficile de sortir de la piscine rocheuse avec votre blessure, asséna Kane en le regardant fixement.

— Vous vous moquez de moi ? On s'est baignés nus, le bassin rocheux est plus isolé. Y'a des gosses qui traînent à la clairière ! Et des adultes aussi, le week-end, mais pas aussi tôt. Pourquoi est-ce que vous me cuisinez comme ça ? lança le cow-boy, le regard noir.

— Simples questions de routine suite à une plainte. Autre chose que vous vouliez leur demander, madame ?

Jenna comprit que Kane s'inquiétait pour elle.

— J'ai besoin de votre numéro de téléphone et de votre taille de chaussure, dit-elle en sortant son bloc-notes. Consentirez-vous à un test ADN ?

Les deux hommes donnèrent sans broncher ces informations.

— J'ai des kits pour le test ADN dans mon bureau, expliqua Kane. Ça ne fait pas mal.

— Mais vous avez déjà notre ADN ! dit Lucky. L'autre shérif a pris des échantillons de presque tout le monde y'a quatre ans, quand une fille de Blackwater s'est fait violer.

— Ouais, on n'a pas eu le droit de quitter la ville pendant des semaines ! Le temps que les échantillons aillent à Helena pour être étudiés, ajouta Storm en secouant la tête. Ça nous a fait perdre beaucoup d'argent, ces conneries. Ça nous fait de la mauvaise pub ! Tout le monde croyait qu'on était coupables. Alors qu'au final, c'était juste son copain, mais la fille voulait pas le dénoncer.

— Où est-ce que je peux trouver ce vieux Joey dont vous parliez ?

Pendant que Jenna parlait, Kane fixait les cow-boys d'un regard de glace.

— Probablement avec le bétail. C'est le bâtiment à côté de l'arène principale. Il vous dira ce qui s'est passé.

— OK. C'est tout ce dont j'avais besoin pour le moment. Merci de votre coopération.

— On se voit au bal alors, dit Storm avec un clin d'œil. Ou peut-être juste après ?

— Alors là, tu rêves, mon chaton.

La voix de Kane avait résonné avec une telle intensité que Jenna en resta bouche bée.

Elle se dirigea vers la sortie sans regarder derrière elle. Quand Kane la rejoignit, elle inspira longuement et finit par lui dire :

— Merci.

— Merci ? Mais vous avez perdu la tête ou quoi ? Qu'est-ce

qui vous a pris de vous trouver seule avec deux meurtriers potentiels ? Vous avez oublié que vous avez failli être violée et torturée par des psychopathes il y a à peine quelques mois ?

Elle le regarda fixement. *Et voilà, il redevient hyper protecteur...*

— Calmez-vous, Kane. Je ne vais pas oublier si facilement avoir tué un homme qui était mon ami.

— Et d'où faites-vous confiance à des cow-boys ?

Il baissa la voix pour lui murmurer :

— Vous avez fait une overdose de Roy Rogers[1] quand vous étiez petite ?

— Ne jouez pas à ça avec moi, adjoint Kane, dit-elle en faisant mine de l'ignorer.

— Jenna, s'il vous plaît, arrêtez ça. À quoi ça servirait d'être votre adjoint si je n'ai pas le droit de me soucier de votre sécurité ?

Elle le regarda fixement et vit que l'inquiétude dépassait sa sévérité, burinant son visage séduisant.

— Ils vous avaient coincée, dos à un mur.

— J'étais armée ! J'aurais pu les avoir avant même qu'ils fassent un geste. Vous le savez.

— Peut-être, mais vous auriez pu me dire où vous alliez. J'ai tourné la tête à peine une seconde et vous aviez disparu ! Vous m'avez fait une peur bleue, Jenna. Y'en a dix, des écuries ! C'est uniquement par chance que je vous ai retrouvée et que j'ai entendu votre voix. Si ces cow-boys avaient été les tueurs, ils vous auraient eue ! L'un vous aurait fait vous tourner, pour que l'autre t'attaque par-derrière. Vous savez que j'ai raison, dit-il avant de s'éloigner en direction de la bétaillère.

Au moins, je sais qu'il est là pour veiller sur moi, se dit Jenna en le regardant partir. Avec deux adjoints aussi fiables,

---

1. Célèbre musicien de musique country.

elle n'avait aucune raison d'enquêter seule. *Il a raison. Il faut que j'arrête de faire semblant d'être invincible.*

9

Joanne Blunt se promenait le long de Stanton Road, appréciant la sensation du soleil sur son visage et l'odeur des pins mêlée au parfum abondant des fleurs sauvages. Les vacances d'été, c'était le meilleur moment de l'année et passer du temps avec ses cousins à Black Rock Falls pendant la saison du rodéo, c'était le paradis. Pas de parents à qui rendre des comptes. Et la journée, pendant que ses cousins étaient au travail, elle avait tout son temps pour se promener, insouciante.

Les chemins à travers la forêt lui étaient familiers – elle était déjà venue plusieurs fois – et elle avait toute la journée devant elle pour aller au bassin rocheux. Avec un peu de chance, elle tomberait peut-être même sur des cow-boys. Elle savait qu'ils venaient souvent traîner là, l'été. Et ils avaient des tickets gratuits, elle pourrait peut-être même se faire inviter au bal ! Sa serviette roulée sous le bras, elle s'enfonça dans la forêt. Sur la route, elle cueillit un grand nombre de fleurs sauvages, qu'elle attacha ensemble en un joli bouquet, à l'aide d'un brin d'herbe.

Arrivée à la cascade, elle remarqua un homme qui se tenait debout là. Qui faisait des allers-retours, de long en large, comme s'il contemplait quelque chose d'important. Elle ne voulait pas le déranger, mais elle avait fait beaucoup de chemin pour arriver jusque-là et profiter de l'eau. Son dos était trempé de sueur et même si l'eau était glaciale, un brin de trempette pour se rafraîchir ne pouvait pas lui faire de mal. Quand l'homme se tourna vers elle, elle le salua timidement d'un geste de la main et déposa son bouquet dans une petite flaque.

Après avoir étalé sa serviette sur un rocher, elle enleva ses chaussures, puis sa chemise et son short en jean. Elle portait un bikini en dessous. Jaune, très léger. Elle était fière de son bronzage et aimait le montrer. Elle jeta un coup d'œil autour d'elle, mais l'homme avait disparu. Elle haussa les épaules, puis s'assit sur le bord du rocher, pour plonger ses orteils dans l'eau.

Tout était si calme ; à part le bruit des chutes, il n'y avait aucun son. Ça donnait l'impression d'être seule au monde. Mais une forte odeur de transpiration lui rappela que ce n'était pas le cas. Elle se retourna et vit l'homme qui sortait d'entre les arbres, une expression amusée sur son visage. Il la salua comme s'il la connaissait et poliment, elle le salua en retour.

— Belle journée pour une baignade, dit-elle.

— Oh oui, une très très belle journée, répondit-il. Un jour de chance, même.

Il s'approcha d'elle et elle remarqua comment son regard se baladait le long de son corps.

— Tu es toute seule ?

Soudain mal à l'aise, elle se leva et reprit sa serviette. Elle avait vaguement remarqué qu'il avait quelque chose à la main, qui étincelait au soleil et la panique s'empara d'elle tout d'un coup. *Merde. Il a un couteau.*

Essayant d'avoir l'air sereine, elle haussa les épaules.

— Mes amis sont en route.

— Oh, ça, je ne crois pas. Tu viens ici pour te baigner toute nue avec les cow-boys, dit-il en ricanant. Mais tu les as ratés, ils étaient là tout à l'heure !

La façon dont il jouait avec son couteau, le faisant passer

d'une main à l'autre, était à glacer le sang. Joanne voulait s'enfuir, mais il lui bloquait le chemin et avec l'eau glacée derrière elle, elle était prise au piège. Décidant de bluffer pour se sortir de cette situation, elle rassembla ses vêtements et reprit son bouquet.

— Si vous voulez bien m'excuser, je dois rentrer.

L'homme ne répondit pas et fixa les fleurs pendant quelques secondes, comme hypnotisé. Puis, il finit par dire :

— Tu m'as apporté un bouquet ? Comme c'est gentil.

Il s'approcha encore un peu plus, lui bloquant toujours le passage.

— Pose tes vêtements. Tu n'iras plus nulle part aujourd'hui.

Joanne était morte de peur et ses jambes lui paraissaient lourdes comme du plomb, mais son esprit restait alerte. Elle lui jeta les vêtements et les fleurs à la figure, puis se lança à toute allure dans la forêt. Les branches lui fouettaient le visage et les fougères s'emmêlaient autour de ses jambes. Mais si elle arrivait à courir encore quelques mètres, elle finirait par tomber sur un autre sentier. Les poumons en feu, elle slalomait à travers les arbres, cherchant dans toutes les directions un chemin insaisissable vers la sécurité. Mais des pas lourds se firent vite entendre derrière elle et quelques instants plus tard, ce fut la respiration de l'homme. Il agrippa fermement ses cheveux et Joanne hurla de douleur.

— Lâchez-moi !

Puis des flashs de lumière blanche noyèrent sa vision. Doublés d'une douleur fulgurante. Elle n'avait même pas vu venir le coup. Ses jambes se dérobèrent sous elle et elle tituba, s'écroulant contre lui. L'odeur de cet homme lui donnait envie de vomir, mais elle en profita pour lui donner un coup de genou. Il l'esquiva comme un professionnel et elle le toucha à la cuisse. Elle tenta alors de s'attaquer à son visage, mais il la retourna et la frappa violemment au ventre. Nauséeuse, elle se retourna vers lui et tenta de se relever, mais il la frappa de nouveau. Elle fixa à travers ses larmes le visage de cet homme, déformé dans un sourire maniaque.

— Oh, mon Dieu...

— Dieu ne pourra rien pour toi, ma jolie.

Il la plaqua contre son corps puant et lui lécha la joue.

— On va tellement s'amuser, toi et moi.

10

Pour tenter de trouver des éléments qui lui permettraient d'identifier la victime, Jenna se pencha sur son bureau, le regard fixé sur les photos de la scène de crime. Elle essaya de se concentrer sur les indices. Le vieux Joey avait confirmé l'histoire de Lucky, mais selon lui, les deux cow-boys avaient quitté les lieux avant 8 heures, ce qui leur aurait largement laissé le temps de commettre le meurtre, puis de se laver et de retourner à leur véhicule.

La colère de Kane et son silence sur le chemin du retour venaient perturber son esprit. Évidemment qu'il avait raison de s'inquiéter pour elle. Elle essaierait de se faire pardonner plus tard, quand il serait revenu de l'autopsie. *Bon courage avec ça, Jenna.*

Se forçant à rester concentrée, elle contempla le visage de la fille. L'adjoint Wolfe l'avait prise en photo après l'avoir démaquillée. Pas besoin de permission pour une autopsie quand il s'agit d'un meurtre avéré et M. Weems, le thanatopracteur, légiste à l'occasion, s'était empressé de procéder à un examen. La victime avait l'air encore plus jeune et innocente, sans ce rouge à lèvres. Malgré ça, il était déjà 17 heures passées et on n'avait signalé aucune disparition. Jenna avait demandé à Rowley de contacter l'hôpital, de leur dire de l'appeler si qui que ce soit cherchait une fille, mais depuis, elle était dans une impasse.

Sur son ordinateur, elle fouilla l'album photo du lycée, en commençant par la classe des secondes. Et moins de trois pages plus tard, bingo ! Elle était là, au premier rang de l'équipe de pom-pom girls. Jenna zooma sur l'image, comparant ce visage souriant au regard vitreux de la victime. Les doigts tremblants, elle consulta les noms en bas de la photo. Ne voulant faire confiance ni au photographe ni à personne d'autre, elle nota toute la liste dans son bloc-notes, au cas où ils ne soient pas dans l'ordre. Elle commencerait par les trois filles du premier rang, mais Felicity Parker, radieuse dans son uniforme, ses longs cheveux attachés en queue-de-cheval, semblait être celle qui correspondait le plus.

Ce nom lui disait quelque chose. Parker. Elle demanda à Rowley de la rejoindre.

— La bibliothécaire, elle ne s'appelle pas Parker ?

— C'est possible. Je vous avoue que je ne vais plus à la bibliothèque depuis qu'il y a Google, répondit Rowley en riant. Je vais demander à Maggie, c'est une grande lectrice.

Quelques instants plus tard, Rowley était de retour avec la secrétaire.

— Qu'est-ce que vous voulez savoir sur Jill Parker, madame ? Elle n'a pas de soucis, j'espère... Oh non. Le corps dans la forêt, ce n'est pas le sien, si ?

Jenna se racla la gorge et demanda à Rowley de fermer la porte.

— Non. Je cherche une dénommée Felicity Parker. Vous savez si elles ont un lien de parenté ?

— C'est sa fille, lança Maggie, pétrifiée, alors que ses yeux bruns se posaient sur la photo des pom-pom girls.

Elle se couvrit la bouche alors que les larmes commençaient à monter.

— Oh non, non, non, pas Felicity ! lâcha-t-elle en s'écroulant sur une chaise.

Jenna prit une grande inspiration.

— Si vous connaissez cette fille, je vais devoir vous demander d'examiner les photos de la victime. Est-ce Felicity ? demanda-t-elle en servant un verre d'eau à Magnolia. Maggie, s'il vous plaît, pouvez-vous jeter un œil ?

Maggie sortit difficilement son visage de ses mains et prit une grande inspiration avant de poser les yeux sur les images. Elle détourna presque instantanément le regard et fondit de nouveau en larmes.

— C'est Felicity, je la connais depuis qu'elle est toute petite.

— Je suis désolée. Sauriez-vous me dire où vit Mme Parker ?

— Numéro 6, Elm Street. Pas loin de la forêt de Stanton, dit Maggie en sortant un mouchoir de sa poche pour s'éponger les yeux.

— Pensez-vous que son mari sera à la maison ?

Jenna voulait prendre Maggie dans ses bras, mais ces questions étaient urgentes.

— Elle aura besoin d'être entourée quand elle apprendra la nouvelle. Est-ce qu'elle a de la famille ou des amis dans le voisinage ?

— Oui. Sean rentre du travail vers 17 h 30 et elle a une sœur en ville. Je connais son numéro, je vais vous le noter.

Maggie se moucha avant d'emprunter son stylo à Jenna et inscrivit le numéro, accompagné du nom de la sœur en question.

— Merci beaucoup, dit Jenna dans un soupir. Rentrez chez vous, je m'occupe de la suite.

— Toutes mes condoléances, ajouta Rowley en aidant Maggie à se relever. Je vais vous déposer chez vous. Ne vous inquiétez de rien, je reste ici pour aider le shérif à gérer le bureau.

Jenna acquiesça.

— Oui, merci à vous. Pourriez-vous m'envoyer Kane et Wolfe avant d'y aller ?

— Oui, madame, dit Rowley, alors qu'il enroulait un bras musclé autour de Magnolia.

Une senteur d'after-shave précéda l'entrée des deux hommes qui revenaient de l'autopsie et s'étaient douchés et changés avant de rentrer au bureau.

— Des infos qui me seraient utiles ? leur lança Jenna.

— Je vous ai apporté une copie de l'enregistrement que j'ai fait sur la scène de crime et vous aurez un rapport provisoire demain matin à la première heure. Le rapport d'autopsie officiel va prendre un peu de temps. J'ai demandé des prises de sang et des tests ADN.

— Est-ce qu'il l'a violée ?

— Oui.

Le front de Wolfe se plissa et il se racla la gorge avant d'ajouter :

— Je pense, oui. Pas de trace de sperme, néanmoins. Pour l'instant, on n'a rien pour coincer ce salaud.

Cherchant en vain à chasser les images du cadavre de son esprit, Jenna repoussa une mèche de cheveux derrière son oreille.

— Maggie a identifié la victime comme étant Felicity Parker ; elle est totalement dévastée. Je voudrais que vous alliez informer les parents. Ils seront chez eux vers 17 h 30 a priori, dit-elle en tendant à Kane un papier avec l'adresse. Je serais bien venue avec vous, mais je dois rester ici jusqu'à ce que Rowley revienne. Il ramène Maggie chez elle.

Elle se tourna ensuite vers Wolfe.

— Je sais que vous vouliez vous entretenir avec moi, mais je comprends tout à fait si vous voulez rentrer chez vous rejoindre vos filles.

— J'ai prévu de rencontrer plusieurs nounous dès ce soir. Il y en a trois qui viennent, à partir de 19 h 30. Toutes disposées à commencer immédiatement, dont une qui serait prête à vivre sur place, ce qui, honnêtement, me semble être la meilleure solution. D'autant plus qu'il y a une dépendance, séparée de la maison par le garage.

Il sourit, mais pas avec les yeux.

— J'apprécie vraiment les efforts que vous avez fournis pour me trouver ces femmes, en vous assurant qu'elles feraient de bonnes candidates.

Perturbée par la façon dont Wolfe semblait dénué de toute émotion, Jenna se demanda si c'était le fait de travailler avec des cadavres qui lui donnait cette capacité à être aussi détaché. Une boule dans la gorge, elle lui lança :

— Je ne fais pas les choses à moitié quand des enfants sont concernés. Elles ont toutes d'excellentes références et je connais Mme Mills personnellement. Elle est très douce et a pris soin des petits-enfants de Duke pendant deux ans. Il en a toujours été extrêmement satisfait et vous dira tout ce qu'il y a à savoir sur elle si besoin. C'est une jeune veuve, la cinquantaine, je pense que vous l'aimerez beaucoup.

— Merci infiniment. J'ai mis des caméras, aussi. Quand il s'agit de mes enfants, je ne fais confiance à personne, dit Wolfe en se relevant, impressionnant du haut de ses deux mètres. Je rentrerai à la maison dès qu'on aura fini avec les Parker. Vous voulez leur faire faire une identification officielle ?

— Je m'occupe de cette partie-là. Rentrez chez vous prendre soin de vos filles, dit Kane avant de plonger ses yeux bleus dans ceux de Jenna. Je sais que vous avez beaucoup de choses à gérer, madame, mais nous apprécierions vraiment si vous pouviez nous accorder vingt minutes de votre temps, pour discuter, en privé. Chez moi, je pense que ce serait le mieux. Si Wolfe trouve une nounou rapidement, on pourrait s'y retrouver, dès que possible. On y sera à l'abri des oreilles indiscrètes, dit-il en se frottant la nuque, visiblement mal à l'aise. Je sais que vous êtes fâchée contre moi, shérif, mais c'est important.

Et c'est reparti. Le cœur de Jenna battait à tout rompre dans sa poitrine, mais elle ne se laissa pas démonter.

— Mais je ne suis pas du tout fâchée contre vous, Kane. D'accord. Si c'est aussi urgent que vous le dites, je vous donne rendez-vous demain, 7 heures tapantes, chez vous. Rowley se chargera d'ouvrir le bureau.

Elle lança un rapide regard à Wolfe et s'adressa à lui :

— Kane vous expliquera où c'est.

— Je déposerai le dossier Felicity Parker ici avant de rentrer ce soir, dit Kane en lançant à Jenna un regard lourd de sens. Vous m'avez l'air fatiguée. Ça vous dirait de dîner avec moi, au café ? Après une journée pareille, je ne me sens pas trop de manger tout seul.

Jenna secoua la tête.

— Non, merci, pas ce soir. C'était une grosse journée et je vais passer la soirée sur les indices qu'on a pour l'instant. Après ça, je vais avoir besoin de me reposer, pour me remettre les idées au clair. On discutera demain matin.

— Vous avez besoin de manger et je serai de retour dans une heure, si jamais vous changez d'avis.

Kane lâcha un long soupir exaspéré.

— J'apprécierais vraiment votre compagnie ce soir, shérif.

Après avoir fixé les documents sur son bureau pendant un long moment, Jenna releva lentement la tête pour le regarder.

— J'y penserai, dit-elle en retournant à ses papiers, soulagée d'entendre la porte se refermer derrière lui.

S'il y avait bien une chose que Jenna détestait plus que tout, c'était les gens à qui on ne pouvait pas faire confiance. Jusque-là, elle avait cru son amitié avec Kane indestructible, mais le sentiment de sécurité qu'elle ressentait auprès de lui s'étiolait de

plus en plus. Oui, elle savait qu'il venait des forces spéciales –
probablement des marines, ou d'une équipe de commandos –
mais ils avaient installé une sorte de pacte entre eux, s'étaient
promis de ne pas aller fouiller dans le passé de l'autre.

Mais dès l'instant où un nouvel adjoint était arrivé en ville –
boum – voilà que tout avait explosé et que Kane agissait comme
s'il voulait tout révéler au grand jour.

Ses oreilles sifflaient tellement qu'elle n'arrivait plus à réfléchir. Trois ans qu'elle se sentait en sécurité sous les radars, plan-
quée à Black Rolls Falls dans une délicieuse obscurité. Et voilà
qu'on venait lui couper l'herbe sous le pied. Il n'y avait aucune
chance que Shane Wolfe puisse l'avoir connue en tant qu'Avril
Parker.

Après sa chirurgie intensive du visage, même les agents avec
qui elle avait travaillé ne la reconnaîtraient jamais. Et pourtant,
il semblait évident que Wolfe et Kane avaient échangé des
détails de la plus grande importance.

Un lien s'était formé entre eux à vitesse grand V et son
sentiment d'insécurité était revenu tout aussi vite. Si Kane et
Wolfe étaient d'anciens agents du gouvernement, avait-elle pu
dire quelque chose qui aurait mis la puce à l'oreille sur son identité ? Et si Wolfe l'avait découverte, est-ce qu'il en aurait
informé Kane ?

Presque quatre ans auparavant, après avoir été recrutée par
le gouvernement pour une mission d'infiltration, elle avait
témoigné contre Viktor Carlos, un caïd de la pègre internatio-
nale. Le procès avait fait la une de tous les médias, son visage
était partout sur les écrans, tout autour du globe. Et après le
verdict, elle avait disparu, conformément à son accord avec le
Département de la sécurité intérieure.

Il ne faisait aucun doute qu'après tout ça, Carlos avait
certainement payé le prix fort pour savoir où elle se trouvait.

Jenna se mordit la lèvre. Que Dieu lui vienne en aide si la
présence de Wolfe venait gâcher deux ans de sécurité. *Merde,*

elle commençait enfin à se sentir mieux. Mais elle n'avait pas le choix : *diviser pour mieux régner*. Wolfe était difficile à lire, mais Kane l'avait invitée à dîner.

Alors que le bénéfice de trois ans de planque semblait s'effriter un peu plus chaque minute, elle attrapa son Glock et le posa sur son bureau. Puis sortit d'un tiroir le Sig qu'elle gardait là en cas d'urgence. Nettoyer ses armes l'aidait à réfléchir. Si Kane et Wolfe travaillaient de concert, il allait falloir réagir. Vite.

11

Exalté, l'homme fila à travers les rangées de pins et traversa une clairière jusqu'à l'endroit où il avait garé sa voiture. Le lieu était parfait. Isolé, caché, mais suffisamment proche de la route pour être pratique et son véhicule négociait les sentiers étroits sans difficulté. Il s'installa au volant et se vêtit d'une casquette de base-ball. Personne ne découvrirait jamais son secret. Il nettoierait les sièges, préalablement recouverts de plastique, à l'eau de Javel et incinérerait ses vêtements.

Encore tremblant d'excitation, il prit quelques instants pour attacher la mèche de cheveux qu'il avait prélevée sur la fille. Il la caressa du bout des doigts, puis la frotta contre ses lèvres, se délecta de l'odeur de shampoing à la pomme, qui le fit tressaillir de tout son être. C'était comme si la fille était toujours là, entre ses bras et il se sentit presque jouir à nouveau en revivant cette sensation d'avoir été témoin de la vie qui s'échappait d'elle. Elle avait été spéciale. Un cadeau inespéré.

Le temps passé avec elle n'avait été que trop court, mais quelqu'un aurait pu débarquer et le surprendre en plein acte. Il regrettait d'avoir bâclé le travail. *Mais peu importe.* Dans sa précipitation, il avait apprécié chaque seconde d'autant plus et la prochaine fille aurait toute son attention. Il aurait tout le temps de savourer cette fois-ci. Il frissonna à l'idée de ce qu'il prévoyait pour elle et sourit.

L'étrangère avait même cueilli ses propres fleurs.

Ce bouquet avait été un signe. Cette fille était faite pour lui.

Il se rappela comment elle lui avait souri et fait signe de la main. Il ne l'avait jamais vue avant, ce qui, d'une certaine façon, l'avait rendue encore plus excitante. Se forçant à revenir au moment présent, il démarra la voiture et rentra chez lui, mais les images de l'étrangère continuaient à hanter son esprit, sous la forme d'un interminable tourbillon de désir et de sensations.

Il préférait largement planifier ses meurtres et s'assurait toujours un plaisir ultime, en savourant chacun d'entre eux jusqu'à la dernière goutte. Mais cette petite étrangère l'avait surpris. La satisfaction de l'attraper ainsi au vol était d'une stimulation incroyable. Ses muscles se contractèrent alors qu'il revivait la sensation de la voir se tortiller sous lui. Il aimait la façon dont elle s'était débattue. Comme un animal sauvage. Qui aurait cru qu'une fille aussi petite et jolie comme un cœur pouvait griffer comme un chat ?

Il avait tué son chat.

Mais il avait encore plus aimé la tuer, elle.

Annoncer à une famille le meurtre d'un enfant, constituait la pire partie du boulot, et Kane n'était pas formé à ça. Mais ayant expérimenté lui-même la perte d'un être cher, il savait qu'il valait mieux rester factuel et concis. Néanmoins, une fois face à M. et Mme Parker, il ne put s'empêcher de lâcher un soupir.

— Je suis navré de vous informer qu'un corps a été trouvé dans la forêt de Stanton. Nous pensons qu'il s'agit de Felicity. Votre amie Magnolia Brewster l'a identifiée sur les photographies.

— Oh, mon Dieu. Ça fait une heure que je l'appelle ! lâcha Mme Parker en s'effondrant contre son mari. Ce n'est pas possible, ce n'est pas vrai...

— Est-ce que c'était un accident ? demanda M. Parker, les yeux transis d'horreur.

— La cause de la mort reste indéterminée tant que nous n'avons pas les résultats de l'autopsie, répondit Kane en sortant son bloc-notes, mais nous avons plusieurs raisons de croire qu'il s'agit d'un homicide.

— Un meurtre ? Mais qui irait s'attaquer à notre trésor ?

M. Parker était devenu livide et serrait d'une main tremblante sa femme contre lui.

— Je n'imagine personne faire une chose pareille. Vous êtes sûrs que c'est Felicity ?

— J'en ai bien peur, monsieur. Voulez-vous vous asseoir ? Est-ce qu'il y aurait d'autres personnes que je pourrais appeler ? D'autres membres de la famille peut-être ?

— Non ! s'écria soudain le père. Pourquoi vous ne cherchez pas son assassin ?

— Toutes nos équipes sont sur le coup, monsieur. Mais j'ai aussi besoin de votre aide. Et j'aimerais vous poser quelques questions.

— Allez-y, posez-les, vos foutues questions ! Mais je ne sais pas si on peut vous aider.

Kane détestait avoir à s'immiscer au milieu d'un deuil, mais c'était inévitable, malheureusement.

— Quand avez-vous vu Felicity pour la dernière fois ?

— Ce matin, au petit déjeuner, murmura Mme Parker, le regard fixe, alors qu'elle prenait lentement conscience de la réalité. Elle a dit qu'elle allait retrouver ses amies.

— Est-ce qu'elle a dit quels amis ? Elle a un petit copain ?

— Oui. Derick Smith. Mais ils se sont disputés à cause du bal du rodéo, je ne sais pas s'ils ont réussi à se réconcilier, expliqua monsieur Parker, un intense désespoir dans le regard. Vous ne pensez pas que c'est lui qui l'a tuée, si ? Oh, mon Dieu ! Et je l'ai laissé toucher à ma fille !

— Il ne fait pas partie des suspects pour le moment, mais on va devoir interroger tous les proches de Felicity. Auriez-vous son adresse et son numéro de téléphone ?

Kane observa un instant M. Parker. L'homme essayait tant bien que mal de contrôler ses émotions, mais son état de choc se transformait peu à peu en une rage folle.

— Autre chose que vous voudriez me dire à propos de Derick ?

— Oui, lança M. Parker en sortant son téléphone. Je me suis assuré d'avoir ses coordonnées avant de le laisser traîner avec ma fille. Il travaille à mi-temps au garage Miller, les samedis et pendant les vacances d'été.

— Merci beaucoup.

Kane ne notait que le strict minimum et essayait de poser le plus de questions possible, en espérant que les parents développeraient un peu plus.

— Pensez-vous qu'ils se soient vus ce matin ?

— Non. Elle n'y serait pas allée sans nous le dire, dit Mme Parker entre deux sanglots. Mais pour être tout à fait honnête avec vous, je ne sais même pas ce qu'elle a dit ce matin. Je n'écoutais pas vraiment. C'est ma faute, je n'ai pas écouté !

Kane prit une longue inspiration.

— Ce n'est pas votre faute, madame. Ne dites pas ça. Mais vous pouvez encore m'aider à attraper la personne qui lui a fait du mal. Est-ce que vous vous rappelez quoi que ce soit concernant ce matin ? Est-ce qu'elle a passé un coup de fil ou fait quelque chose en particulier ?

— Je l'ai entendue parler à Aimée avant le petit déjeuner, dit M. Parker en caressant machinalement le dos de sa femme. Elle a dit qu'elle allait chez elle. Aimée a une voiture et elles ont l'habitude d'aller traîner en ville ou de se poser au café Chez Tante Betty. Je suis sûr qu'Aimée vous racontera tout ce qu'elles avaient prévu de faire.

— Savez-vous qui d'autre elle aurait pu aller voir ?

— Mon Dieu ! Encore combien de questions ? Vous ne voyez pas que ma femme est sur le point de s'évanouir ?

Kane insista, conscient que le couple était en train de craquer, mais il avait besoin de ces informations.

— Le moindre détail peut s'avérer précieux, monsieur Parker.

— Vous connaissez les filles, elles ont toutes une bande. J'ai perdu le compte de qui elle voyait et de qui elle ne voyait plus.

M. Parker s'arrêta un instant et fronça les sourcils avant de lever un regard rempli de larmes vers Kane.

— Bien que... Maintenant que j'y pense, Felicity n'avait aucune raison de passer par la forêt. Aimée vit sur School Road.

— Connaissez-vous le nom de famille d'Aimée ?

— Aimée Fo... Fox, souffla M. Parker, en butant sur ses mots. On connaît bien sa famille, ce sont des amis.

— Merci beaucoup. À quelle heure est-elle partie ce matin ?

— Tôt. Avant 8 heures.

— Est-ce qu'il y a quoi que ce soit d'autre dont vous vous souvenez ? Comment avait-elle l'air ? Heureuse ?

— Elle était surexcitée. Elle a demandé si elle pouvait aller au bal du rodéo avec ses amies.

M. Parker soupira.

Je lui ai dit qu'on en discuterait avec sa mère. Mais que si elle y allait, on la déposerait là-bas et on serait venus la chercher à 22 heures.

— C'est une gentille fille, monsieur l'agent, dit Mme Parker en se frottant les yeux. Elle avait fait toutes les tâches ménagères. Arrêté de jouer sur son téléphone à table. Elle méritait d'aller au bal cette année. Mais maintenant, elle est morte ! Oh, mon Dieu, ce n'est pas possible ! Il doit y avoir une erreur !

Affecté par leur désespoir, Kane grinçait des dents en se forçant à maintenir un ton professionnel pour continuer l'entretien.

— Est-ce qu'elle a un ordinateur ? Si oui, je vais devoir l'emporter au bureau du shérif.

— Oui, un portable, pour l'école. Je vais vous le chercher, dit M. Parker en titubant jusqu'à l'étage.

Kane lui fit ensuite signer l'autorisation, puis emballa l'appareil dans un grand sachet pour pièces à conviction. Il détestait mettre les parents dans un tel état, mais il fallait continuer tant que les détails étaient encore frais dans leurs souvenirs.

— Est-ce que vous vous rappelez comment elle était habillée ? Avait-elle un téléphone sur elle ?

— Comment elle était habillée ?

Madame Parker leva vers lui un visage dégoulinant de mascara et le fixa, l'air incrédule.

— Vous ne savez pas ?

Puis elle se mit à hurler, s'enfuit des bras de son mari et se cogna contre un mur.

— Oh, mon Dieu ! Mais qu'est-ce qu'il lui a fait ?

Elle se jeta sur Kane, l'agrippant par son col de chemise et hurla de plus belle :

— Vous devez me dire ! Je veux savoir ce qui lui est arrivé !

Les longs ongles de la femme lui lacéraient la peau, mais Kane s'efforça de rester calme et professionnel. *Comment est-ce que je pourrais lui expliquer une chose pareille ?* Il la repoussa doucement, puis prit une longue inspiration.

— Je ne fais que poser des questions de routine, madame. Je n'ai pas la liste de ses effets personnels, dit-il en ravalant sa salive. Je veux juste m'assurer que rien ne manque.

— Il fait juste son travail, chérie, ajouta M. Parker, lui aussi à deux doigts de s'effondrer.

De toute évidence, il faisait de son mieux pour ne pas craquer et, après une longue inspiration saccadée, posa une main sur l'épaule de sa femme.

— Elle portait un haut bleu pâle, avec un papillon sur le devant et une jupe en jean. Des bottes de cow-boy roses. Et elle a une croix autour du cou, dit-il avec des larmes dans la voix. Elle l'a eue pour son anniversaire, quand elle avait 13 ans et ne l'enlève jamais depuis. Est-ce que j'oublie quelque chose ? demanda-t-il en secouant gentiment sa femme.

— Oui. Son téléphone. Elle l'a tout le temps sur elle, elle ne le quitte jamais des yeux.

Les larmes coulaient abondamment sur les joues de la mère.

— C'est un smartphone, reprit-elle, avec une coque rose.

— Est-ce que je peux avoir son numéro ? Est-ce que vous me donnez l'autorisation de consulter ses conversations et ses réseaux sociaux ? Au cas où quelqu'un lui aurait parlé avant sa mort.

— Je signe tout ce que vous voulez ! lança M. Parker. Je signe tout ! Trouvez la personne qui a fait ça !

— On la retrouvera, lui assura Kane, en ravalant sa salive. Nous vous laisserons le temps d'informer vos proches avant de mettre la presse au courant. Tenir les médias hors de cette affaire pendant vingt-quatre heures nous permet de prendre un peu d'avance dans l'enquête. Je sais que vous voulez attraper le tueur, mais laissez-moi vous dire que faire la une des journaux n'est pas la meilleure solution.

Il soupira.

— Le shérif a demandé que ça ne se sache pas. Si le tueur pense qu'on n'a pas encore trouvé Felicity, il sera moins prudent.

— Je ne veux pas offrir à ce salopard une once de célébrité ! On ne dira rien, ne vous inquiétez pas.

— Je veux aller la voir ! hurla Mme Parker en saisissant le bras de Kane. Où est mon bébé ? Où avez-vous mis mon bébé ?

Kane regarda la femme dans un état de détresse évident et une boule se forma dans sa gorge.

— Je peux vous y emmener, mais je n'ai besoin que d'une seule personne pour l'identifier. Peut-être que vous préféreriez rester ici, madame.

— Je veux la voir, insista Mme Parker en se redressant. Ce n'est pas possible, il doit y avoir une erreur...

Kane retint un soupir puis acquiesça.

— Oui, bien sûr, madame. Felicity est actuellement à la morgue. Je vous y emmène ?

— Oui, monsieur, lança le mari, en attrapant sa femme par le bras.

Crispé, Kane tourna les talons et ils quittèrent la maison.

Kane rentra exténué au bureau du shérif. À son grand soulagement, le thanatopracteur avait arrangé Felicity, de sorte qu'elle paraisse simplement endormie. Comme elle était couverte d'un drap qui remontait jusqu'au menton, ses blessures n'étaient pas visibles.

N'ayant pas l'énergie d'échanger avec Jenna au risque de se disputer une nouvelle fois, il s'installa directement à son bureau. Après avoir scanné tous les documents pour les faire entrer dans la base de données, il ajouta les notes qu'il avait prises pendant l'entretien avec les parents, puis se dirigea vers la machine à café, se délectant de l'odeur. Il aurait dû être affamé, à cette heure de la journée, mais il avait perdu l'appétit. L'expression de choc sur le visage de Mme Parker était restée gravée dans son esprit : elle était si semblable au visage de Felicity. S'appuyant d'une épaule contre un mur, il frotta sa cicatrice à la douleur lancinante.

— Tout va bien ? demanda Jenna, en se faufilant à ses côtés avant de poser une main minuscule sur son bras.

Il se força à sourire, surpris par tant de douceur de sa part.

— Ça va aller. J'ai entré toutes les infos dans le système. Y compris mes notes de l'entretien avec les parents. Je leur ai dit de ne pas parler du meurtre autour d'eux, de nous laisser le temps d'enquêter. Ils étaient d'accord.

— Pas de nouveaux suspects ?

— Il va falloir enquêter sur le petit ami de la victime. Ils se sont disputés peu de temps avant sa mort.

Kane soupira.

— Il s'appelle Derick Smith. J'ai toutes les coordonnées. J'ai appelé son lieu de travail, le garage Miller, et j'ai parlé à George, le propriétaire.

— Vous lui avez demandé s'il avait perçu du changement dans le comportement de Smith ?

— Oui. George a dit que tout était normal, expliqua Kane en se grattant la joue, conscient qu'il était mal rasé. J'irai l'interroger, mais, selon George, c'est plutôt un bon garçon. Et s'il s'est vraiment disputé avec Felicity, il est bien plus probable qu'il soit parti en boudant sans rien faire de plus. Il n'a pas vraiment le profil d'un criminel.

— Très bien. Ça me suffit pour aujourd'hui. Il est tard, on pourra l'interroger demain.

Jenna plongea ses yeux dans les siens.

— Rien d'autre ? ajouta-t-elle.

Kane était épuisé et il avait un mal de crâne de tous les diables. Alors, il se contenta d'acquiescer et regretta immédiatement son geste.

— Non. J'ai fait identifier la victime par les parents et j'ai obtenu la permission de ratisser son téléphone et ses réseaux sociaux. Nom d'un chien, annoncer ce genre de mauvaises nouvelles aux proches, c'est trop difficile.

— C'est la pire partie du boulot. C'est bien que vous ayez renvoyé Wolfe chez lui. C'était peut-être un peu tôt pour lui. Après avoir perdu sa femme.

— Il n'est pas le seul... murmura Kane en se tournant vers Jenna, qui lui adressait un regard inquiet. On n'oublie jamais quand on a vu mourir quelqu'un à qui on tenait. Et il n'y a rien qu'on puisse y faire ; c'est juste comme ça. La vie est tellement cruelle, parfois, dit-il en soupirant. On peut changer de sujet ?

— Chinois, ça vous tente ?

— Oui. Je n'ai pas encore essayé le nouveau restaurant en ville. Mais je n'ai pas vraiment faim, dit-il en se frottant l'estomac.

— L'odeur du poulet sauce aigre-douce vous fera retrouver l'appétit en un rien de temps, vous verrez ! dit Jenna en remplissant deux gobelets de café à emporter. Je laisse mon véhicule de patrouille ici si vous voulez bien me ramener. Ma commande arrive bientôt, vous pouvez rester manger à la maison. Rowley s'occupe de fermer le bureau et Walters est d'astreinte pour les appels d'urgence jusqu'à 6 heures du matin.

Cette attitude, si solaire tout à coup, paraissait pour le moins suspecte. Peut-être que le shérif n'avait pas apprécié avoir deux hommes qui la confrontaient. Mais elle était plus solide que ça. Méfiant, Kane décida de se laisser faire et lui sourit.

— OK. Vous me donnerez votre avis sur cette affaire.

— Marché conclu ! lança-t-elle en allant accueillir le livreur qui sonnait à la porte. Regardez-moi ça, timing parfait !

Kane sortit son portefeuille pour lui tendre quelques billets, mais elle refusa.

— J'ai déjà payé par carte. Mais c'est vous qui régalez la prochaine fois, OK ?

13

Encore exalté par ses récents meurtres, il s'installa près de la fenêtre, au café Chez Tante Betty. De là, il pouvait observer la ville et ses ambiances.

Dehors, l'atmosphère de carnaval engendrée par le rodéo occultait la vérité. Les gens vaquaient à leurs petites occupations, sans se douter le moins du monde qu'il venait de faucher deux filles, juste sous leur nez. Il sourit. Le sourire de celui qui sait tout, alors que tous les autres sont dans l'obscurité. *Mais bientôt, ils vont découvrir mon travail. Et bientôt, tous les hommes de la ville seront soupçonnés.*

Pas un mot aux infos de 18 heures. Alors qu'il savait que deux petits garçons avaient trouvé la première fille. Il aurait voulu voir leur expression horrifiée à l'écran, mais bon, tant pis. Ces gamins garderaient un souvenir de son œuvre pour toujours.

Ça leur apprendrait à se méfier des filles comme elle.

Pour toujours.

Il se repassait le film dans sa tête, la manière dont il l'avait tuée, en s'arrêtant sur les moments les plus marquants, pour les savourer. Pour être sûr de ne jamais les oublier. Passant sa langue sur sa bouche, il lâcha un soupir, en se souvenant de la sensation de leur peau encore chaude sous ses doigts, devenue si pâle et glaciale, après coup, quand il les avait allongées chacune sur son rocher. Le sang qui avait jailli sous les coups de couteau. La façon dont la bouche de Felicity se tordait quand elle le suppliait d'arrêter.

Mais il ne s'était jamais arrêté.

Par la fenêtre, il aperçut le shérif Alton et son adjoint, Kane, à bord d'un SUV noir. À la façon dont elle souriait, ça se voyait qu'être flic ne l'empêchait pas de coucher pour obtenir ce qu'elle voulait. Et même s'il préférait les filles plus jeunes, le monde se porterait mieux sans cette Jenna Alton.

Un homme ferait un bien meilleur shérif. Et quel que soit son métier, aucune femme ne méritait son respect. Peut-être qu'il fallait lui montrer ce qui leur arrive, aux filles comme elle.

Suivant le SUV du regard, il réfléchit. La capturer serait difficile. Il ne savait pas encore comment l'attirer à lui. *Ça va demander beaucoup de préparation, mais si j'ai le temps, elle aussi, elle sera à moi.*

14

Après le repas, Jenna avait invité Kane à la rejoindre sur le canapé pour regarder la télévision. Pensive, elle observait l'homme qui se tenait à ses côtés.

Pendant ces quelques mois depuis qu'il était arrivé, elle avait appris à se reposer sur lui et sur sa loyauté infaillible. Elle appréciait sa compagnie – même si elle mettait un point d'honneur à ne pas laisser ce genre de chose déborder sur son travail – et pourtant, depuis l'arrivée de Shane Wolfe, tout avait changé. Kane avait changé. L'attitude décontractée qu'il adoptait habituellement hors de ses heures de service avait été remplacée par quelque chose de totalement nouveau. Il était si crispé qu'il avait l'air de pouvoir exploser à tout moment.

Éteignant la télé, elle se tourna vers lui.

— Vous avez mal au crâne ? Est-ce qu'il ne faudrait pas que vous alliez faire examiner cette plaque de temps en temps ? Faire un scanner ou quelque chose comme ça ?

— Oui, j'ai mal à la tête. Mais non, la plaque ne bouge pas. Elle est solidement vissée, ne vous inquiétez pas, dit-il en plongeant son regard dans le sien. Je repensais à l'enquête... Cette fille, si jeune... Ça me perturbe de l'avoir vue comme ça. Il faut être un sacré enfant de salaud pour faire des choses pareilles !

Il se racla la gorge et ajouta :

— Pardon. C'est juste que je me sens impuissant, c'est tout.

— Je vous comprends. Et je suis d'accord avec vous, dit-elle en attrapant son verre de vin. Mais c'est là que votre expertise entre en jeu. Je vois très bien ce qu'il cherche à faire en la disposant de la sorte, mais pourquoi les fleurs ? Wolfe a dit que ça ressemblait à des excuses de sa part, mais qu'est-ce que vous en pensez, vous ?

— Il cherche à choquer, il est fier de ce qu'il a fait. Mais il y a sûrement une petite part de regret, oui. Comme un enfant qui apporte des fleurs à sa mère, pour s'excuser de ne pas avoir été sage.

Il pinça les lèvres.

— Mais ce n'est pas pour ça que vous m'avez invité à dîner, si ? Qu'est-ce qui vous tracasse ?

Il fallait admettre que cette invitation avait dû lui paraître surprenante, mais elle voulait se faire pardonner d'avoir été si froide après sa petite visite chez les cow-boys. Oui, ils passaient toutes leurs matinées ensemble, à perfectionner ses techniques de self-défense et oui, elle s'était retrouvée seule dans une situation dangereuse, mais il aurait dû lui faire confiance, savoir qu'elle aurait très bien su se débrouiller. Et elle avait son arme, au cas où les choses dégénéreraient.

Elle s'autorisa à le dévorer du regard et passa langoureusement la langue sur ses lèvres – non pas que ce genre de chose ait jamais fonctionné sur lui, même si elle avait bien remarqué la façon dont il la regardait et qu'elle savait qu'il la protégerait coûte que coûte, au péril de sa vie s'il le fallait. *Tu es un homme bien étrange, Kane... Mais moi, j'aime ça. Les types mystérieux. Forts et silencieux. Mais bon, je peux toujours rêver, n'est-ce pas ?*

— Jenna ? Si vous avez quelque chose à me dire, crachez le

morceau, lâcha-t-il en s'enfonçant dans son siège pour étirer ses longues jambes musclées. Je vois bien que vous êtes inquiète. On est amis, vous avez le droit de vous confier à moi. Même après me l'avoir faite à l'envers.

— Alors, pourquoi c'est si important, cette réunion secrète demain matin ? demanda-t-elle en lui souriant. Il faut que je nous construise un bunker ou un délire dans le genre ?

— Pas du tout. Vous êtes devenue complètement parano !

Il la regarda longuement, puis se gratta le menton avant de reprendre :

— C'est juste pour discuter de Wolfe, de comment mettre à profit ses talents le plus efficacement possible.

— Mon Dieu ! Vous dites de sacrées conneries, parfois. Vous pensez que je suis née de la dernière pluie ? Vous complotez quelque chose, tous les deux, je le sais. Allez-y, crachez le morceau, dit-elle en le fusillant du regard.

— Non. Je ne dirai rien. C'est mieux si Wolfe est là pour vous expliquer, lança-t-il nonchalamment, en attrapant sa bière. Et pendant qu'on parle de se faire des cachotteries, je me demande comment vous avez su que c'était ma bière préférée.

Mince. Il est bon.

— Je ne savais pas, j'ai juste fait confiance à mon intelligence supérieure.

Elle rit en le voyant rouler des yeux.

— J'ai juste pris la plus à la mode dans l'État d'où vous venez. Pourquoi vous ne vous posez la question que maintenant ? Ça fait six mois que vous habitez chez moi ! Et avant que vous ne posiez la question, pour la taille de l'uniforme, j'ai regardé sur votre permis. Ce n'est pas si dur de deviner, pour un homme, quand on a sa taille et son poids. Ce n'est pas comme s'il me fallait votre taille de soutien-gorge, hein ? lança-t-elle en se resservant du vin. Allez, arrêtez d'éviter la question. Vous le connaissez, n'est-ce pas ? Shane Wolfe.

— Pas vraiment, dit Kane en se renfrognant. Je lui ai parlé au téléphone. Peu de temps après son entretien d'embauche.

Il lâcha un soupir.

— On a un parcours similaire, on vient tous les deux des *marines*. Mais pour le reste, il vous expliquera mieux que moi.

Soulagée d'en savoir un peu plus et de voir que la porte était ouverte, Jenna insista encore un peu.

— Autre chose que vous voudriez me dire ?

— Pas vraiment. Mais vous, vous avez l'air d'en avoir tout un tas, de secrets. Pour un shérif qui a constamment deux flingues sur elle, vous êtes la personne la plus nerveuse que je connaisse ! Qu'est-ce que vous faites à Black Rock Falls ? Et ne me dites pas que c'est parce que vous aimez être shérif et être aussi merveilleusement mal payée. Vous pourriez gagner sacrément plus en bossant pour le gouvernement.

— Peut-être que je trouve que le gouvernement, c'est trop dangereux pour moi, dit-elle en haussant les épaules. Et puis, qu'est-ce que je ferais sans *vous*, pour protéger mes arrières ?

— Croyez-moi, vous êtes bien plus en sécurité ici avec Wolfe et moi, dit Kane en se relevant. On discutera de tout ça demain, si vous voulez bien, madame. Merci pour le repas et n'oubliez pas d'allumer l'alarme de la maison.

Il quitta la pièce sans un regard en arrière. Elle resta bouche bée quelques instants, puis se leva à son tour, pour aller verrouiller la porte d'entrée. En tapant le code d'activation de l'alarme, elle jeta un regard par la fenêtre. Elle pouvait voir la silhouette de Kane se diriger vers son cottage, baignée de la lumière de l'éclairage automatique qui entourait toute la propriété. Les mots de son adjoint se bousculaient dans sa tête. Elle avait rencontré plusieurs candidats pour le poste et la candidature de Shane Wolfe s'était clairement démarquée. Un peu trop, sûrement.

À ce moment-là, Kane n'avait pas eu l'air de le connaître, mais voilà qu'il venait d'admettre lui avoir parlé au téléphone.

Si son adjoint avait des raisons de s'alarmer, ou si Wolfe lui avait confié des informations plus tôt dans la journée, ça ne pouvait vouloir dire qu'une chose : Kane travaillait pour le gouvernement et Wolfe était son nouveau contact. David avait parfaitement le profil. Il était sûrement bien plus gradé qu'elle.

Emportant le vin, elle s'installa à son bureau. Si quoi que ce soit avait fuité concernant sa nouvelle identité, il était peu probable que le Département de la sécurité intérieure ait envoyé Kane pour la protéger. Elle n'avait travaillé que sur une seule affaire sensible, ça ne valait pas le coup. On l'aurait plutôt relocalisée ailleurs, même si, jusque-là, se cacher à la vue de tous semblait plutôt bien fonctionner. Assise devant son ordinateur, elle se resservit du vin. *Bon sang, mais que fait-il ici ?*

Puis elle se força à se focaliser de nouveau sur le meurtre. Il allait falloir coordonner ses adjoints et utiliser les compétences de chacun au maximum. Attrapant son carnet, elle gribouilla quelques notes. Après avoir écouté l'enregistrement de Wolfe et entendu les conclusions de Kane, elle avait elle-même quelques idées. Même si Lucky Briggs et Storm Crawley lui donnaient la chair de poule, la scène indiquait clairement qu'un seul homme était impliqué. Enfin, après ce qui s'était passé dans la sellerie, elle se disait que l'un comme l'autre en était bien capable. Mais est-ce qu'ils oseraient travailler seuls ?

L'état de la victime, et surtout le fait que le tueur n'ait pas touché à son visage, l'amenait à croire que ce n'était pas le petit ami. Elle avait déjà croisé assez de victimes de violences conjugales pour le savoir. Un homme furieux contre sa femme ou son amante s'attaque toujours au visage. Par ailleurs, le meurtre était horriblement... *artistique,* à défaut d'autre mot, ce qui signifiait que ce n'était probablement pas son premier. Wolfe avait dit quelque chose de très intelligent à ce sujet. Les tueurs qui mutilent leurs victimes font toujours cela de façon graduelle. Ils commencent sur leurs animaux de compagnie, puis s'attaquent à des humains quand la pulsion devient plus forte qu'eux. Et d'après le carnage dont ils avaient été témoins dans la forêt, celui-ci avait l'air d'avoir déjà pas mal d'expérience. Et si ce meurtre correspondait à son mode opératoire habituel, les indices finiraient par les mener à lui. L'erreur est humaine.

N'ayant pas la possibilité de consulter les bases de données d'autres villes pour comparer tout cela à des meurtres similaires, elle commença à rédiger un e-mail, qu'elle allait envoyer à tous les postes de police et bureaux de shérif de l'État.

Affalée dans son siège, elle commença à planifier la journée du lendemain. Elle ordonnerait à Rowley de demander un rapport de géolocalisation du téléphone de Felicity et de lui fournir une liste de ses appels et de ses textos. Les parents avaient donné la permission de fouiller tous ses comptes. Rowley pourrait y chercher des indices. Il lui fallait absolument découvrir où cette fille avait pu aller en quittant la maison. Une liste de ses amis pourrait s'avérer utile également. Elle enverrait Kane interroger le petit copain, voir s'il avait un alibi. Elle repensa au visage de la jeune fille assassinée. *Mais pourquoi es-tu allée dans la forêt, Felicity ?*

15

Kane procéda, comme à son habitude, à une rapide fouille du chalet, vérifiant l'absence d'intrus ou de mouchards. Puis, une fois en confiance, il vida ses poches, se sépara de son arme et enleva son uniforme qu'il jeta dans la machine à laver, avant de se diriger vers la salle de bains. Il avait beaucoup de choses à penser et la douche était son refuge favori. L'arrivée de Shane Wolfe l'avait beaucoup surpris, mais c'était un bon élément pour l'équipe. Wolfe avait utilisé son temps à bon escient, poursuivi ses études jusqu'à devenir le meilleur dans son domaine, en médecine légale comme en informatique. Et à la mort de sa femme, le gouvernement lui avait ordonné de reprendre du service sur le terrain. *Mais pourquoi nous mettre tous les trois ensemble ? Ça n'a aucun sens.*

Il sortit de la douche et s'habilla. Quand son regard se posa sur son bloc-notes, il retrouva son sens des priorités. Il y avait une jeune fille à la morgue et il devait trouver son assassin. Pour elle et pour sa famille.

Après avoir sauté dans un jean et enfilé un t-shirt, il se dirigea, pieds nus, vers la chambre qu'il avait transformée en bureau. Installé un peu comme chez Jenna, il avait accès à tout un réseau de caméras de surveillance, installées tout autour de la propriété et reliées à des écrans plats. Par chance, le shérif avait convaincu Petersham de financer un système pour la ville et les lieux publics. Kane s'assit à son bureau, alluma l'ordinateur et passa en revue les informations qu'il avait recueillies lors de sa visite chez les Parker.

Sa capacité à établir le profil des suspects avait plus d'une fois été une question de vie ou de mort. Il étudiait leur comportement et leurs réactions. Une lueur dans les yeux ou une simple goutte de sueur pouvaient en dire très long. Mais après l'entretien avec les parents de Felicity, il était sûr d'une chose : aucun des deux n'avait quoi que ce soit à voir avec le meurtre. Il avait observé leur émotion à la vue du corps de leur fille et tous deux avaient réagi normalement. Ce genre de choc, mélange d'horreur et de colère, n'était pas la réaction de tueurs.

En revanche, son expérience en matière de gestion du deuil était très limitée et avoir côtoyé le couple pendant de tels moments l'avait beaucoup secoué. On n'oublie jamais le meurtre d'un être cher. Ses propres souvenirs se bousculaient dans sa mémoire et, malgré tous ses efforts, jamais il ne pourrait oublier le visage des hommes qu'il avait lui-même abattus, dans l'exercice de ses fonctions. Pour lui, aucun d'entre eux n'avait jamais été une simple « cible », terme affreux pour oublier qu'il s'agit d'êtres humains. Non. Il se souvenait de chaque nom, chaque visage.

Parcourant les dossiers que Wolfe avait ajoutés à l'affaire Parker, Kane trouva les conclusions du nouveau venu assez convaincantes. Même si les résultats d'analyse des échantillons de sol et de fluides corporels prenaient un certain temps, l'examen médico-légal de la scène était impressionnant. Wolfe avait noté l'absence d'empreintes de Felicity dans les environs immédiats, ce qui signifiait que le tueur – ou l'un des tueurs – l'avait portée jusqu'au rocher. L'autopsie avait prouvé qu'elle avait été sauvagement violée, mais Wolfe n'avait trouvé aucune trace d'un tel acte sur la pierre. *Elle a été violée et tuée à un autre endroit... mais où ?*

L'éviscération, en revanche, avait eu lieu post-mortem, sur le rocher. Kane en conclut que l'acte était de nature rituelle. Et que si plus d'un homme était impliqué, seul l'un d'entre eux menait la danse, en position de dominant. Les autres se cantonnaient au rôle d'observateur. Mais il ne fallait pas écarter la possibilité que l'homme ait agi seul. De fait, il est très rare que les tueurs en série travaillent à plusieurs. *Ils n'aiment pas partager.*

Kane réfléchit. Il avait étudié toutes sortes de meurtres, croisé des sociopathes venus de tous horizons. Le fait qu'il l'ait ainsi « purifiée » dans la rivière avant de lui trancher la gorge laissait entrevoir un esprit particulièrement dérangé. La position du corps et ce maquillage pouvaient laisser entendre que le tueur avait été abusé dans son enfance, potentiellement de manière prolongée, peut-être par une femme qui portait du rouge à lèvres. Sa mère, potentiellement. Le tueur devait la détester, sans pour autant pouvoir se défaire de l'amour qu'elle lui refusait. Les fleurs en disaient long à ce sujet. Les enfants maltraités ont l'habitude de chercher à apaiser leurs agresseurs.

Est-ce que Felicity était allée le rejoindre de son plein gré dans la forêt ? Est-ce qu'elle lui faisait confiance ? Il n'y avait pas de signes de lutte sur le sentier et elle n'avait pas l'air du genre à s'aventurer seule hors du chemin. Elle était du coin, elle connaissait les risques de croiser des animaux sauvages. Kane fit défiler les photos de la scène de crime sur son écran, zoomant sur chacune d'entre elles. Arrivé à celle des empreintes de pas près du rocher, un frisson le parcourut.

Merde ! Les empreintes s'éloignaient de la rivière pour se diriger vers le rocher où avait été déposé le corps. Mais pas d'empreintes dans l'autre sens. Alors qu'il zoomait sur l'autre côté de la clairière, son estomac se serra. En partie caché par des buissons, se trouvait un autre chemin. Kane lâcha un autre juron avant d'examiner les photos précédentes une nouvelle fois. Cette information en tête, il distinguait maintenant un virage dans le sentier qui filait vers la rivière et non pas vers la forêt. Comme personne dans l'équipe ne connaissait les lieux, on n'avait aucune idée du chemin normal vers la rivière ! Tout le monde avait été tellement obnubilé par la scène de crime et les traces de pas qui partaient de la rive, qu'aucun d'entre eux n'avait envisagé l'idée que la victime ou le tueur ait pu emprunter un autre chemin.

Il dégaina son téléphone et appela immédiatement Jenna.

— Vous voulez que je retourne sur la scène avec Wolfe après notre discussion de demain ? J'espère que les lieux sont bien sécurisés. Walters a mis des rubalises et des panneaux.

— *Mais comment est-ce qu'on a pu rater cet autre chemin ? On aurait dû emmener Rowley, un gars du coin aurait su qu'il existait.*

— Nous étions trop concentrés sur le prélèvement des éléments de la scène de crime. Le problème est que si nous avons raté des indices, le tueur est peut-être retourné sur les lieux pour les enlever. À vrai dire, vu le profil, ça m'étonne qu'il n'ait pas cherché à couvrir ses empreintes.

— *Les gamins l'ont peut-être interrompu ?*

Kane lâcha un long soupir, les yeux fixés sur son écran.

— Peut-être... Ce que je voudrais savoir, c'est comment il a su qu'il n'y aurait personne dans les parages. Il doit habiter dans le coin. Et comment est-ce qu'il a fait pour attirer Felicity jusqu'à la rivière ? On sait qu'elle n'avait pas l'intention de s'y rendre. Je pense donc qu'elle connaissait le tueur. Et que tout était prémédité.

— *Ça me semble un peu tiré par les cheveux. Vous pensez que ce psychopathe avait prévu qu'elle passe par là ? Mieux, qu'il a réussi à, comme vous dites, « l'attirer » là ? Pourquoi est-ce qu'elle aurait changé de plan si elle avait prévu de rejoindre ses amis et de se rendre en ville ?*

— Vous ne pensez pas que les ados mentent à leurs parents ? lança Kane avant de s'éclaircir la voix. Tout ce qu'on sait, c'est qu'elle avait rendez-vous avec quelqu'un, peut-être son petit ami, peut-être pas, dans la forêt. Je pense qu'elle y est allée de son plein gré, sinon on aurait trouvé des traces de lutte sur le chemin. Et n'oubliez pas que les jeunes filles s'intéressent aux garçons qui participent au rodéo. Elle portait des bottes de cow-boy, selon ses parents, ce n'est peut-être pas anodin. Et vu comment Lucky et Storm se sont comportés avec vous, pour moi, ils sont en tête de liste.

— *Et pourquoi pas son copain ? On ne peut pas encore l'exclure de l'équation.*

— Je ne pense pas que ce soit lui. Le profil du tueur ne correspond pas à celui d'un ado. C'est un homme plus vieux, une petite trentaine d'années au minimum. Et qui a déjà tué, auparavant.

— *Son petit ami a 20 ans. Et il est dans l'équipe de rugby ; il doit être costaud. On ne l'a même pas interrogé, ça pourrait très bien être lui.*

— Pour moi, il reste suspect simplement parce qu'il aurait un mobile. On sait qu'il s'était disputé avec Felicity. Et si elle était enceinte ?

— *Ça collerait avec cette histoire de fleurs.*

— Oui.

Kane s'étira en lâchant un long bâillement.

— Il nous faut ses relevés d'appels téléphoniques au plus vite, pour voir si Felicity a passé ou reçu des appels après être partie de la maison.

— *Je les aurai demain matin. Mais tant qu'on n'a pas les résultats du labo, on avance à l'aveugle. Je comprends votre inquiétude, Kane. Moi aussi, je veux attraper ce salaud, expliqua Jenna dans un soupir. Mais il est tard, je suis fatiguée. Et vous devez être épuisé, vous aussi. Allez vous reposer. On a besoin d'être en forme demain matin. J'ai fini pour aujourd'hui, on se voit demain,* dit-elle en raccrochant.

Kane resta un instant à observer son téléphone, les yeux fixés sur le message : « *Appel terminé* ». Il avait encore tellement d'autres théories à lui soumettre. Mais la réunion que Wolfe avait suggérée la rendait trop anxieuse. *Espérons qu'une fois ces infos révélées, elle se calmera un peu...*

16

En voyant son véhicule de patrouille arriver, avec Wolfe au volant, Jenna désactiva l'alarme et s'engouffra dans la fraîcheur matinale, en direction du cottage de Kane. Cette réunion mystérieuse la troublait beaucoup. Que savait Wolfe sur elle ? *Mais rien, bon sang !* Le Département de la sécurité intérieure avait scellé son dossier à double tour. Elle se redressa de tout son long. Il fallait qu'elle ait l'air confiante, maîtrisant la situation. Elle ne devait pas leur montrer qu'elle était anxieuse et qu'après l'appel de Kane, elle n'avait pas fermé l'œil, observant les images de la scène de crime, encore et encore. Combien de fois depuis son arrivée avait-elle pu manquer des détails importants au sujet de Kane ? Pas étonnant qu'il ait été aussi contrarié après l'incident des cow-boys. *Il y a trois ans, j'étais au top de ma forme. Mais plus maintenant.*

Kane n'était pas venu à leur entraînement habituel de 6 heures du matin. Peut-être que depuis que Shane Wolfe était dans les parages, il avait changé ses plans. Elle aimait beaucoup cette routine d'exercice physique particulièrement éprouvant. Dernièrement, il lui avait appris de nouvelles techniques et elle avait beaucoup progressé dans sa pratique de la self-défense. Après un long soupir, elle frappa à la porte.

— Entrez ! Dave nous prépare le café ! lui lança Wolfe, tout sourire. La nounou est engagée, elle vient vivre sur place. Vous avez raison, c'est une crème ! Mes filles l'adorent. Elle leur rappelle leur grand-mère.

— C'est merveilleux, dit-elle en tentant de lui retourner son sourire. Ça vous fait ça de moins à penser.

Elle passa devant lui pour quitter le salon et rejoindre la cuisine. Le café préféré de Kane emplissait la pièce d'un parfum rassurant et elle se décrispa un peu.

— Asseyez-vous, dit Kane, en lui en tendant une tasse.

— J'ai l'impression d'être au tribunal.

— Non, ne vous inquiétez pas, rien de tout ça, dit Wolfe en s'asseyant à côté d'elle.

— On s'est juste dit que ce serait mieux de se dire la vérité, ajouta Kane, en s'installant à califourchon sur une chaise, bras croisés sur le dossier. Il faut qu'on travaille ensemble et c'est mieux pour tout le monde que vous sachiez d'où Shane et moi nous connaissons.

Alors, c'est vrai. Il m'a menti. Jenna s'efforça d'adopter un visage impassible et les regarda, l'un après l'autre.

— Alors, pourquoi vous m'avez dit que vous ne vous connaissiez pas ?

Les deux hommes restèrent silencieux pendant quelques secondes, le regard fixé sur elle. Agacée, elle se leva pour partir.

— Oh et puis peu importe ! On n'a pas le temps pour ces conneries ! On a un homicide sur les bras, au cas où ça vous aurait échappé !

— Jenna ! lança Kane en se relevant. Attendez ! On sait que vous avez une couverture et que vous êtes sous protection du gouvernement.

La peur l'attrapa à la gorge. Jenna s'arrêta net, puis se retourna lentement pour leur faire face.

— Je ne suis pas sûre de comprendre ce que vous racontez, mais continuez, vous m'avez l'air d'avoir inventé un sacré truc !

— Asseyez-vous, s'il vous plaît. Nous estimons que vous avez le droit de savoir qui nous sommes et ce que nous savons de votre situation, dit Wolfe, calmement.

Elle s'assit à contrecœur et fusilla Kane du regard.

— Vous saviez tout depuis le début ?

— Non, dit Kane en haussant les épaules, pour se donner un air nonchalant. Pour moi aussi, ça a été un choc. Jusqu'à ce que Wolfe arrive, j'avais l'impression d'être ici pour commencer une nouvelle vie.

Il leva vers elle des yeux inquiets.

— Wolfe était ma liaison, au QG. Je ne connaissais pas son vrai nom, on ne s'était jamais vus. Jusqu'à hier, je ne connaissais que sa voix.

Le cœur battant à toute allure, Jenna scanna les deux hommes du regard.

— Qu'est-ce que vous savez de ma situation ?

— Rien, répondit Kane entre deux gorgées de café. Seulement que si vous êtes découverte, c'est la boîte de Pandore.

— Et d'où est-ce que vous venez, vous ? La plaque dans la tête, ça aussi, c'était un mensonge ?

Jenna porta ses deux mains à son visage pour se masser les tempes.

— Malheureusement, il est vrai que je pensais être à Black Rock Falls pour prendre une sorte de semi-retraite, répondit Kane en baissant le regard sur la table. Mais si j'ai dû disparaître et quitter mon ancienne vie, c'est parce que j'ai été démasqué.

Il plongea ses yeux bleus dans ceux de Jenna, une longue veine palpitant sur le côté de son visage.

— C'est tout ce que je suis prêt à vous dire.

— Et pourquoi vouloir me le cacher à tout prix ? C'était évident que vous veniez des forces spéciales ! Je ne suis pas stupide !

— Ça ne va peut-être pas vous plaire, mais je vais vous faire une version abrégée. Juste pour que vous sachiez, je ne suis pas sous protection. J'ai passé cinq ans chez les forces spéciales de Washington, en tant que tireur d'élite. Des agents ennemis ont placé une bombe sous ma voiture. L'explosion a tué ma femme et c'est de là que vient ma plaque dans le crâne. Pour ne plus être repéré, j'ai disparu de la circulation et suis devenu David Kane, ex-inspecteur spécialisé en homicides, blessé dans l'exercice de ses fonctions.

Ça concordait. Ses capacités hors du commun, sa manière de gérer le conflit, de savoir réagir vite en temps de crise. Jenna se mordit les lèvres. Alors, c'est pour ça qu'il restait loin d'elle et des autres femmes. Le pauvre homme était en deuil de la sienne. Elle tendit la main à travers la table pour lui caresser le bras.

— Toutes mes condoléances. Pourquoi vous ne m'aviez pas dit, pour votre femme ?

— Dans la vie de David Kane, elle n'existe pas, répondit-il en posant sa main sur la sienne. Si on veut survivre, on doit vivre dans le mensonge, jusqu'au bout.

— Le problème, c'est que les hackers deviennent de plus en plus efficaces.

Wolfe se racla la gorge, comme pour s'excuser de les avoir interrompus, puis ajouta :

— Ça peut durer des semaines, ou peut-être des années, sans qu'il ne se passe rien, mais ces gens n'abandonnent jamais. Il va falloir veiller les uns sur les autres.

— Et vous, qu'est-ce que vous foutez là ? lança Jenna en retirant sa main.

— Moi, par contre, j'suis vraiment moi, répondit Wolfe en riant, une lueur dans le regard. Je suis *clean*, je suis les yeux et les oreilles auxquels les méchants ne s'attendent pas. Bientôt, j'aurai installé un dispositif de sécurité sur tous vos appareils et on sera au courant dès qu'un individu tapera votre nom dans un moteur de recherche.

— Vous avez toute une équipe pour veiller sur vous, madame, dit Kane. À moins que ça vous pose problème de travailler avec moi, maintenant ?

Jenna ravala sa salive. Kane avait toujours été là pour la soutenir, dès les premiers jours, même dans les moments les plus difficiles. Il était le pilier sur lequel elle pouvait s'appuyer, en toute situation. Il fallait qu'elle dise quelque chose, qu'elle lui offre une information en retour.

— J'ai travaillé sous couverture pour la DEA.

— OK. N'en dites pas plus. Maintenant, je comprends pourquoi vous m'avez pointé un flingue dessus quand on s'est rencontrés !

— Hein ? Quoi ?

— Laissez tomber, Shane, déclara Kane avant d'engloutir sa tasse de café et après avoir souri de toutes ses dents à Jenna. On est les meilleurs amis du monde, maintenant !

— Oui, ajouta Jenna en riant.

— Attendez... Vous n'êtes donc pas au courant ? demanda Wolfe en observant ses deux acolytes, une sorte d'émerveillement dans le regard.

— Le bras droit de Viktor Carlos est devenu informateur, reprit Wolfe. Il a balancé tout le gang ! Et dès le lendemain, quelqu'un a assassiné Carlos, en prison. C'est arrivé juste avant que j'arrive ici. J'imagine que l'info n'est pas parvenue jusqu'à vous. C'est fini, Jenna, vous êtes en sécurité !

— Alors, pourquoi suis-je toujours ici ? lui demanda-t-elle, incrédule.

— Parce que vous en savez trop, répondit-il avec un soupir. Ça fait partie de la procédure, j'en ai bien peur. Mais peut-être que vous pourriez demander à être réaffectée ailleurs ?

Jenna se sentit soudain très légère. Un poids immense venait d'être ôté de ses épaules.

— Il se trouve que j'aime bien être le shérif de Black Rock Falls, déclara-t-elle.

— Alors, tout est OK maintenant ?

— Oui. Et maintenant qu'on a mis les choses au clair, j'espère que vous êtes prêts à mettre la main sur notre tueur.

— Oui, madame !

Kane souriait toujours aussi intensément. Jenna se leva, sortit son carnet.

— Il va falloir que vous me rendiez les clés de voiture, dit-elle en consultant ses notes. J'ai envoyé un mail à tous les shérifs de l'État, pour qu'on nous envoie des infos sur tout meurtre similaire. Je vous ai mis en copie, Kane.

Elle prit une longue inspiration.

— D'après votre discussion avec les parents de Felicity, son petit ami, Derick Smith, travaille au garage Miller ? Allez l'interroger. Je veux savoir s'il est aussi *clean* que George le dit. Il habite sur Pine Forest Road, à quelques pâtés de maisons de chez Felicity, il aurait très bien pu passer par chez elle en allant au travail.

— Oui, madame.

— Quand vous aurez fini avec lui, passez chercher Wolfe et retournez sur les lieux du crime, fouiller cet autre sentier. Vous avez dit quelque chose hier soir qui m'a fait réfléchir. Il ne faisait pas particulièrement chaud hier et pourtant, aucune flaque d'eau sur la scène du crime. Les cheveux de la victime étaient humides, mais il avait pris le temps de les brosser. J'ai regardé les images, mais aucune trace de boue entre le rocher et le chemin dont vous parliez. Vous avez raison. Toutes les empreintes s'éloignent de la rivière, mais pas une dans l'autre sens. Si le tueur a placé Felicity sur le rocher avant de l'entailler, de lui brosser les cheveux et de cueillir les fleurs avant de partir, il a réussi à ne laisser aucune trace de ses mouvements dans la clairière.

— On va regarder de plus près, assura Wolfe, le regard

déterminé. Je vais quadriller la zone, pour qu'on n'oublie pas un centimètre. Je vous promets qu'on ne reviendra pas les mains vides, dit-il en rendant ses clés à Jenna.

— Ça vous dérange si on emmène Rowley ? Il vit ici depuis toujours, il connaît mieux que nous les chemins de forêt.

Jenna acquiesça.

— Bonne idée. J'arriverai au bureau dans une heure à peu près. Maggie va devoir se débrouiller en attendant. Je vais interroger Aimée Fox, voir si elle sait quoi que ce soit sur les déplacements de Felicity avant sa mort. J'appelle tout de suite ses parents pour savoir s'ils sont chez eux. Et j'emmène Walters.

Elle s'arrêta un instant pour regarder Kane.

— Très bien. Je vous appelle si on trouve quoi que ce soit, lui lança-t-il.

Confiante, elle posa un regard sur les deux hommes.

— Nous aussi.

17

Kane arriva sur les lieux les sens en éveil, prêt à interroger Derick Smith. Si le gamin avait tué Felicity, il le saurait instantanément. Évitant l'accueil, il dépassa les pompes à essence et entra dans le garage.

Deux voitures, une par mécanicien. Il connaissait George Miller, le propriétaire, pour avoir déjà discuté avec lui plusieurs fois, l'autre était forcément Derick. Un jeune homme, très musclé, taillé comme un taureau. Avec des marques sur l'avant-bras qui ressemblaient beaucoup à des griffures. Vu sa carrure, il pouvait mettre KO n'importe qui d'un seul coup de poing. Maîtriser une fille de 16 ans devait être alors un jeu d'enfant.

Cherchant à oublier les images de la fille mutilée qui lui revenaient en tête, Kane s'approcha du mécano en chef.

— Salut, George. C'est possible de discuter un peu avec Derick ?

— Oh, c'est vous, adjoint Kane ! Vous voulez que ma fille vous apporte le café ? On vient d'en faire, c'est pas un souci, expliqua le vieil homme en essuyant ses mains pleines de cambouis.

Kane évitait Mary-Jo depuis un premier rendez-vous, six

mois auparavant, après lequel il ne l'avait jamais rappelée. Il tenait trop à son amitié avec Jenna, à la bonne entente qu'ils partageaient hors des heures de boulot. Mais le père de Mary-Jo le voyait toujours comme un gendre potentiel et faisait tout pour les convaincre de se revoir. Cherchant à refuser poliment, Kane lui lança :

— C'est gentil, mais si je reprends du café, je ne vais plus dormir de la semaine ! On a des journées chargées en ce moment.

— J'imagine bien, répondit George en se levant, pour aller taper sur l'épaule de Derick. L'adjoint Kane voudrait te dire un mot, gamin.

— OK. Pas de problème, lança Derick en enlevant ses écouteurs, le regard inquiet. Ma famille va bien ?

— De ce que j'en sais, oui.

Kane l'invita à le suivre vers un coin plus isolé de l'atelier.

— Connaissez-vous Felicity Parker ?

— Ouais, c'est ma copine, répondit Derick, le regard fixé sur les outils accrochés au mur.

Kane se tenait assez loin de lui, une main posée sur son arme. Derick venait de parler au présent. Soit il ne savait pas qu'elle était morte, soit il faisait semblant. Kane chercha à le provoquer un peu, pour tester son tempérament.

— Elle n'est pas un peu trop jeune pour toi ?

— Elle va avoir 17 ans dans quelques mois, répondit Derick, le regard soucieux. Et puis c'est pas ce que vous croyez. Je la respecte, j'aimerais l'épouser un jour.

— Hum hum...

Kane le fixa droit dans les yeux.

— J'ai entendu dire que vous vous étiez disputés récemment. À propos du bal.

— Ouais, c'est vrai, dit Derick en baissant les yeux. On s'est un peu pris la tête. Elle voulait y aller avec Aimée, sauf que cette fouteuse de merde a qu'une chose en tête, c'est de coucher avec Lucky Briggs !

Il prit une grande inspiration.

— C'est pour ça que je n'étais pas d'accord. C'est à Lucky que vous devriez parler de détournement de mineures, pas à moi. J'ai la permission de ses parents. Pour sortir avec elle.

— Quand avez-vous vu Felicity pour la dernière fois ?

— Dimanche.

Il baissa les yeux de nouveau, évitant le regard de Kane et commença à battre nerveusement du pied.

— On est partis se balader un peu, pour discuter. Elle a insisté sur le fait qu'elle irait au bal sans moi.

Kane patienta quelques secondes, pour voir s'il comptait développer, mais le jeune homme semblait profondément plongé dans ses pensées.

— Et ?

— Alors, je lui ai dit franchement que si elle comptait traîner avec Lucky Briggs et faire partie de son tableau de chasse, elle n'était pas faite pour moi.

Après avoir prononcé ces mots, Derick se redressa pour regarder Kane droit dans les yeux.

— Vous continueriez, vous, à courir après une femme qui vous a brisé le cœur ? Comme si tout ce temps passé ensemble, à la traiter comme une reine, ça voulait juste rien dire ?

Il passa une main crasseuse dans ses cheveux qui restèrent tout ébouriffés à cause de l'huile de moteur.

— Je ne l'ai jamais touchée. Non pas que ça la rebutait, mais j'ai promis à ses parents.

— Je vois.

Kane s'efforçait de dire le moins de choses possible.

Attrapant son bloc-notes, il demanda :

— Et donc, vous n'avez pas été en contact avec elle depuis dimanche ? Vers quelle heure à peu près ?

— Peut-être 16 heures, 16 h 30... Pourquoi vous me posez

toutes ces questions sur Felicity ? Ses parents n'ont quand même pas porté plainte contre moi ?

— Non, ce n'est pas le cas, répondit Kane en s'efforçant de ne pas donner de détails. J'interroge quiconque se trouvait aux alentours de la forêt de Stanton entre dimanche et lundi.

Il se racla la gorge.

— Et donc, vous n'avez pas parlé à Felicity depuis dimanche après-midi, c'est bien ça ?

Si Derick mentait, on le saurait grâce au téléphone de Felicity.

— Est-ce qu'il lui est arrivé quelque chose ? demanda le jeune homme, paniqué.

— Répondez à ma question s'il vous plaît.

— Pas avant que vous m'expliquiez ce qui se passe ! protesta Derick en s'avançant, les poings serrés.

Kane se redressa, pour lui lancer un regard strict, celui qui voulait dire : « Reculez s'il vous plaît ».

— Felicity a été impliquée dans un incident qui a eu lieu lundi matin et comme je vous l'expliquais, ce sont des questions de routine.

— Je l'ai appelée lundi matin. Tôt. Depuis ici. Et j'ai essayé de rappeler après, mais elle avait éteint son téléphone, expliqua Derick, visiblement irrité.

— Tôt, c'est-à-dire ? Votre journée de travail avait déjà commencé ?

— Ouais. C'était vers 7 h 30, un truc comme ça.

Derick baissa les yeux à nouveau, le regard fixé sur ses bottes.

— J'attendais pendant que George faisait les papiers pour une réparation. Il m'avait dit de ramener une bagnole à une cliente, pour récupérer celle de prêt. Il m'avait dit de le faire tout de suite, tant que j'étais pas encore dégueulasse. Je suis parti d'ici vers... 8 heures. Pour aller à Stanton Road. J'étais de retour ici vers 9 heures.

— Ça vous a pris tout ce temps de faire l'aller-retour ?

Y'en a pour quarante minutes, tout au plus.

— La cliente, Mme Bolton, a insisté pour que je lui montre toutes les réparations, une par une. Et après, elle m'a fait attendre, le temps d'écrire son chèque et tout ça. Elle m'a un peu tenu la jambe, si vous voyez ce que je veux dire.

— Il va me falloir son adresse.

Derick coopéra sans problème, avide de faire confirmer son alibi.

— Est-ce que vous accepteriez que je prenne un échantillon de votre ADN ?

— Pardon ?

Le visage du jeune homme était rouge pivoine.

— Ici ? Et pourquoi vous voulez mon ADN ? Il lui est arrivé quoi, à Felicity ?

— Je n'ai pas le droit de vous révéler ces informations. Mais sachez que peu importe l'incident, un simple test vous éliminera de toute liste de suspects potentiels.

Il lança un regard sérieux au jeune homme, qui s'agitait de plus en plus.

— C'est juste un coton-tige à l'intérieur de la joue. Ça ne fait pas mal.

— Allez-y. Je n'ai rien à cacher.

Kane sortit son kit et effectua le test, puis fit signer à Derick les documents nécessaires.

— Très bien. Merci de votre coopération. Puis il retourna voir George Miller.

— Est-ce que vous vous rappelez à quelle heure est arrivé Derick hier matin ? Et combien de temps il s'est absenté pour ramener la voiture de Mme Bolton ?

— C'est un bon garçon, très ponctuel. Il commence à 7 heures, le matin. Jamais en retard. Et le boulot toujours bien fait.

George se gratta le menton, le temps de réfléchir.

— Je crois qu'il est revenu vers... 9 heures, avec le véhicule de prêt. Ça doit être ça parce que j'étais à l'accueil avec ma fille. Je lui ai demandé de me rapporter de la tarte aux pommes. On prend notre pause à 9 h 15 tous les jours, c'est un peu une tradition. Mary-Jo s'absente vers 9 heures, pour passer au café Chez Tante Betty, chercher de quoi grignoter. Il ne va pas avoir des ennuis, le garçon, hein ?

— Non. Juste des questions de routine. Merci beaucoup.

Kane salua George puis retourna à son véhicule. Une fois à l'intérieur, il téléphona à Wolfe.

— Retrouvez-moi devant le bureau avec Rowley. On va aller voir cet autre chemin qui mène à la scène de crime.

— *Bien reçu. Rowley dit qu'il y a un sentier qui passe par la cascade.*

Kane fit demi-tour puis accéléra en direction du bureau du shérif.

— Espérons qu'on trouve de quoi coincer ce salopard.

18

Après avoir pris rendez-vous avec Aimée Fox et récupéré Walters au bureau, Jenna rejoignit School Road. Elle faisait confiance à son équipe pour ce qui était de fouiller la forêt et découvrir comment le tueur avait réussi à camoufler les traces de son passage. Après tout, il s'agissait de deux hommes au sommet de leur art, accompagnés d'un adjoint presque aussi compétent. Et pendant ce temps, elle aurait tout le temps d'interroger les amis de la victime, pour avoir une vue d'ensemble de la chronologie des événements. Les images du corps de Felicity lui traversèrent l'esprit de nouveau.

— Il faut absolument qu'on arrête ce type.

— Oui, répondit Walters. Prochaine à gauche. La famille Fox habite la maison avec le mur de pierres.

Alors qu'elle se garait le long du trottoir, Jenna remarqua une jeune fille d'environ 16 ans, qui marchait dans leur direction. Écouteurs dans les oreilles, elle regardait son téléphone et semblait complètement oublieuse de ce qui l'entourait. Elle les ignora totalement et entra dans la maison.

— Vous avez remarqué combien les gamins ne se parlent plus depuis qu'ils ont des téléphones ? Je me demande s'ils arrivent encore à communiquer dans le monde réel, dit Jenna en sortant du véhicule.

— Mes petits-enfants, c'est tout pareil, ajouta Walters en lui emboîtant le pas. Quand ils viennent me voir, tout ce que je vois, c'est le haut de leur tête !

Une femme les attendait à l'entrée. Jenna lui sourit, essayant de la mettre à l'aise.

— Madame Fox ? Je suis le shérif Alton et voici l'adjoint Walters. Est-ce qu'on peut entrer et discuter un peu avec Aimée ?

— Qu'est-ce que c'est que cette histoire ? Vous m'avez dit que c'étaient des « questions de routine ». Je ne vois pas en quoi Aimée pourrait vous aider.

— J'interroge les amis de Felicity Parker, à propos d'un incident qui a eu lieu hier matin, expliqua Jenna en sortant son bloc-notes. Aimée est sur notre liste, elle a peut-être des informations importantes à nous confier.

— Eh bien, vous allez pouvoir faire d'une pierre deux coups ! dit Mme Fox en les invitant à entrer. Kate – Kate Bright – vient d'arriver. C'est aussi une amie de Felicity.

— Est-ce que vous auriez le numéro de téléphone de ses parents ? Je vais avoir besoin d'une autorisation pour pouvoir lui parler.

— Oui, bien sûr.

Jenna jeta un rapide coup d'œil autour d'elle. De ce côté de la ville, les maisons étaient à l'image de leurs propriétaires. Contrairement aux ranchs, plus populaires dans la région, ces maisons-là trônaient au milieu d'immenses jardins parfaitement entretenus. Généralement habitées par des professeurs d'université ou de riches médecins.

Puis, après avoir obtenu l'autorisation des parents de Kate, Jenna suivit la femme jusqu'au salon familial et resta bouche bée devant la quantité de fusils accrochés aux murs. Des armes datant de la guerre de Sécession et d'autres objets de grande valeur.

— Impressionnante collection.

— Oui, mon mari dépense des fortunes aux enchères. Il est passionné par les armes, expliqua Mme Fox en s'installant entre les deux filles, chacune perchée sur un rebord de canapé.

— On éteint les téléphones. Le shérif Alton voudrait vous dire un mot.

Elle tapota tendrement le genou de sa fille, celle aux cheveux châtains.

— Voici Aimée.

Alors que l'adjoint Walters restait debout près de l'entrée, Jenna s'installa dans un des fauteuils en cuir en face du canapé et sourit aux deux filles. Elles étaient habillées exactement de la même façon : mini-jupe en jean, t-shirt et bottes de cow-boy. La quantité de maquillage sur leur visage la désarçonna. Ça leur donnait un air plus âgé. Les mots de Lucky se mirent à résonner dans sa tête. *Y'a que les petites jeunes qui me courent après.* Se rappelant les notes de Kane suite à son entretien avec les Parker, elle décida de ne pas leur révéler la mort de leur amie.

— Pourriez-vous me dire ce que vous faites habituellement avec Felicity pendant une semaine normale de vacances d'été ?

— Ça dépend s'il y a rodéo ou pas, dit Aimée en souriant. Si oui, on aime bien faire des tours en voiture, voir si on croise certains des concurrents. Et cette année, on va au bal, aussi.

— Tu as une voiture ? dit Jenna, en prenant des notes.

— Oui. Papa me l'a offerte pour mon anniversaire, expliqua la fille en passant une main dans ses cheveux, avant de lâcher un bâillement. J'ai le permis !

Ennuyée par ces questions, elle était constamment en train de jouer avec son téléphone.

— Et vous faites quoi d'autre ? Vous traînez où et vous parlez à qui, habituellement ?

— On va partout. À la bibliothèque... Parfois au café, chez

Tante Betty... Hier, on voulait aller au magasin d'informatique, en ville. Ils ont de tout, des jeux, des téléphones, toutes sortes de trucs. Et puis y'a le Wi-Fi gratuit aussi, expliqua Kate, tout sourire. Le gars au comptoir, c'est un vrai *geek,* mais si on est gentilles avec lui, il nous aide avec les jeux.

Jenna se hérissa.

— Ça veut dire quoi, « gentilles avec lui », et pourquoi avez-vous besoin d'aide avec vos jeux ?

— Oh, on va lui chercher son repas, ou quelque chose comme ça, dit Aimée en lâchant un soupir. Parce que sinon, il doit nous mettre dehors et fermer le magasin.

— Est-ce qu'il vous offre des jeux ?

— Mais non, ne soyez pas ridicule ! s'exclama Kate en gloussant.

Puis elle roula des yeux comme si Jenna était complètement folle.

— On les télécharge sur notre téléphone ! Vous êtes comme ma mère, elle ne sait même pas envoyer un SMS ! Ces jeux, ils sont gratuits, sur Internet. C'est juste que Lionel sait comment on triche, alors il nous aide à passer les niveaux plus vite, c'est tout.

— Est-ce que vous connaissez le nom de famille de Lionel ?

— Provine, un truc comme ça, répondit Aimée en jouant avec un coussin. Pourquoi vous posez des questions sur Felicity ? Il lui est arrivé quelque chose ?

— J'ai bien peur que Felicity ait été impliquée dans un incident grave, hier matin.

— Quel genre d'incident ? Est-ce que quelqu'un lui a fait du mal ?

Jenna soupira.

— Je n'ai pas le droit de vous révéler ce genre d'information pour l'instant. Mais je dois tout de même vous conseiller de faire très attention. Ne sortez pas seules et n'allez pas en forêt. C'est dangereux, en ce moment.

— Mais c'est horrible ! dit Aimée en lançant un regard à son amie. Il faut qu'on aille la voir.

— Non. Elle n'est pas à la maison. J'expliquerai tout à vos parents en temps voulu, mais pour l'instant, il me faut toutes les informations que vous pouvez me donner. Quand avez-vous vu Felicity pour la dernière fois ?

— Dimanche, à l'église. Mais je lui ai parlé au téléphone hier matin, avant le petit déjeuner.

Aimée lança un regard inquiet à Jenna.

— Elle a dit qu'elle arriverait ici avant 9 heures. On avait prévu d'aller en ville. Lionel nous avait envoyé des *cheat codes*[1] pour avoir des récompenses dans un des nouveaux jeux, mais j'imagine qu'elle était trop absorbée par sa partie, parce qu'elle n'est jamais venue. Elle est totalement accro, donc je n'étais pas surprise. On l'est toutes un peu. Parfois, je suis tellement dedans que je préférerais rester jouer plutôt que sortir avec mon copain.

Elle haussa les épaules.

— J'ai appelé, j'ai laissé un message, mais elle n'a pas rappelé. Ensuite, Lionel a dû fermer boutique pendant presque deux heures, alors on s'est rabattues sur le café Chez Tante Betty, expliqua-t-elle en soupirant.

Je ne pige rien à tout ça. Jenna s'efforçait de noter le peu dont elle arrivait à se souvenir de ce charabia.

— OK. Donc ces « récompenses », ça sert à monter plus vite dans les niveaux du jeu, c'est ça ? Je n'ai jamais eu le temps de me mettre aux jeux vidéo, j'en ai bien peur.

— Oui, puis c'est comme de l'argent, un peu. On peut en gagner quand on réussit une mission et après on peut les partager, ou bien les échanger.

La jeune fille lâcha un long soupir.

---

1. Code ou manipulation visant à modifier les règles d'un jeu afin d'en faciliter la progression.

— Je sais que vous, les vieux, vous n'y comprenez rien, mais de nos jours, tout le monde est sur des jeux ou des *chats* en ligne.

Jenna échangea un regard avec Mme Fox, avant de revenir aux deux filles.

— Et donc, vous étiez où hier matin vers 9 heures ?

— Je suis passée chercher Kate et on est allées en ville. Aimée se mordit la lèvre puis reprit :

— On a passé le gros de la journée au magasin d'informatique avec Chad et Lucas, mais je ne les ai pas ramenés, ils prennent le bus de 19 h 30. Papa n'apprécie pas que j'invite des garçons dans ma voiture.

— Est-ce que je peux avoir leur nom de famille ?

— Oui. Lucas Summerville et Chadwick Johnson, répondit Kate en enroulant une mèche de ses cheveux blonds autour de son doigt.

— Est-ce que vous avez parlé à qui que ce soit d'autre, en dehors d'eux et Lionel ? Ou bien croisé quelqu'un sur la route ?

— On a discuté avec M. Rogers au feu rouge. Il traversait pile au moment où on était arrêtées. Je l'ai appelé par la fenêtre ! expliqua Kate en souriant. C'est un des nouveaux profs qui sont arrivés cette année.

— De quoi avez-vous parlé ?

— Pas grand-chose. On n'a pas eu beaucoup de temps avant que ça repasse au vert. Il a dit qu'il cherchait son chien. Il avait dû courir parce qu'il était tout transpirant et il avait plein d'herbe et de fleurs sauvages accrochées sur les scratchs de ses baskets ! Il est reparti à toute vitesse. Avec toutes ces fleurs qui traînaient derrière lui ! conclut-elle en riant.

La mention des fleurs sauvages fit frissonner Jenna. Ça collait au niveau de l'horaire ; ce n'était peut-être pas une coïncidence.

— J'imagine qu'il vit dans le quartier ? demanda-t-elle à Mme Fox.

— Oui, avec sa femme. Tout au bout de Stanton Road. Numéro 206, il me semble, répondit-elle en se grattant la tête, l'air inquiet. Est-ce que tout ça a quelque chose à voir avec le copain de Felicity, Derick Smith ? Il est bien trop vieux pour elle. Je ne comprends pas comment ses parents la laissent voir un garçon qui a presque quatre ans de plus.

Tendue, Jenna se tourna vers Aimée.

— J'ai entendu dire qu'ils avaient rompu ?

— La faute à Lucky Briggs, dit Kate en ricanant. Felicity est à fond sur lui. Elle veut danser avec, au bal. Derick s'est vraiment énervé à cause de ça. Quel idiot. Comme si Lucky Briggs pouvait s'intéresser à Felicity. Tout le monde sait qu'il préfère les blondes !

— Comment connaissez-vous Lucky ? lança Jenna, son regard passant alternativement d'une fille à l'autre.

— Qui ne le connaît pas ? gloussa Aimée. Il vient d'ici, son ranch est dans sa famille depuis toujours. C'est une star, tout le monde l'adore !

— Trop hâte de le voir monter ! s'écria Kate, les yeux brillants. J'aimerais trop qu'on puisse le suivre tout le long du circuit. Dès que j'aurai 18 ans, je le ferai !

— Moi aussi ! renchérit Aimée en attrapant son téléphone, pour le montrer à Jenna. J'ai sa photo en fond d'écran. Il est tellement canon !

— Je vois.

— Tu vas te sortir cet homme de la tête, jeune fille ! lança Mme Fox, rougissant de colère. Je suis vraiment désolée, elle n'est pas si... effrontée, habituellement.

— Les adolescentes nous en font voir de toutes les couleurs à ce qu'on dit.

À la vue de son expression horrifiée, Jenna tenta de la rassurer.

— Sûrement qu'Aimée sera à la fac d'ici là. Et que Lucky Briggs ne sera plus qu'un lointain souvenir.

— Je l'espère bien ! dit Mme Fox en se raclant la gorge. Est-ce qu'il faut autre chose ?

Jenna sourit.

— Si vous le voulez bien, j'aimerais avoir des déclarations écrites d'Aimée et Kate, pendant que c'est encore frais. Comme ça, vous n'aurez pas besoin de passer à mon bureau. Et si vous voulez bien en être témoin également. Sans ça, ces informations ne sont que des propos rapportés.

— Oui, pas de problème. J'ai des blocs-notes qu'elles peuvent utiliser. Qu'est-ce que vous voulez qu'elles écrivent ?

— Décrivez, selon vos propres mots, à quelle heure vous avez croisé M. Rogers, comment il était habillé. Tout ce dont vous pouvez vous souvenir. Ce que vous vous êtes dit et de quoi il avait l'air. Puis signez en bas, de votre nom complet.

Après avoir récupéré leurs témoignages, Jenna se fit raccompagner vers la sortie par Mme Fox.

— Est-ce qu'il est arrivé quelque chose à Felicity ? D'après vos questions, je comprends que la situation est grave.

— Malheureusement, je ne peux pas vous révéler de détails, mais gardez un œil sur votre fille. Surveillez-la de près. Ne la laissez pas sortir seule et dites aux parents de Kate de faire pareil. Si vous voyez qui que ce soit rôder dans les alentours, ou quoi que ce soit qui vous paraisse anormal, appelez-moi. Vous en saurez plus dans la presse d'ici quelques jours, expliqua Jenna en lui tendant sa carte.

— Je vais garder ma fille à la maison aujourd'hui. Merci beaucoup.

Alors que Mme Fox tournait les talons pour rentrer chez elle, Jenna suivit Walters jusqu'à leur véhicule.

— Dès qu'on arrive au bureau, épluchez les relevés téléphoniques de la victime. On a la permission des parents.

— Oui, madame.

Jenna relut ses notes, prenant soin d'ajouter des commentaires afin que rien ne manque. Elle avait deux nouveaux suspects : Rogers et Provine. Mais les cow-boys restaient sur sa liste. Leur enthousiasme à répondre aux questions sans broncher pouvait venir de la confiance absolue en la capacité du tueur à ne laisser aucune preuve. Passant en revue l'entretien, Jenna mordilla son stylo. Sa chronologie des allées et venues de Felicity depuis qu'elle avait quitté la maison était totalement inexistante.

Quelqu'un avait dû la voir marcher le long de Stanton Road. Elle avait quitté la maison pile au moment où les gens partent au travail. Après avoir pris note d'appeler un maximum d'habitants du quartier, elle jeta un coup d'œil à sa montre et se demanda si Kane avait découvert quelque chose d'intéressant sur la scène de crime. Elle ne voulait pas le déranger, aussi poussa-t-elle un soupir et retourna-t-elle au bureau. *Je vais devoir ressortir mon tableau blanc pour démêler toute cette pagaille.*

19

Kane et Wolfe retournèrent dans la forêt de Stanton, accompagnés cette fois-ci de Rowley. Le gars était du coin, il avait passé toute sa vie là, ses connaissances étaient inestimables. Il prit le temps de leur décrire les divers chemins et sentiers, expliquant lesquels le tueur aurait pu emprunter sans trop se faire remarquer. La journée avait commencé sans un nuage, mais l'humidité se faisait ressentir. La sueur coulait à grosses gouttes sur le front de Kane, à tel point que l'eau salée venait se perdre dans ses cils et que les moustiques attaquaient de toutes parts. Contournant les ronces et autres mauvaises herbes, les adjoints avançaient les yeux alertes, prêts à faire face à un animal sauvage.

Coup de téléphone. Alton au bout du fil.

— *Une fille est portée disparue. 16 ans, cheveux longs, très jolie. À croire que notre tueur aime un genre bien particulier. Elle s'appelle Joanne Blunt.*

— Quand a-t-elle été vue pour la dernière fois ?

— *Un voisin l'a vue entrer dans la forêt, hier en début d'après-midi, sa serviette de bain sous le bras. Elle est arrivée en ville plus tôt dans la matinée, pour venir assister au rodéo avec sa famille. A priori, elle se dirigeait vers l'un des points de baignade, mais il y en a des tonnes dans cette zone. Je vais appeler des renforts de Blackwater, pour qu'ils fouillent la partie ouest. Mais vous, vous êtes pas loin de Stanton Road, non ? De ce que j'en sais, il y en a au moins trois de ce côté-là.*

— OK. On va passer voir.

Rowley les guida le long d'un sentier étroit, qui s'enfonçait plus profondément dans la forêt.

— Elle est où, la rivière ? demanda Kane alors qu'un bruit d'eau attirait son attention. Je pensais qu'on allait vers l'est ?

— Ce chemin-ci mène à la cascade, expliqua Rowley. Ce n'est pas par là que les cow-boys ont rejoint le bassin rocheux. Ce sentier-ci a probablement été créé par des animaux, mais il est quand même indiqué sur les cartes, en tant que chemin de randonnée. Je nous fais passer par là pour qu'on puisse se rendre à la cascade d'abord et ensuite, c'est pas très compliqué de rejoindre le bassin.

— OK. On vous suit, dit Kane en se frottant le menton, pensif. Comment ça se fait que je n'aie jamais entendu parler de ces cartes ? Des chemins de randonnée ?

— Elles sont en vente de partout, pourtant. Il y en a plein au café Chez Tante Betty, sur le comptoir. Sur un petit présentoir avec écrit : « Choses à faire à Black Rock Falls ». La petite cascade est l'une des plus appréciées. Les randonneurs aiment beaucoup, ça fait de belles photos. Mais c'est un peu petit pour se baigner et vraiment loin de la ville. Les gens d'ici préfèrent la grande cascade, beaucoup plus près de la route.

— Attendez, demanda Wolfe. On a dépassé au moins trois embranchements depuis tout à l'heure. Où est-ce que ça mène ?

— Vers les montagnes. Des grottes d'ours, dit Rowley avant de s'asperger d'eau. Je doute que qui que ce soit ose s'y aventurer à cette période de l'année.

Kane s'arrêta un instant, pour observer une toile d'araignée entre deux arbres.

— Quelqu'un est passé par ici récemment. Depuis le début, pas une toile et pas une branche sur notre passage. Mais la couche de feuilles est tellement épaisse. Même mes bottes ne laissent aucune empreinte.

— J'ai remarqué quelques plantes écrasées aussi, ajouta Wolfe. Mais avec tous les ours et autres chevreuils qui traînent dans le coin, ça ne veut pas forcément dire grand-chose.

— Je n'ai pas vu de crottes, répliqua Rowley. Et croyez-moi, ces trucs-là, ça chie tout le temps. Et pas de marques de griffures sur les arbres, non plus.

Le sentier débouchait sur une formation rocheuse, où trônait une petite mare alimentée par la cascade. L'endroit était désert et l'eau si cristalline qu'on pouvait en voir le fond. Mais alors qu'ils s'en approchaient, l'odeur de terre humide quitta peu à peu leurs narines, remplacée par celle, inimitable, de la mort.

— Merde. Vous sentez ça ?

— Oui. Victime numéro deux ?

— Espérons que non.

La fille était bien là, allongée sur sa serviette, le regard vitreux. Kane se mordit la lèvre pour retenir un juron, puis tendit un bras pour empêcher Rowley d'approcher la scène de crime.

— Même mode opératoire qu'avant.

— On dirait bien, ajouta Wolfe en ouvrant son sac. Équipez-vous et appelez le shérif. On ne va pas pouvoir retourner à temps sur l'autre scène de crime. Le temps qu'on y aille, il n'y aura plus rien.

— Le shérif est en route, lança Kane après un bref coup de fil. Accompagnée de Walters et Weems. On a pour ordre de sécuriser les lieux, de prendre des photos et d'examiner brièvement le corps le temps qu'ils arrivent. Ensuite, on file sur l'autre scène de crime, ils s'occuperont de finir ici. Procédure habituelle, lança-t-il à Rowley, en lui tendant un rouleau de rubalise.

— Au vu des égratignures qui maculent le corps, je dirais qu'elle a essayé de s'enfuir, dit Wolfe en examinant le cadavre. Ça correspond assez bien à des traces de branches et de fougères. Et on a ses vêtements, mais en dehors de ça, tout est identique au premier meurtre. Y compris les fleurs.

Kane fronça les sourcils.

— Il a récidivé plus vite que je ne le pensais. Heure de la mort ?

— Je dirais hier après-midi, peu de temps après qu'elle a été aperçue. Ce qui veut dire qu'il a tué deux fois en vingt-quatre heures. C'est pire que je ne l'imaginais.

Le temps de couvrir le corps et d'empaqueter les vêtements dans des sachets pour pièces à conviction, Jenna et Walters étaient déjà là, accompagnés de Weems et son assistant, qui poussaient tant bien que mal un brancard sur le chemin sinueux. Kane s'avança vers le shérif, pour lui chuchoter :

— Même tueur.

— OK. Laissez-moi les pièces à conviction, je m'occupe de la suite. Wolfe, rentrez au bureau dès que vous aurez fouillé l'autre scène. L'autopsie peut attendre demain matin.

— Oui, madame, dit Wolfe, en retirant sa combinaison. Vous aurez mes conclusions dès cet après-midi.

20

Quelques instants plus tard, Alton avait quitté les lieux avec le corps et ils suivaient de nouveau Rowley le long d'un sentier, accélérant le pas pour rejoindre au plus vite la rivière.

— Ça paraît plausible que le tueur soit passé par là, lança Wolfe. On ne fait pas plus isolé, c'est parfait pour ne pas se faire repérer.

Kane acquiesça.

— Pour fuir la scène, ça paraît assez sûr, mais on n'a aucune preuve qui pourrait indiquer qu'il était au courant que la victime serait sur place. Les parents de Felicity ont dit qu'elle était en route pour aller voir une amie qui vit dans la direction opposée, dit-il en se frottant le menton. J'en ai parlé avec Jenna : le tueur n'agit pas sur un coup de tête. On dirait bien que Felicity le connaissait et qu'elle l'a rejoint ici de son plein gré. J'ai parlé à son petit ami et les cow-boys font toujours partie des suspects.

— Peut-être que quelqu'un l'a appelée après qu'elle a quitté la maison. Mais ça, on n'en saura rien tant qu'on n'a pas les relevés téléphoniques.

— Les deux gamins n'ont vu personne d'autre. Le tueur doit

être du coin et bien connaître les lieux, vu qu'il a réussi à partir sans être vu, ajouta Rowley en grimaçant.

— On dirait bien, oui. Si on part du principe qu'il était complètement trempé après avoir tué Felicity dans l'eau. On peut imaginer qu'il est retourné à la rivière pour nettoyer les traces de sang et que le temps qu'il marche jusqu'à la route, ses habits avaient déjà séché.

— Peut-être qu'il était encore un peu mouillé, mais ce n'est pas du tout inhabituel de croiser des randonneurs tout transpirants. Attendez, n'est-ce pas un emballage de préservatif, là, sous les feuilles ?

Kane contourna Rowley et s'accroupit pour regarder.

— On dirait bien. Et y'en a un second, encore mieux caché. Laissez-moi remettre mes gants. C'est bon, je les ai. On dirait que c'est là depuis peu. Mais ça peut aussi appartenir à n'importe quel ado qui viendrait faire ses premières expériences dans le coin. Je ne pense pas que ça lui appartienne, il n'est pas du genre à laisser des traces d'ADN. Laissez-moi réfléchir, qu'est-ce qu'il ferait avec ses préservatifs ? Sûrement qu'il les jetterait dans la rivière, emballages y compris. Le courant est fort, donc non seulement ça nettoie toutes les traces, mais en plus ça se retrouve à des kilomètres en un rien de temps. Non, je ne pense pas que ceux-là soient les siens.

Alors qu'ils avançaient, le son de la rivière se faisant plus proche à chaque pas, Kane ralentit un peu la cadence.

— OK. Si on part du principe que le tueur est passé par ici pour quitter la clairière, il faut qu'on commence à chercher des indices.

— La victime avait un trauma crânien à l'arrière de la tête, on peut donc s'imaginer qu'il l'a attaquée par-derrière, l'a mise KO et l'a traînée jusqu'à la rivière, dit Wolfe en balayant la zone du regard. Le chemin se sépare en deux, je suggère qu'on fasse deux équipes. Vous partez sur celui-là, je vais fouiller l'autre.

Kane fouilla méticuleusement les buissons qui bordaient le

chemin principal, pour voir s'il trouvait des cheveux coincés entre les branches. Au sol, sous les feuilles, rien que du sable et de petits galets, au milieu desquels il était impossible de laisser des empreintes. Il se maudit de ne pas avoir mieux fouillé la zone pendant leur première visite, mais il faut dire que s'occuper du corps et des quelques indices récoltés avait été la priorité. Entendant Wolfe l'appeler, il revint sur ses pas, le retrouvant dans la clairière.

— Je n'ai rien trouvé, lui lança-t-il.

— Moi si, répondit Wolfe en le guidant le long du petit sentier jusqu'à un tronc d'arbre tombé au sol.

Vu les traces dans la terre autour, les promeneurs devaient avoir l'habitude de s'en servir comme siège.

— Qu'est-ce qu'il y a ?

— Ici, dit Wolfe en désignant un papier d'emballage, avec un logo de couleur verte. C'est une marque de cordage en plastique. J'ai utilisé exactement la même récemment pour attacher une remorque à ma voiture.

Puis, un peu plus loin, il montra à Kane de petites encoches dans l'écorce de deux arbres.

— On dirait bien que la corde a été attachée ici. Ça aurait été à hauteur de cou pour Felicity. Et ces cordes sont vert foncé, donc faciles à camoufler. Elle a dû foncer droit dedans en essayant de s'enfuir.

Kane s'accroupit pour examiner le sol.

— Le gravier a été déplacé par endroits. Certainement qu'elle s'est débattue. Là ! Voilà des cheveux ! Ils correspondent à ceux de notre victime.

— Oui. On peut s'imaginer que Felicity s'est pris la corde et est tombée dans les buissons. Le tueur a dû la frapper à la tête, du dessus, mais elle est restée consciente. L'autopsie a montré que ça avait été plus dur de la mettre KO qu'il ne le pensait. Mais pas de traces au sol qui suggèrent qu'il l'ait traînée jusqu'à la rivière, donc il a dû la porter.

Kane avança lentement vers la rivière, observant le sol sous ses pas. De l'autre côté, une façade rocheuse bordait la berge, abritant l'endroit des regards indiscrets. En avançant, il finit par remarquer une tache de sang sur une pierre, ainsi que quelques traces dans le sable.

— Comment est-ce qu'on a pu manquer ça ?

— Je parie que c'est ici qu'il l'a violée. Il l'a certainement contrainte à se mettre à genoux, probablement en la menaçant avec son couteau. Il aura pu l'entailler pour la forcer à rester immobile et lui a probablement dit qu'une fois qu'il aurait fini, il la laisserait partir.

— Par ici ! interrompit Rowley, un peu plus loin.

— Prenez ça en photo, je vais voir ce qu'il a trouvé, ordonna Kane.

— Non, attendez une seconde. Ces traces, là, on dirait des empreintes ! Je crois qu'elle a réussi à s'enfuir et a couru dans cette direction. Et après l'avoir tuée, je dirais que le type a balayé le sol avec une branche. Regardez cet arbre, là-bas ! Il est intelligent, il a dû jeter la branche dans le courant. Puis il a marché au bord de l'eau pour repartir, jusqu'au chemin sur lequel on était tout à l'heure.

— Il faut absolument qu'on trouve l'endroit où il l'a tuée.

— Probablement dans l'eau. Il est expérimenté, je parie qu'il a fait ça pour éviter de se retrouver avec du sang partout. Très probablement qu'il vit en ville et qu'il craignait d'être vu.

— Alors, il doit beaucoup voyager. Vous savez comme moi qu'il tue beaucoup et souvent, dit Kane en s'éloignant pour rejoindre Rowley. Alors, qu'est-ce qu'on a par ici ?

— Du tissu, on dirait bien. Et j'ai l'impression de voir une botte, là-bas, dans l'eau, mais c'est assez loin de la rive, dit Rowley en pâlissant. C'est très inhabituel qu'un objet reste en place aussi longtemps. Le courant est très fort, comme vous le savez. Quand les gamins viennent nager ici, ils vont plutôt dans l'embranchement plus bas.

— Là où étaient les empreintes de notre première fouille ?

— Oui. C'est une zone moins profonde. Mais comme vous pouvez le voir, ça se rejoint. Le tueur a dû se servir du courant pour la déplacer jusque là-bas. Puis il l'a sortie de l'eau et allongée sur le rocher, expliqua Rowley, en ravalant sa salive. Vu l'état du bout de tissu, je dirais qu'il a été découpé et pas déchiré.

Kane ressentit un certain malaise en examinant l'objet. Bleu avec des sequins roses. Pas besoin d'être de la police scientifique pour s'imaginer que le tueur l'avait découpé à l'aide de son couteau de chasse. Et ça correspondait parfaitement à la description faite par le père de Felicity. *Un haut bleu avec un papillon sur le devant.*

— Photographiez-moi tout ça et mettez-le dans un sac pour pièces à conviction. Où est la botte ?

— Vous voyez ce rocher qui dépasse hors de l'eau ? Regardez, en bas, sur la gauche. Vous voulez que j'y aille ?

— Non. Je m'en charge.

Kane se dirigea dans la direction indiquée, un peu plus en amont et se déshabilla. Puis il plongea tête la première et resta en apnée un moment, essayant de voir s'il arrivait à trouver d'autres indices sous l'eau. Il était assez doué dans cette discipline, ce qui pouvait s'avérer utile de temps en temps.

L'eau était glaciale, mais il continua aussi longtemps que possible, puis il finit par attraper la botte, rose à paillettes et la lança à Rowley. Un peu plus tard, ils trouvèrent la seconde, emportée un peu plus loin par le courant. Mais en dehors de ça, aucune trace que Felicity Parker ait été présente dans ces lieux.

21

Après avoir annoncé la nouvelle aux proches de Joanne Blunt, Jenna retourna au bureau, complètement lessivée. Elle avait besoin d'une pause ; chaque nouvelle scène de crime faisait remonter de mauvais souvenirs par flash-back et l'idée de perdre le contrôle alors qu'un tueur en série était en liberté était pour elle insoutenable. Elle avait besoin de se confier à quelqu'un et dans la mesure où elle n'avait pas le temps de prendre rendez-vous chez un psychologue, seul Kane était à même de remplir ce rôle. Il était fiable et, venant des *marines*, il s'y connaissait sûrement en stress post-traumatique.

Elle observa Walters qui s'installait à son bureau, un sac en papier à la main, rempli de friandises venues d'un des stands sur l'allée principale et se dit qu'elle pouvait s'absenter quelques instants. En passant par l'accueil, elle fit signe à Maggie.

— Je suis en pénurie de sucre, je vais faire deux trois courses.

Sous le soleil estival, elle fit un pas de côté pour laisser passer tout un tas de gamins sur des skateboards, puis se fraya un chemin parmi la foule, pour rejoindre les rangées de stands devant la salle des fêtes. La façade du bâtiment était couverte de banderoles, écrites à la main et flamboyantes de couleurs, vantant les prix et les mérites de ce qui était proposé à la vente.

Elle prit le temps de marcher lentement, de poser son regard sur chaque différent type de friandises et d'acheter un peu de tout. Des biscuits et des caramels. Mais alors qu'elle traversait la route, un étrange sentiment s'empara d'elle. Elle se sentait observée. Regardant autour d'elle, elle essaya de voir si quelqu'un la suivait. Ces meurtres avaient réveillé les souvenirs de son kidnapping, mais pourquoi un flash-back en pleine rue ?

Gardant la tête haute, elle prit soin de conserver un œil alerte sur les vitrines, pour voir si elle repérait quelqu'un dans le reflet. Sa formation d'agent secret lui avait sauvé la vie bien des fois. Mais les rues étaient bondées et personne en particulier ne semblait sortir du lot. S'arrêtant devant un stand de pâtisseries, elle s'efforça de garder son calme, puis commanda quatre tartelettes. Jetant un œil autour d'elle pendant que la vendeuse les emballait, elle remarqua que le café Chez Tante Betty s'était joint aux célébrations et était lui aussi couvert d'affiches et de drapeaux, en l'honneur du rodéo.

Un frisson lui parcourut l'échine. C'est quoi, mon problème ? On est en plein jour et tout va bien. Carlos est mort et enterré.

Elle franchit la porte du café et s'installa au comptoir pour effectuer une commande qu'elle emporterait. Dos au mur, elle observa les clients. Quelques touristes qu'elle ne connaissait pas et Aimée et Kate dans un coin, en train de manger avec un groupe d'ados et Lionel Provine, le type du magasin d'informatique. C'était peut-être lui qui l'espionnait. *Hum... Je me demande si leurs mères sont au courant qu'ils sont aussi proches. Heureusement qu'elles sont en groupe.*

Elle sursauta lorsqu'une main se posa sur son épaule. Le révérend Jones se tenait près d'elle, un air inquiet dans le regard.

— Oui, mon révérend ? Je peux faire quelque chose pour vous ?

— Non, répondit-il, avec un sourire chaleureux. Mlle Hartwig essayait d'attirer votre attention, je crois que votre café est prêt.

— Oh, pardon, merci beaucoup. Excusez-moi, j'avais la tête ailleurs.

— Est-ce que tout va bien ? Vous m'avez l'air un peu nerveuse, shérif, dit-il en posant tendrement une main sur son avant-bras. Est-ce que vous voulez que je vous raccompagne au bureau ? Je vais dans la même direction et ma commande est prête. Ce n'est pas un souci.

Jenna s'efforça de sourire.

— Je vais bien, ne vous inquiétez pas. Mais merci pour la proposition, dit-elle en attrapant son gobelet, pressée de quitter les lieux.

Cette sensation d'être espionnée la secouait jusqu'au fond de l'être et en se retournant vers le café, de l'autre côté du passage piéton, elle croisa le regard de Lionel Provine, assis près de la vitrine.

22

Après avoir regagné le bureau, elle se laissa tomber dans un fauteuil, yeux fixés au plafond et s'efforça de recoller les morceaux, entre ce qu'elle savait du meurtre de Felicity et de celui de Joanne Blunt. En dehors de leur âge, les deux filles n'avaient rien en commun. Joanne était seulement là pour les vacances et ne connaissait pas grand monde à Black Rock Falls, en dehors de ses cousins qui avaient un alibi. Jenna n'avait aucun suspect, aucune piste. Soudain, un bruit attira son attention, puis elle remarqua l'adjoint Wolfe dans l'embrasure de la porte.

— Vous avez trouvé quelque chose ?

— Oui, une paire de bottes et un bout de tissu provenant probablement du t-shirt de la victime, expliqua le nouvel adjoint en fermant la porte derrière lui. Je pense avoir une idée assez précise de comment s'est déroulé le meurtre.

— Vous avez des photos ?

— Des tonnes. Je les télécharge au plus vite dans la base de données. Rowley aurait besoin des clés de la salle des preuves. Qui les a ?

— Kane et moi. Kane n'est pas avec vous ?

— Non, il a dû passer chez lui pour se changer, expliqua Wolfe avec un grand sourire. Rowley a repéré une des deux bottes dans la rivière et Kane a fait un petit plongeon. Ensuite, on a marché longtemps sur le chemin du retour et il s'est fait dévorer par les moustiques.

— Pourquoi ne pas avoir laissé un véhicule de chaque côté du chemin ? s'exclama-t-elle, furieuse. Ça vous aurait fait gagner un temps fou ! Vous croyez que vous avez le temps de vous promener ?

Elle le fixa un instant, incrédule, puis commença à ricaner. *Eh bien, ça promet. La journée va être longue*, se dit-elle en se dirigeant vers la machine à café.

— C'est-à-dire, madame, que nous avions une théorie à prouver, expliqua Wolfe. Écoutez un peu : Kane et moi sommes tous les deux d'accord sur le fait que le meurtre a probablement eu lieu dans l'eau, étant donné qu'il n'y avait que très peu de sang sur la scène de crime. Nous pensons donc que le tueur l'a portée jusqu'au rocher après coup, après avoir attendu qu'elle se vide de son sang. Nous pensons qu'il s'est ensuite rincé dans la rivière et qu'il était trempé. Mais, comme il avait prévu le coup, il savait que le temps de marcher jusqu'à l'orée des bois, il serait déjà sec et n'attirerait pas l'attention.

Est-ce que Kane a eu le temps de sécher ?

Quasiment. Mais gardez en tête qu'il était trempé jusqu'aux os, contrairement à notre tueur. Je vais commencer l'autopsie de Joanne Blunt, ajouta-t-il avec un soupir.

— Il va falloir que vous m'expliquiez vos théories de manière plus détaillée. J'ai besoin de preuves que les victimes n'ont pas été tuées ailleurs puis déposées en forêt pour attirer l'attention. J'ai interrogé les amies de Felicity et j'ai une liste de suspects longue comme le bras en ce qui la concerne, mais absolument rien pour Joanne Blunt. Elle venait d'arriver en ville et s'est fait tuer presque instantanément.

— Kane pense que le tueur vit ici, mais se déplace régulièrement. Pour son travail, peut-être. Mais les deux meurtres ne se ressemblent pas tant que ça. Il y a certains détails qui diffèrent. Je pense que le second meurtre n'était pas prévu, qu'il l'a croisée par hasard et a sauté sur l'occasion. On sait qu'il l'a pourchassée. D'après les ecchymoses sur le corps de la victime, on sait qu'elle s'est défendue. Il l'a tirée par les cheveux et l'a mise KO à coups de poing, sans utiliser son arme. Je pense qu'il avait juste son couteau sur lui à ce moment-là, on est loin de tout l'attirail qu'il a emporté pour Felicity. Mais les deux meurtres gardent cet aspect rituel caractéristique, c'est très certainement le même tueur et Kane n'a aucun doute sur le fait qu'il va frapper de nouveau, dès que possible.

À cet instant, Dave les rejoignit, un sac du Chez Tante Betty à la main.

— Quand on parle du loup ! Si vous voulez bien vous occuper du café, madame, je vais aider Kane à enregistrer les pièces à conviction.

— J'ai apporté à manger, dit Kane en déposant le sac sur le comptoir. Je me suis dit que vous non plus vous n'aviez pas déjeuné. On a beaucoup de choses à vous raconter.

— C'est gentil, mais j'ai acheté assez de tartes et de bonbons pour me nourrir pendant tout un mois, répondit-elle avec un sourire.

— Génial ! Mais vous ne voulez pas manger autre chose que du sucre ?

— Je suis affamée, je vous ai attendus. On pourra manger après avoir fini avec les pièces à conviction.

Elle lança un coup d'œil à Wolfe.

— Occupez-vous du café et apportez tout ça dans mon bureau. Je vais demander à Rowley de vous filer un coup de main, on n'en a pas pour longtemps.

— On a trouvé une paire de bottes de cow-boy, roses à paillettes, expliqua Kane alors qu'ils quittaient la pièce. Elles correspondent à la description. Et un bout de tissu bleu à sequins, probablement son t-shirt.

Alors qu'ils arrivaient sur place, Jenna lança à Rowley :

— Merci pour votre aide, mais on va prendre la suite. Allez filer un coup de main à Wolfe. Kane a eu l'amabilité d'acheter à manger pour tout le monde, autant s'asseoir et discuter de l'enquête.

— Oui, madame. Pour tout vous dire, je crois que je pourrais manger un éléphant !

Alors qu'ils enregistraient les pièces à conviction, Jenna lança un regard inquiet à Kane.

— J'ai eu un sentiment étrange aujourd'hui, comme si quelqu'un me suivait.

— Est-ce que vous avez repéré qui ?

— Il ne me suivait pas, mais Lionel Provine était au café Chez Tante Betty, avec les amies de la victime. Et au moment de partir, je l'ai vu qui me regardait. C'est dingue, je l'ai senti au fond de moi, je me suis retournée et *vlan !* on est tombés yeux dans les yeux.

— Oui, je vois. Les gens comme nous ont un radar, ou un instinct, je ne sais pas, appelez ça comme vous voulez. C'était peut-être juste une coïncidence, mais on va garder un œil sur lui, au cas où. Merci de m'en avoir parlé.

Jenna lâcha un soupir.

— OK, retour au boulot. Du nouveau sur notre affaire ?

— Vous voulez dire en dehors du fait qu'on a un psychopathe dans la nature qui m'a tout l'air d'un sacré salaud ?

— Je pense qu'on est tous d'accord sur ce point. Mais vous, vous avez un réel talent pour déceler la nature profonde d'un assassin et comprendre son fonctionnement. Dans combien de temps vous pensez qu'il va récidiver ?

— Actuellement, je n'en ai pas la moindre idée. Espérons que les mails que vous avez envoyés aux autres shérifs nous éclaireront un peu. Il doit forcément y avoir d'autres meurtres avec le même mode opératoire. Et vu comment il fait dans le sensationnel, vous pouvez être sûre qu'il va recommencer. Ils ont un cycle, ce genre de tarés, vous savez. Au début, c'est lent, environ six mois entre chaque meurtre et après, ça s'accélère, de manière exponentielle, ils n'arrivent plus à se contrôler. Dites-vous que c'est comme une addiction. Une fois qu'ils sont accros, il leur faut une plus grosse dose et plus souvent. Alors après deux meurtres en vingt-quatre heures. Vous pouvez imaginer.

Ils rejoignirent les autres dans le bureau de Jenna, où attendaient les sandwiches et cartons de gâteaux.

— Combien je vous dois ? demanda-t-elle à Kane. Après votre safari de ce matin, c'est le bureau qui paye !

— Non, ça ira, merci, dit Kane en attrapant un sandwich triangle. Ce n'est pas comme s'il y avait beaucoup d'endroits où dépenser mon argent dans le coin, si ? Et puis je n'ai même pas payé les tickets pour le bal, l'autre jour. Le gars de la billetterie m'en a donné tout un tas, il a dit qu'on était tous invités, expliqua-t-il en lançant un regard coquin à Wolfe. J'ai demandé des renforts aux deux autres comtés, comme vous l'aviez demandé, madame, qui seront là pour nous aider à partir de jeudi soir et tout au long du week-end. Donc a priori, on pourrait y aller tous les quatre, en civil.

— D'accord, dit Jenna en haussant les épaules. Mais je veux des gars en uniforme aussi. Rowley et Walters peuvent surveiller les lieux pendant et après le bal, pendant que nous trois, on y va incognito. Je suis sûre que vous serez très heureux d'amener vos filles, n'est-ce pas Shane ? Celle de 17 ans doit en mourir d'envie.

— Oui, Emily ne parle que de ça depuis qu'on a emménagé ici. Mais pas les deux petites, non, elles peuvent rester avec la nounou. Les trois à la fois, ça fait trop pour moi et on a un tueur en liberté, au cas où vous auriez oublié.

— Je ne risque pas d'oublier de sitôt. Les corps de Joanne et Felicity vont rester gravés dans ma mémoire à jamais, ça, vous pouvez me croire. Dites-moi ce que vous avez repéré d'autre, en dehors des pièces à conviction qu'on vient d'enregistrer. À propos de Felicity, tout d'abord, pour qu'on ne se mélange pas les pinceaux.

— Le plus important, c'est que son assassin l'a sûrement tuée dans la rivière. On a des preuves qu'il l'attendait sur place et qu'il avait tout prévu. Il lui a ôté la vie dans l'eau puis l'a portée jusqu'au rocher.

— Premières impressions ? demanda Jenna à Kane.

— Je suis d'accord avec Wolfe. Le meurtre était très clairement prémédité. Il était trop bien équipé pour que ce soit une coïncidence. On a trouvé des traces de corde et on a des preuves qu'il a utilisé plusieurs couteaux, dit Kane entre deux bouchées de son sandwich. Ce qui ne colle pas, c'est que les parents et les amies ont tous dit que Felicity avait rendez-vous dans la direction opposée. Qu'est-ce qui s'est passé pour la faire changer d'avis ? Pourquoi s'aventurer dans la forêt toute seule, comme ça, à la dernière minute ? Ça n'a aucun sens. La temporalité ne colle pas.

— Qu'est-ce que vous voulez dire ? demanda Rowley. On sait que l'heure de la mort a eu lieu entre 8 et 10 heures. Et Felicity a été vue pour la dernière fois à 8 heures, puis trouvée morte à 10.

— Non, vous ne comprenez pas. Le tueur *savait* qu'elle passerait par là. La question, c'est : *comment* ? Ça m'étonnerait qu'il se balade avec autant d'équipement, juste comme ça, en attendant qu'une fille passe par pur hasard. Il avait tout prévu, il y avait même des pièges, au cas où elle essaierait de s'enfuir. Il était prêt et l'a *attendue* sur place.

— Ça paraît cohérent, dit Wolfe, en se grattant la tête.

— Bien sûr que c'est cohérent ! s'exclama Kane avant de poser les yeux sur Jenna. Mais *comment* est-ce qu'il savait que Felicity serait à cet endroit-là à cette heure précise ?

Jenna jeta un regard à ses hommes, crispée.

— Il n'y a qu'une seule explication. Felicity le connaissait. Peut-être qu'ils avaient rendez-vous, ou bien ils se sont croisés dans la rue et il l'a convaincue de le suivre en forêt.

— En tout cas, je suis sûr qu'ils ne se sont pas croisés par hasard. Il avait *préparé* les lieux pour le crime.

Kane s'arrêta un instant, levant un sourcil broussailleux avant de reprendre.

— J'aimerais vraiment savoir comment il était au courant de l'heure à laquelle elle quitterait la maison. Vous dites qu'Aimée avait l'habitude de venir la chercher en voiture, avant d'aller en ville. Si le tueur espionnait Felicity, il ne devait pas s'attendre à ce qu'elle marche jusque chez Aimée, si ?

— Vous dites qu'elle s'était disputée avec son copain, ajouta Wolfe. Est-ce qu'on a vérifié s'ils se sont appelés ? Les filles peuvent être très cachottières quand il s'agit de ces choses-là. Peut-être qu'elle avait prévu de le retrouver près de la rivière, pour se réconcilier et qu'elle a menti à ses parents, en prétextant aller chez Aimée.

Jenna acquiesça.

— Oui, c'est une possibilité. Mais sa mère a dit que ce n'était pas son genre, qu'elle avait l'habitude de prévenir quand elle allait voir Derick.

— Elle était peut-être influencée par ses amies. Sortir avec un gars plus âgé, puis rompre avec lui. Peut-être qu'elle n'avait pas envie de subir leurs remarques. Qu'est-ce qu'on sait sur son petit ami ?

— Pas grand-chose. Il a 20 ans et est dans l'équipe de rugby de la fac. Il vous a fait quelle impression, à vous ?

— Derick Smith ne correspond pas vraiment au profil du tueur, répondit Kane. Mais je ne pense pas qu'on puisse l'écarter pour autant. On sait qu'il est passé près de chez Felicity pour livrer une voiture et il n'a pas su me donner l'heure exacte. Il faudra aller interroger la propriétaire du véhicule, Mme Bolton.

— C'est noté.

— Néanmoins, je ne pense pas qu'il s'agisse d'un crime passionnel. Il n'a pas touché à son visage, comme vous le savez et c'est très inhabituel pour ce type de tueur en série de s'attaquer à des personnes auxquelles ils tiennent. Derick a dit qu'il voulait épouser Felicity. Ce serait très étrange qu'il l'ait tuée, elle, puis Joanne Blunt, qu'il ne connaissait pas du tout, a priori.

— Peut-être qu'il l'a tuée sans faire exprès, après la rupture, lança Rowley. Et qu'après ça il a pété les plombs et s'est défoulé sur l'autre fille, juste comme ça, par hasard. Ce sont des choses qui arrivent.

Wolfe lui lança un regard noir.

— Je vous défie de regarder les photos de la scène de crime et de me dire que c'était accidentel.

Le visage de Rowley passa par toutes les couleurs.

— On se calme, interrompit Jenna. Rowley évoquait une idée, c'est tout. Et au point où on en est, toute réflexion est bienvenue, dit-elle en se dirigeant vers son tableau blanc. OK. Donc, récapitulons : on a un laps de temps très court entre le moment où Felicity a été aperçue vivante et le moment où elle a été trouvée. Est-ce que Weems a analysé le contenu de son estomac ?

— Oui, du lait et des céréales. Selon moi, d'après cette simple information, la mort a dû avoir lieu aux alentours de 9 heures, ou même plus tôt : elle n'avait rien digéré du tout.

— Les gens se rendent au travail à cette heure de la matinée, quelqu'un a dû la voir. Peut-être qu'il serait temps d'en informer la presse, lança Kane. Quelqu'un a forcément vu quelque chose. Une voiture, ou quelqu'un qui promenait son chien. Notre tueur ne peut pas être invisible.

Jenna fronça les sourcils.

— Je ne suis pas sûre d'avoir envie que les médias s'en mêlent pour l'instant, même si je comprends votre point de vue, mais c'est d'accord. Je vais faire un communiqué pour informer le public qu'on a trouvé des corps et inviter les habitants à la vigilance. On va faire passer une annonce pour demander à quiconque ayant aperçu des filles aux alentours de la forêt de venir témoigner.

— Il n'y a qu'une trentaine de maisons entre les deux scènes de crime, fit remarquer Rowley. Est-ce que ça n'irait pas plus vite de leur téléphoner ? On pourrait faire ça ce soir, quand la plupart des gens sont rentrés du travail. Je peux couvrir tout le quartier en seulement quelques heures.

— Moins que ça si Walters est aussi sur le coup. Bonne idée, lui lança Jenna.

— Est-ce qu'on a un suspect numéro un ?

— Steve Rogers, qui a été aperçu alors qu'il sortait de la forêt. C'est un des professeurs de Felicity. D'après son permis, il pèse dans les quatre-vingt-dix kilos et il a 36 ans. Kate et Aimée lui ont parlé le matin du meurtre, aux alentours de 9 heures. Elles ont dit qu'il cherchait son chien et qu'il avait l'air stressé.

— Vous n'en aviez jamais parlé, interrompit Kane, le regard inquiet. Il correspond au profil du tueur, il faut qu'on aille l'interroger ! Est-ce qu'elles ont dit quoi que ce soit d'autre ? Est-ce qu'elles ont remarqué qu'il était trempé ?

— Non, elles ont juste dit qu'il avait l'air pressé et un peu transpirant et qu'il avait des fleurs sauvages accrochées sur les scratchs de ses baskets, dit Jenna, alors qu'elle inscrivait les noms des suspects au tableau. On a déjà parlé à Lucky Briggs, Storm Crawley et Derick Smith, mais je veux que les autres soient interrogés dans la journée. Kane, vous vous occupez de Rogers. Wolfe, vous venez avec moi, on va interroger Provine. Rowley, fouillez les réseaux sociaux de Felicity et voyez avec Walters si elle a reçu des appels de Derick. Faites-moi un résumé de tous ses appels passés depuis samedi. L'ordinateur de Felicity est avec le reste des pièces à conviction, je vous le sortirai.

— À moins que Rowley ait des compétences en piratage, je préférerais m'en charger, madame, si vous le permettez, interrompit Wolfe. De nos jours, les ados utilisent leur ordi pour l'école et leur smartphone pour tout le reste. Et puisqu'on n'a pas son téléphone, ça risque d'être plus compliqué d'accéder à ses réseaux sans connaître son mot de passe.

— Rowley peut déjà essayer de voir ce qu'il trouve et vous vérifierez après. Pour l'instant, je préférerais vous avoir avec moi au magasin d'informatique.

— Je vous prépare du café à emporter.

Alors que Rowley s'exécutait, Jenna jeta un regard à Kane et Wolfe.

— Je veux que tout le monde soit au courant de ce que chacun de nous a déniché. N'hésitez pas à ajouter vos conclusions sur le tableau. Il me faut une idée exacte d'où se trouvaient les suspects, à quelle heure et quel est leur alibi.

— Oui, madame, dit Kane en remettant son chapeau, prêt à partir.

Puis, alerté par une notification sur son téléphone, il ajouta :

— Vous avez un e-mail du shérif de Deep Lake. Il y a eu deux meurtres assez similaires il y a six mois, à deux semaines d'intervalle. Deux filles de 16 ans, quasiment le même mode opératoire, à la différence que les corps ont été trouvés chez elles, dans leur baignoire. Ils n'ont aucune piste, pas un suspect. Tous ceux qui ont été interrogés ont été innocentés. Ils veulent qu'on les tienne au courant de l'avancement de notre enquête. Ça pourrait très bien être le même tueur.

— Transférez-moi le mail, je vais leur donner ce qu'on a pour l'instant, dit Rowley, en revenant avec tout un tas de gobelets.

— Si c'est possible, je veux bien le rapport d'autopsie de ces deux filles, ajouta Wolfe. Deux semaines d'intervalle. Est-ce qu'il aurait vraiment fait une pause de plusieurs mois avant de s'attaquer à Felicity ? dit-il en lançant un regard inquiet à Kane.

— Si c'est le cas, je me demande ce qui l'a arrêté. Peut-être qu'il a déménagé ou qu'il était simplement en déplacement ?

C'est la première fois qu'il tue dans les environs, peut-être qu'il vit ici depuis peu.

— Ou peut-être que, comme Derick et les cow-boys, il bouge beaucoup. En tant que membre d'une équipe sportive, par exemple. Ou alors quelque chose l'a empêché... *d'exercer* pendant quelque temps. Peut-être qu'il a fait de la prison. Les tueurs en série de ce genre ne se calment pas, vous le savez. Au contraire, ils accélèrent. Et si on part du principe qu'il a tué Joanne Blunt en la croisant par hasard, il est totalement hors de contrôle.

Jenna se mordit la lèvre et réfléchit.

— Rowley, faites-moi une liste des hommes récemment sortis de prison. Dans combien de temps vous pensez qu'il va recommencer ? lança-t-elle avec un regard inquiet vers Kane.

— Ça dépend comment il arrive à se contrôler. Une semaine, quelques jours. Peut-être que c'est déjà trop tard. Ce salopard adore tuer et il veut montrer ce qu'il a dans le ventre. On sait qu'il préfère planifier ses meurtres, mais vu ce qui est arrivé à Joanne Blunt. Si une autre fille qui lui convient croise son chemin, il va sauter sur l'occasion.

— Alors, il faut qu'on se dépêche. Allez, c'est parti ! Mettez-vous au travail.

— Oui, madame.

— Kane, quand vous interrogerez Rogers, demandez-lui ce qu'il faisait en forêt. Il est marié, allez aussi interroger sa femme. Je veux tout savoir de lui. Est-ce qu'il a l'habitude de faire de petites escapades en journée, tout ! Wolfe, vous venez avec moi !

23

Il observait les filles alors qu'elles discutaient avec les garçons. La petite étrangère, dans la forêt, avait été un cadeau du ciel. Mais il n'avait pas eu le temps de s'amuser avec elle et la frustration était intolérable. Pour se calmer, il passa une main dans le tas de mèches de cheveux qu'il emportait partout avec lui, chacune solidement attachée, pour se souvenir du temps passé avec ses filles.

Les images défilaient dans sa tête, il revoyait leur expression à chacune, au moment où il leur avait donné ce qu'elles avaient tant cherché. Il se rappelait les cris et les supplications et en regardant ses mains, il les imagina une nouvelle fois trempées de leur sang. Il s'était senti si puissant, au moment où Felicity était devenue toute pâle et immobile, lavée de ses péchés par la rivière. Il était excité de nouveau, rien que d'y penser. *Je dois en choisir une autre, dès ce soir.*

Aimée et Kate étaient tellement occupées à faire les yeux doux à leurs copains sur Skype qu'elles ne l'avaient même pas remarqué. Pourtant, il était si proche qu'il pouvait presque les toucher. Il en avait envie. Il avait envie de leur caresser le visage tendrement, de passer un doigt timide sur le contour de leurs lèvres, si bien dessinées.

Un deux, trois, ce sera toi... Un, deux, trois...

Son doigt s'arrêta sur Kate.

Dans un élan d'euphorie, il s'imagina lui trancher la gorge. Il prendrait bien le temps, cette fois-ci, de lui montrer la lame et pendant la demi-seconde où elle ouvrirait la bouche pour crier, il l'enfoncerait profondément dans sa peau de porcelaine. Voir le sang gicler était très plaisant, mais ce qui l'excitait le plus, c'était ce petit son qu'elles faisaient toutes dans leurs derniers instants.

Kate avait prévu de faire le mur pour retrouver son Chad, le lendemain soir et ils discutaient du point de rendez-vous.

— Sous les gradins du stade ?

— *Non, quelqu'un pourrait nous voir*, répondit Chad en lui souriant. *On pourrait aller à la piscine, plutôt, faire un petit plongeon. Je connais le code de l'entrée.*

— On le connaît tous, gros débile ! s'exclama Kate, toute rougissante à l'idée de se baigner nue. Les hommes de ménage sont tellement bêtes qu'ils utilisent le même sur toutes les serrures. C'est toujours 1, 2, 3, 4.

— *On se retrouve demain vers 18 heures, alors ? 18 h 30 devant l'entrée ?*

Kate sourit.

— OK ! Mais on se rappelle d'ici là.

— *Non, mon père m'a privé d'ordi et de téléphone. Je suis puni, mais j'ai quand même réussi à convaincre Maman de laisser Lucas venir à la maison. C'est grâce à lui que je te parle, là, il a apporté son ordi en scred. Mais t'inquiète ! On se voit dès que je sors de prison, ha ha !*

Le garçon aux cheveux bouclés lui lança un autre de ses sourires insupportables. Puis ils quittèrent l'appel et Kate se tourna vers Aimée.

— J'ai tellement hâte d'être à demain ! dit-elle en enroulant une mèche de cheveux autour de son doigt. Quand il m'embrasse, ça me chatouille tout partout.

— *Pff*. Tu t'intéresses trop aux garçons. Alors qu'ils ne sont pas assez *matures*. Je veux dire, OK, Lucas est vachement beau, on ne va pas se mentir, mais il embrasse vraiment super mal, il met beaucoup trop la langue. Alors que Lucky, lui, c'est un *homme*. Plein de muscles, avec un petit cul bien moulé dans son jean. Il est juste trop canon !

Aimée était quasiment en train de baver.

— Mais tu peux toujours rêver, t'as aucune chance. J'suis désolée, ma belle, mais t'auras jamais ses bottes sous ton lit, répondit Kate en esquivant une gifle. Tout le monde sait qu'il préfère les blondes. J'ai carrément plus mes chances que toi. Et en plus, j'ai de plus gros seins. Je suis tout à fait son genre, je l'ai entendu en parler avec mon frère, l'an dernier.

— *Genre* ! Tu crois vraiment qu'il me dirait non ? Je suis super sexy, Lucas est tout le temps en train de me sauter dessus.

— Bon, allez, moi, j'en ai marre de t'entendre parler de Lucky Briggs tout le temps. Je rentre chez moi. Ma mère m'attend pour manger, en plus. Et si je suis en retard, elle va encore me faire la leçon. D'autant plus que ta mère lui a tout raconté de l'histoire avec Felicity. Depuis, elle ne me lâche pas une seconde. Je veux absolument tout faire à la maison ce soir, comme ça, elle ne viendra pas m'embêter demain quand je serai *soi-disant* dans ma chambre à jouer aux jeux vidéo. Pourquoi tu rappelles pas Felicity, qu'elle nous explique un peu ce qui s'est passé ? ajouta-t-elle en rangeant une mèche de cheveux derrière son oreille.

— J'ai essayé et j'ai appelé le fixe aussi, mais personne ne répond. C'est comme si elle faisait exprès de m'éviter, expliqua Aimée en se renfrognant.

Un frisson lui parcourut l'échine tant il était satisfait. Il avait bien choisi sa proie, tout se déroulait comme sur des roulettes. Il avait tout ce dont il avait besoin pour la prochaine.

C'était presque trop facile. Il observa Kate alors qu'elle s'en allait. Et dès qu'elle eut quitté la pièce, il avait déjà oublié son nom. C'était toujours comme ça avec ses filles. Une fois qu'il avait fait son choix, elles n'avaient plus de nom.

Elles n'en avaient plus besoin, ça ne signifiait plus rien pour lui.

24

Kane longea la rue principale puis remarqua le véhicule de Jenna, garé sur un trottoir. Wolfe et elle devaient interroger Lionel Provine. Il jeta un coup d'œil à l'heure, puis se dirigea vers Stanton Road. Prochaine étape : interroger Mme Bolton, pour savoir à quelle heure exactement Derick Smith était venu rendre la voiture. Il passerait ensuite chez Rogers, l'enseignant avec qui Kate et Aimée avaient discuté peu de temps avant la mort de Felicity. Comme les deux vivaient relativement près l'un de l'autre, il aurait une vue d'ensemble de la chronologie et si Derick mentait, on le saurait très vite.

Le trafic était ralenti en direction du centre-ville, à cause du flot de visiteurs qui affluaient pour le rodéo. La queue devant le café Chez Tante Betty s'étendait sur toute la rue et Kane ne put s'empêcher de sourire en passant devant. Être adjoint du shérif avait ses avantages. Plus tôt dans la journée, il avait pris un malin plaisir à doubler toute la file et Susie s'était empressée de préparer sa commande tout en lui faisant la conversation. L'odeur qui s'échappait de la vitrine l'attirait douloureusement et le panneau vantant les mérites de leur tarte aux pommes lui faisait de l'œil, mais il se força à chasser cette idée de son esprit, promettant à son estomac qu'il repasserait en temps voulu.

Il se dirigea vers chez les Bolton et trouva une petite vieille dans son jardin, en train d'arroser ses plantes.

— Madame Bolton ?

— Oui, que puis-je faire pour vous, monsieur l'adjoint ?

— J'ai quelques questions à vous poser à propos de Derick Smith, le jeune garagiste. Je sais que vous avez fait réparer votre voiture récemment. Est-ce que vous sauriez me dire à quelle heure Derick est passé ici hier matin ?

— Oui. J'étais en train de petit-déjeuner, ça devait être vers 8 heures, expliqua-t-elle. Il n'est vraiment pas resté longtemps. J'avais le chèque déjà tout prêt : le garage m'avait envoyé la facture. Il a récupéré la voiture de prêt et voilà, c'est tout, il était déjà reparti.

— Donc... Dix minutes tout au plus ? dit Kane, en fronçant les sourcils.

— Plutôt cinq. Est-ce qu'il y a un problème ?

— Non, pas du tout. Merci de votre aide.

Kane fit demi-tour et retourna à son véhicule. Prochain arrêt : Rogers.

Le professeur d'informatique vivait dans un grand chalet typique de la région, fait de tronçons de bois, avec une grande terrasse. En arrêtant le véhicule, Kane prit soin de noter son heure d'arrivée avant de se diriger vers la porte d'entrée. Il n'eut même pas le temps de toquer que l'homme, une trentaine d'années environ et visiblement très serein à l'idée de recevoir la visite d'un homme en uniforme, était déjà là.

— Monsieur Rogers ?

— C'est moi-même. Il fait très beau aujourd'hui, vous ne trouvez pas ?

Kane acquiesça, un peu pris au dépourvu.

— Oui, c'est très joli comme région, en été. Je suis l'adjoint

David Kane, expliqua-t-il en attrapant son bloc-notes. J'ai quelques questions à vous poser.

— Oh, mais je sais *parfaitement* qui vous êtes, dit Rogers en poussant un long soupir. Lequel des gamins s'est attiré des ennuis, cette fois-ci ?

— Qu'est-ce qui vous fait dire ça ?

— C'est les vacances d'été, je ne suis pas là pour les aider en cas de cyberharcèlement et autres choses du genre. J'imagine qu'un parent a porté plainte et que vous avez besoin de mes conseils ?

— Non. On a toutes sortes d'outils pour gérer ce genre de choses, au bureau du shérif. Je viens vous interroger à propos d'une tout autre affaire. J'aurais besoin que vous me décriviez votre emploi du temps entre 8 et 10 heures du matin.

— Hier matin ?

Rogers eut l'air extrêmement nerveux, tout à coup.

— Pour quelle raison ? reprit-il. J'ai le droit de savoir si vous me suspectez d'un crime avant de répondre à ce genre de questions !

Pourquoi est-il si méfiant ?

— Nous avons reçu une plainte concernant un incident survenu lundi entre 8 et 10 heures. J'interroge tous les habitants du quartier. Vous avez été aperçu près de la forêt de Stanton, pouvez-vous me dire ce que vous y faisiez ?

— Rien ne m'oblige à vous le dire. Je désire garder le silence.

— Juste pour que ce soit clair, vous n'êtes pas en état d'arrestation. Mais j'imagine qu'on peut continuer cette conversation au bureau du shérif, si vous y tenez. Est-ce que vous souhaitez un avocat ?

— Mais c'est du harcèlement ! s'écria Rogers, en s'enfonçant dans la maison, pour se jeter sur son téléphone.

Kane profita de ce moment pour appeler rapidement Jenna.

— Je vais devoir amener Rogers au bureau.

— *Le prof ? Pourquoi ?*

— Il refuse de répondre à mes questions et il a l'air très agité. Et comme vous le savez, on a deux témoins qui l'ont aperçu près de la forêt au moment du crime et il a possiblement un mobile. Je reste ici à le surveiller. Vous m'envoyez quelqu'un avec le mandat d'arrêt ? Je préfère faire ça tout de suite.

— *Pas de problème. De notre côté, on attend que Lionel Provine se pointe. Ça fait plus d'une heure qu'il a un panneau « Parti manger » accroché à la porte de son magasin. Je vous prépare le mandat et j'arrive. Avec du café*, dit-elle avant de raccrocher.

Kane poussa un long soupir, puis s'adossa à la balustrade, pour garder un œil sur le suspect. Rogers avait parfaitement le profil et il avait la bougeotte comme un chat sur un toit brûlant. Seuls les coupables demandent instantanément un avocat, alors que les innocents, eux, sont toujours très heureux de donner les informations qui leur sont demandées.

Les rideaux étant ouverts, Kane pouvait voir presque toute la maison à travers les grandes baies vitrées : le salon, élégamment décoré et orné d'un tapis oriental, donnait directement sur la cuisine, puis sur un escalier qui menait à l'étage. Alors qu'il surveillait l'homme, qui parlait à toute vitesse au téléphone, Kane se rappela que Jenna avait mentionné une femme. Pourtant, aucune trace de Mme Rogers à l'horizon. Un frisson lui parcourut l'échine. Il eut envie de défoncer la porte et de fouiller la propriété, mais il n'avait pas de mobile valable, juste un mauvais pressentiment.

Sa vie avant Black Rock Falls avait été tout autre. Cible en vue, une balle dans la tête et on passe à la suivante. Tout pour protéger le président. Alors qu'en tant qu'adjoint du shérif, il fallait suivre les procédures et constituer un dossier solide à présenter au procureur avant de pouvoir faire quoi que ce soit. Il lança un regard noir en direction de l'homme qui restait tapi dans le couloir, téléphone vissé à l'oreille et se retint de hurler de frustration.

Si c'est lui notre tueur, il a intérêt à courir avant que je l'égorge...

25

Après avoir enfermé Rogers dans une cellule, Jenna repartit avec l'adjoint Wolfe voir si Lionel Provine était revenu au magasin. Les enfants se bousculaient devant l'enseigne – qui ressemblait à une vieille épicerie reconvertie –, attirés par le vaste étalage d'écrans plats et autres consoles. Vers le fond de la boutique, on se disputait l'accès aux modèles de démonstration. Jenna remarqua que chaque appareil était solidement attaché par des chaînes et muni d'antivols. Provine n'était pas dupe. Près de la vitrine, les enfants s'asseyaient en rang sur un long banc, chacun plongé dans son jeu, ou bien profitant du Wi-Fi gratuit.

Jenna jeta un coup d'œil autour d'elle, en quête du propriétaire, puis finit par le reconnaître au milieu d'un groupe de jeunes filles.

— C'est lui, murmura-t-elle à Wolfe. Vous voulez essayer de l'interroger, vu que vous vous y connaissez mieux que moi en informatique ?

— Oui, madame. Vous ne parlez pas bien la langue, c'est ça ? lança-t-il avec un sourire taquin.

— Pas à ce niveau-là, non.

Provine se tourna vers eux, sourcils froncés à travers la monture de ses lunettes, comme s'il avait entendu. Puis il s'excusa auprès de ses admiratrices et s'avança vers Jenna qui se força à lui sourire.

— Monsieur Lionel Provine ?

— C'est moi. Un problème ? demanda l'homme nonchalamment, les mains dans les poches.

— C'est un beau magasin que vous avez là, lui lança Shane. Adjoint Wolfe, enchanté.

— Merci. J'ai travaillé dur pour le faire exister. Comment puis-je vous aider, messieurs-dames ?

— Vous vendez des équipements de type *command-andcontrol*[1] ?

— Non, mais je peux vous en commander, dit Provine d'un air surpris.

Il hésita un instant puis baissa la voix.

— C'est pour mettre en place un contrôle à distance de plusieurs cibles, c'est ça ? Si c'est votre intention, je suis dans l'obligation de vous rappeler que le piratage de données personnelles est formellement interdit par la loi. Oh, merde. Vous ne pensez quand même pas que j'ai fourni de l'équipement à un *black hat*[2], si ?

— Non, pas pour le moment. Mais tout le monde ne connaît pas le terme ; vous me surprenez, monsieur Provine. Par ailleurs, la vente d'équipement n'est en rien contraire à la loi. En ce qui me concerne, je viens de la part du bureau du shérif, nos ordinateurs auraient bien besoin d'un petit *upgrade* et d'un serveur mieux sécurisé. Je vous enverrai la liste de ce dont nous avons besoin dès que le maire aura donné son aval.

— S'il vous faut un technicien, n'hésitez pas ! Je suis

---

1. Terme utilisé par les pirates informatiques lorsqu'ils ont pris le contrôle d'un autre ordinateur et peuvent le piloter à distance.
2. Pirate informatique malfaisant.

hautement qualifié, dit Provine, les yeux brillants à l'idée de faire l'affaire du siècle.

Jenna fit un clin d'œil à Wolfe ; tout cela était bien trop jargonneux pour elle, mais il fallait bien qu'elle trouve un moyen de se joindre à la conversation.

— Certaines filles m'ont expliqué que vous leur offrez des « récompenses », à utiliser dans les jeux. Est-ce que je peux vous demander pourquoi ?

— Euh... Shérif, c'est-à-dire que... je les *gagne* au fil de ma partie et ensuite je les partage avec d'autres joueurs. C'est normal dans la communauté des *gamers*, tout le monde le fait, c'est un peu le principe.

Il se tourna ensuite vers Wolfe, un peu crispé.

— Oui, c'est vrai, j'utilise des *cheat codes*, mais ce n'est pas moi qui les écris, OK ? Je les ai chopés en ligne, c'est tout.

— OK, pas de souci, je vous crois. Est-ce que vous sauriez me dire où vous étiez hier matin, entre 8 et 10 heures ?

— J'étais ici, mon appartement est juste derrière le magasin. Pourquoi ?

— Simples questions de routine, dit Wolfe en notant l'information. Est-ce que des gens vous ont aperçu et sauraient confirmer ?

— Euh, ouais, le magasin ouvre à 9 heures et y'a aussi un livreur qui est venu à cette heure-là. Et puis c'est bondé pendant les vacances d'été, vous pouvez demander aux gamins. Entre ceux qui viennent acheter des jeux, ceux qui profitent du Wi-Fi et les parents qui viennent acheter des consoles pour l'anniversaire de leurs enfants, vous devriez être servis !

— Est-ce qu'on pourrait avoir la preuve de passage du livreur ?

Provine acquiesça.

— Et avant ça ? Ou étiez-vous entre 8 et 9 heures ?

— Dans mon appartement, en train de petit-déjeuner, expliqua Provine en fouillant dans ses papiers. C'est tout ce qu'il vous faut ? dit-il en faisant une photocopie. Je ferais mieux de garder un œil sur les gamins avant qu'ils cassent quelque chose.

Jenna arracha le document des mains de Wolfe et s'empressa de lire les informations. Le livreur était bien passé à 9 heures pile, comme l'avait dit Provine.

— Merci, lança-t-elle. Connaissez-vous Felicity Parker ?

— Oui, elle vient souvent ici avec ses amis.

— Quand l'avez-vous vue pour la dernière fois ?

— Samedi, je dirais. Avec son groupe habituel. Oui, ça doit être ça. Elle n'était pas là, hier. Je me rappelle qu'une des filles m'a demandé si je lui avais envoyé des bonus, parce qu'elle répondait pas au téléphone. Elles se sont dit qu'elle devait être trop à fond dans sa partie. Vous connaissez les ados, ils deviennent vite accros à ces trucs-là.

— Est-ce que vous lui en aviez vraiment envoyé ?

— Oui, j'en ai partagé tout un tas, ce dimanche. Ça fidélise la clientèle, vous savez. Vous n'avez pas idée à quel point ils sont impatients de voir les dernières sorties. Pendant l'été, Chad et Lucas m'attendent à l'ouverture. Ils prennent le premier bus du matin exprès pour ça, expliqua-t-il en souriant. Et ils achètent toujours un petit truc, un petit jeu ou un gadget. Et les filles me filent un coup de main en allant me chercher à manger, ça m'évite d'avoir à fermer entre midi et deux.

Voilà qui nous indique où étaient Chad et Lucas au moment du crime.

— Et ces bonus, vous les envoyez par mail ?

— Euh... Non.

Jenna fronça les sourcils.

— Par texto alors, j'imagine ? Vous avez combien de jeunes filles mineures dans vos contacts ?

— Zéro, lança Provine, visiblement indigné. Mais enfin, c'est en ligne ! Vous n'êtes jamais allée sur Facebook ou quelque chose comme ça ? Les gamins me donnent leur pseudo, pour qu'on puisse s'échanger des bonus et ils les reçoivent directement dans leur cagnotte de jeu !

— OK, interrompit Wolfe. C'est tout ce dont on avait besoin. Merci beaucoup. Je repasse bientôt pour passer commande.

Une fois dans la rue, Jenna se tourna vers lui.

— Qu'est-ce que vous en pensez ?

— Je vais avoir besoin de mon équipement pour en savoir plus.

— Qu'est-ce que vous voulez dire ?

— Je ne suis pas sûr, mais s'il discute avec des mineures en ligne, il est peut-être dangereux. Sauf que Felicity et ses amies ont l'air de jouer sur leur téléphone et pas leur ordinateur. Sans leur smartphone, on n'a rien, expliqua-t-il alors qu'ils rejoignaient leur véhicule de patrouille. Je vais fouiller l'ordinateur de Felicity et chercher toute trace de piratage. Mais ne vous attendez pas à des résultats immédiats, ce genre de chose prend du temps, un jour ou deux tout au mieux.

— Vous me la refaites plus simplement ? Je m'y connais un tout petit peu en piratage, mais quel rapport avec l'enquête ?

— Elle a peut-être laissé des indices sur ses réseaux sociaux. De nos jours, les gamins partagent tout et n'importe quoi, sans s'inquiéter de leur sécurité. Et ils ajoutent n'importe qui en ami. Pour eux, tout ce qui compte, c'est les chiffres. Avoir beaucoup d'abonnés pour avoir l'air populaire.

— Oui, mais il y a des lois et certaines mesures de sécurité. Personne ne peut découvrir où elle habite par exemple.

— C'est bien là le problème. Une fois que l'info est sur Internet, elle y est pour toujours, même si on la supprime. Tous les jours, des gamins postent des photos d'où ils habitent. Et ce n'est pas très compliqué à retracer, pour un hacker. Pour vous dire la vérité, personne n'est en « sécurité » sur Internet. Jamais.

Kane se pencha au-dessus du bureau de Rowley, les yeux fixés sur l'écran.

— Comment vous avez trouvé sa page Facebook ?

— Rien de compliqué : j'ai un compte, j'ai juste écrit son nom dans la barre de recherche, dit Rowley en faisant défiler le « mur » de Felicity.

La jeune fille affichait un sourire radieux sur sa dernière photo et Kane en eut l'estomac noué en comprenant que ce selfie avait été pris le matin même du meurtre.

— Elle ne se doute pas une seconde de ce qui va lui arriver.

— Absolument pas. Dans une publication qui date de quinze minutes avant l'appel de son copain, elle mentionne le fait qu'elle est ravie d'avoir reçu un bonus pour son jeu.

Rowley se retourna pour faire face à Kane.

— J'ai lu toutes ses publications récentes et je n'ai rien trouvé d'anormal. Juste des discussions d'adolescentes excitées d'aller au bal. Ce qu'elle pensait porter et les niveaux qu'elle a réussi à passer dans son jeu.

— Espérons que Wolfe trouve quelque chose. Mais il a dit que ce ne serait pas pour tout de suite. Et puis il est tard, je vais le renvoyer chez lui. Je ne voudrais pas qu'il fasse des heures sup' alors qu'il a trois enfants à charge.

Kane tendit l'oreille alors que des voix se faisaient entendre à l'accueil.

— Ah, l'avocat de Rogers, s'exclama-t-il. J'y vais. Allez chercher son client dans sa cellule.

— Adjoint Kane, je présume, lui lança un petit homme chauve et transpirant. Je souhaite m'entretenir avec mon client, M. Steve Rogers. Immédiatement.

— Et vous êtes ?

— Samuel Jenkins, avocat au barreau de l'État du Montana. Montrez-moi le mandat d'arrêt. J'insiste.

— Pas besoin d'insister, on fait les choses dans les règles ici, répondit Kane en regardant du coin de l'œil Rowley qui invitait Rogers à s'asseoir à son bureau. Par conséquent, je vais devoir vous demander de garder secret le contenu de votre entretien avec M. Rogers. Les détails de l'enquête n'ont pas encore été révélés au public et nous ne pouvons nous permettre aucune fuite d'informations.

— Bien sûr, monsieur Kane. Je vais demander à mon client de garder secret ce petit... incident.

— Merci beaucoup. Il vous attend, si vous voulez bien me suivre.

Kane jeta rapidement un œil à la carte de Jenkins, puis le guida jusqu'à son box avant de sortir d'un tiroir le mandat d'arrêt.

— L'accusé connaissait la victime et il avait possiblement un mobile.

— Vous ne pensez tout de même pas que mon client est un meurtrier ?

— Pardon ? s'écria Rogers, visiblement pris par surprise. Il y a eu un meurtre ? Qui a été tué ? Pas Millicent, j'espère ?

— Qui est Millicent ? demanda Kane, en sortant de quoi noter.

— Ma femme !

— Et pourquoi pensez-vous qu'elle aurait été assassinée ? Est-ce qu'elle a disparu ?

— Vous n'avez pas à répondre à cette question, lança Jenkins.

— Si M. Rogers n'a rien à cacher et sait me dire où il se trouvait hier matin entre 8 et 10 heures, alors nous le laisserons partir. Néanmoins, si Mme Rogers est portée disparue, nous pouvons peut-être vous aider.

— Elle n'a pas *disparu*, grogna Rogers. On s'est disputés, elle est probablement chez sa sœur.

Kane fit mine de prendre des notes, d'un air nonchalant.

— Peut-être que vous pourriez l'appeler, pour vérifier qu'elle va bien ?

— L'appeler ? s'exclama Rogers, à deux doigts de s'étouffer. Croyez-moi, si quelqu'un la tuait, ça me rendrait bien service !

— Monsieur Rogers, je vous conseille de ne pas dire un mot de plus, interrompit Jenkins, horrifié. Vous êtes en état d'arrestation des suites du meurtre d'une jeune fille. Je vous suggère de vous taire.

— Ce n'est pas à vous que je parle ! Je n'ai pas tué la fille.

Rogers tourna le dos à l'avocat, pour plonger son regard dans celui de Kane.

J'aime bien me balader en forêt. Pour me détendre. Et Millicent croit que j'y retrouve d'autres femmes, expliqua-t-il en soupirant. C'est pour ça qu'on s'est disputés et elle est partie en trombe et voilà que peu de temps après, vous venez sonner chez moi. Donc j'étais sur les nerfs, vous comprenez ? Je suis désolé, j'aurais dû répondre à vos questions. Ce n'est pas dans mes habitudes de tuer des filles.

« *Des* » *filles* ?

— Quand vous vous promenez, en forêt, est-ce que vous amenez le chien ?

— Le chien ? Quel chien ? répondit Rogers, visiblement confus.

— Est-ce que vous avez croisé des gens, hier matin ?

— Oui, j'ai discuté avec Aimée Fox et Kate Bright au passage piéton. Aux alentours de 9 heures, je crois.

Il hésita un instant.

— Ce n'est pas un crime de discuter avec mes élèves, si ?

Kane ne put s'empêcher de sourire. Rogers était un menteur.

— Vous avez dit aux filles que vous aviez perdu votre chien. Mais visiblement, vous n'en avez pas. Pourquoi leur avoir menti si vous étiez simplement en train de vous promener ?

— Je ne sais pas, dit Rogers en soupirant, avant d'enfoncer sa tête dans ses mains.

— Est-ce que votre femme saurait me dire à quelle heure vous avez quitté la maison ?

— Sans aucun doute, répliqua Rogers d'un ton grinçant. Elle est complètement parano, elle ne me quitte pas d'une semelle ! C'était vers 8 heures, 8 h 30, je pense.

— La forêt est grande. Est-ce que vous avez un itinéraire favori ? demanda Kane en jetant un œil à son ordinateur, les yeux posés sur les documents relatifs à l'enquête.

L'avocat n'avait pas rouvert la bouche depuis et ressemblait à une cocotte-minute près d'exploser.

— Je suis allé près du bassin rocheux et m'y suis posé pendant à peu près une demi-heure, avant de faire demi-tour.

Kane réfléchit un instant. Si Rogers disait la vérité, il se trouvait sur les lieux en même temps que les cow-boys.

— Avez-vous croisé qui que ce soit dans la forêt ?

— Oui, dit Rogers, en détournant le regard.

— Qui ça ?

— Lucky Briggs et Storm Crawley, répondit-il nerveusement. Eux ne m'ont pas vu, expliqua-t-il.

— Est-ce que vous les observiez pendant qu'ils se baignaient nus ? Est-ce que c'est pour ça que vous êtes si méfiant ?

Kane se tourna ensuite vers Jenkins.

— Si je puis me permettre, je vous conseillerais d'expliquer à votre client la différence entre une accusation de voyeurisme et un meurtre avec préméditation.

— Je souhaiterais m'entretenir avec mon client désormais. Seul.

— Pas de problème, dit Kane en éteignant son ordinateur, avant de se diriger vers la machine à café.

Le temps qu'il s'en prépare une tasse, Jenkins lui faisait déjà signe de revenir.

— Alors ?

— Mon client n'a aucunement observé ces messieurs pendant qu'ils se baignaient et ne s'intéresse, par ailleurs, aucunement à la gent masculine. Mon client a eu un différend avec sa femme et est simplement parti se promener, dans le but de se remettre les idées en place. Ainsi, il est tombé par hasard sur ces cow-boys qui se baignaient nus et ne voulant pas les embarrasser, ne leur a pas manifesté sa présence. En rentrant chez lui, mon client a ensuite découvert que sa femme avait fait ses valises et quitté le domicile familial. Mme Rogers saura confirmer, j'en suis certain. Elle est probablement chez sa sœur, comme l'affirme mon client. Par ailleurs, elle semble avoir l'habitude de s'autoriser ce genre de départ impromptu sans en informer personne.

Jenkins prit une grande inspiration.

— Je ne doute pas qu'après vous être entretenu avec Mme Rogers, reprit-il, vous relâcherez mon client. De fait, vous n'avez aucune preuve qui laisse entendre qu'il soit impliqué dans ce meurtre.

— Très bien. Je vais interroger madame. Mais si votre client est innocent, j'imagine qu'il ne verra aucune objection au fait que je procède à un test ADN.

— Je refuse ! s'écria Rogers. C'est une violation de mon inti-mité. De plus, vous n'avez pas de quoi m'accuser.

— Rien ne l'oblige à obéir, confirma l'avocat. Il vous faut une ordonnance du tribunal et vous n'avez rien qui le connecte à un quelconque crime.

— Il a été vu à l'entrée de la forêt au moment du meurtre et deux témoins l'ont décrit comme ayant l'air particulièrement paniqué.

— La parole de deux gamines ne pèsera rien au tribunal. Vous n'avez rien. Absolument rien.

— Je vais avoir besoin du numéro de téléphone de votre femme et de sa sœur, dit Kane en passant de quoi écrire à Rogers. Ainsi qu'un témoignage écrit de votre part, décrivant en détail ce que vous faisiez entre 8 et 10 heures.

Pendant que Rogers s'exécutait, Kane se leva un instant et se dirigea vers la kitchenette, puis aperçut Wolfe et Jenna qui revenaient de leur entretien avec Provine.

Après un bref coup de téléphone, il eut la confirmation que Mme Rogers était bien chez sa sœur et elle confirma les dires de son mari, expliquant avoir quitté la maison peu après leur dispute, aux alentours de 8 heures, au moment où il partait en forêt.

— Avez-vous aperçu qui que ce soit sur Stanton Road alors que vous quittiez votre domicile ? demanda Kane à Mme Rogers.

— *Oui, une jeune fille, dans les 16 ans peut-être.*

— Sauriez-vous me la décrire ?

— *Elle était habillée en bleu et avait des bottes de cow-boy, roses. Longs cheveux noirs et des écouteurs dans les oreilles. Vous savez, le genre qu'ont tous les jeunes, de nos jours. Elle a traversé la route sans regarder, j'ai failli l'écraser.*

— Est-ce que vous sauriez me dire dans quelle direction elle allait ?

— *Oui. Vers la forêt.*

— Est-ce que vous vous souvenez de quoi que ce soit d'autre ? Est-ce qu'il y avait des voitures garées dans les environs ?

— *Non, je ne me souviens pas.*

— Je vais vous envoyer un collègue qui va recueillir votre témoignage écrit si ça vous va, madame. Merci de votre coopération.

Après avoir raccroché, il jeta un coup d'œil à Rogers, toujours occupé à écrire son témoignage et se faufila jusqu'au bureau de Jenna. Fermant la porte derrière lui, il demanda :

— Alors, avec Provine ?

Jenna lui résuma rapidement la situation et Kane se contenta de hocher la tête.

— OK. Il offre des bonus à tout le monde pour fidéliser la clientèle. J'imagine que c'est la base de son business.

— Ça ne suffit pas à l'innocenter pour autant. Même si, pour l'instant, il n'a pas spécialement l'air d'avoir un mobile. J'ai besoin de jeter un œil à son casier. Celui des autres suspects également, dit Jenna, avec un soupir. Comment ça s'est passé avec Rogers ?

— Il est dans mon bureau avec son avocat. Il a l'air coupable comme pas permis, mais je n'ai pas de quoi le mettre en garde à vue. On n'a pas assez de preuves pour l'inculper.

— Comment ça ?

— À part le fait que les filles l'ont vu près de la forêt, on n'a rien. Et l'avocat a dit que c'étaient des propos rapportés et que ça ne valait rien. Et Rogers a refusé le test ADN aussi, expliqua-t-il en soupirant. Même si, à ce stade, ça ne fait pas une grande différence. Wolfe n'a rien trouvé à l'autopsie, pas une trace.

— Alors, on n'a pas le choix. On va le laisser partir. Mais on garde un œil sur lui. On peut peut-être garer un véhicule de patrouille devant chez lui. Comme ça, il saura qu'on l'a à l'œil. Il correspond au profil et est arrivé en ville il y a seulement quelques mois. Et il était sur les lieux au moment du crime, on a toutes les raisons de le suspecter.

— Oui. Par ailleurs, la femme de Rogers a aperçu Felicity dans les environs. Je l'ai eue au téléphone. Elle a dit que Felicity avait traversé la route en courant et qu'elle avait failli l'écraser. Donc maintenant, on a la confirmation qu'elle était seule, au moment où elle s'est aventurée dans la forêt. Ce qu'on ne sait pas, c'est pourquoi.

— Oui, murmura Jenna en ajoutant Mme Rogers à son tableau, sous la mention « dernières personnes à avoir aperçu Felicity ». Vous êtes sûr que c'était bien elle ?

— À cent pour cent. Je vais envoyer Rowley la voir, pour qu'il revienne avec un témoignage écrit, mais la description colle parfaitement. Mme Rogers a été extrêmement précise, elle a même vu que Felicity avait des écouteurs dans les oreilles. Par contre, rien sur Joanne Blunt. On sait qu'elle a rejoint la cascade dans le but de se baigner. Mais combien de temps entre le moment où elle est arrivée là-bas et le moment où elle s'est fait repérer par le tueur ?

— Espérons qu'après l'annonce dans la presse, quelqu'un saura nous éclairer.

— Ce que je ne comprends pas, c'est pourquoi Felicity aurait changé d'avis et fait demi-tour. Sauf si Derick ment. On sait qu'il l'a appelée le matin même. Et qu'il n'est pas resté longtemps chez Mme Bolton, contrairement à ce qu'il m'a dit. Mais on ne peut pas oublier Rogers pour autant. Mme Rogers n'a pas su me donner l'heure exacte de quand elle a aperçu Felicity et son mari était dans le coin, il aurait très bien pu la suivre.

— C'est une possibilité, dit Jenna, en tapotant nerveusement sur le tableau. Actuellement, on a quatre suspects qui étaient dans les alentours au moment du crime. Derick Smith, Rogers, Lucky Briggs et Storm Crawley. Provine n'est pas à exclure, puisqu'il n'a pas pu prouver son alibi. A priori, il était seul chez lui, mais comme il n'a personne pour le confirmer...

Jenna s'arrêta un instant pour réfléchir.

— Le problème, c'est qu'on n'a rien de concret, pour aucun d'entre eux.

Le téléphone de Kane se mit à vibrer.

— On a des infos venues d'un autre shérif. Celui d'Helena. Huit meurtres similaires dans l'État du Montana. Même mode opératoire. Victimes entre 15 et 17 ans, toujours aux cheveux longs. Avec un délai d'une semaine à plusieurs mois entre les récidives. La presse locale l'a même surnommé « Le nouveau Jack l'Éventreur ». Plus aucun signe de lui depuis six mois et tous les suspects ont été innocentés. « Merci de nous tenir informés. »

Kane lança un regard inquiet vers Jenna, alors que l'angoisse s'emparait de lui.

— C'est officiel, on a un tueur en série en ville.

27

Kate admira son reflet dans le miroir, puis ajouta une touche de parfum derrière ses oreilles. Elle laisserait la télé allumée, pour faire croire qu'elle était dans sa chambre. Mais sans le son, seulement pour les effets de lumière. Les parents n'y verraient que du feu ; elle était sur son ordinateur, casque sur les oreilles. Et comme elle avait joué les filles parfaites et fait le ménage partout dans la maison, personne ne viendrait l'embêter.

Ses parents ne voulaient pas lui dire ce qui était arrivé à Felicity. Même si elle était au courant de l'annonce dans le journal. Celle qui demandait aux gens s'ils les avaient vues dans la forêt, elle et une autre fille du nom de Joanne Blunt. Qu'est-ce qui avait bien pu se passer ? Sa mère ne voulait rien lui dire et lui avait juste dit de ne pas sortir. Pff... Encore une tactique pour l'empêcher d'aller voir Chad.

Se faufilant dans la cuisine, Kate dévalisa le frigo. Chad avait tout le temps faim et sûrement qu'il ne dirait pas non à un soda et à un petit en-cas. Elle prit aussi une bouteille d'eau. La pente était raide pour aller jusqu'au campus, elle serait tout essoufflée. Entendant sa mère qui approchait, elle se dépêcha de retourner vers sa chambre et une fois hors de son champ de vision, elle lui lança de loin :

— Maman ? Je peux jouer sur mon ordinateur pendant une heure ou deux ? J'mettrai un casque, pour pas vous déranger.

— Tu y passes beaucoup trop de temps, ma chérie. Ce n'est pas bon pour la santé. Viens plutôt avec nous, on peut regarder un film ensemble comme une vraie famille ! Tu ne peux pas rester tout le temps seule dans ton coin comme ça.

— Plutôt demain soir, Maman. On fait ça demain, je te promets. S'il te plaîîît !

— C'est d'accord, mais tu as intérêt à tenir cette promesse, ou tu vas m'entendre, jeune fille.

Emportant une serviette de bain dans son sac à dos, Kate s'échappa discrètement par la fenêtre quelques minutes plus tard. Le ciel commençait à s'obscurcir, mais elle arriverait bien avant le coucher du soleil. Et ses parents n'iraient probablement pas la voir dans sa chambre avant un bon moment ; d'ici là, elle serait de retour et bien au chaud dans son lit. Ce n'était pas la première fois qu'elle faisait le mur pour aller voir Chad et cette petite routine l'amusait beaucoup. En se mettant en route, elle se félicita d'avoir mis un sweat. Il faisait un peu frisquet et la capuche avait plusieurs avantages : ce serait utile au retour, avec les cheveux mouillés et elle n'avait pas non plus envie d'être reconnue dans la rue et que quelqu'un aille cafter. En marchant le long de la route, elle s'efforça de rester dans l'ombre, au cas où elle croiserait quelqu'un en voiture.

Un frisson lui parcourut l'échine en arrivant sur le campus. Les bâtiments vides, sans lumières, avaient une allure fantomatique et le sifflement du vent dans les arbres lui donnait des impressions de film d'horreur. Le portail étant fermé, elle n'avait pas d'autre choix que de faire un détour par les bois. Même si elle n'aimait pas trop l'idée de tomber sur un lynx affamé. Rassemblant son courage, elle se fraya un chemin dans les buissons. Alors que la masse d'arbres semblait se refermer autour d'elle, bloquant la lumière du soleil, elle pressa le pas, nerveuse. Elle avait l'impression que la forêt l'observait de toutes parts, avec mille paires d'yeux. Les branches s'accrochaient à son sweat et les ronces à son jean. Comme si des racines allaient sortir de terre et la dévorer. Heureusement, malgré la panique, elle rejoignit la route assez rapidement. Et trébucha sur un petit tas de terre où quelqu'un avait arraché des fleurs. *Super. Maintenant, j'ai de la boue partout sur mes bottes.* Chad aurait dû lui donner rendez-vous près du portail fermé, au moins ils auraient été deux, ça lui aurait évité de paniquer à mort.

En entendant du bruit derrière elle, elle se dit : *Ça y est, je suis le prochain repas d'un animal* et se mit à courir. À son grand soulagement, elle arriva très vite devant l'entrée du complexe sportif. *Merde, j'ai quinze minutes de retard.* Sauf que Chad n'était pas là. Peut-être qu'il était déjà à la piscine ? Elle lui envoya des textos, mais pas de réponse. *Sûrement que son père a toujours son tél.*

Elle se mit alors en route vers la piscine et, pour se détendre un peu après cette grosse frayeur, elle lança son jeu tout en marchant. En arrivant devant la porte entrouverte, elle poussa un soupir de soulagement. Chad était déjà dedans. En le remarquant qui nageait à l'autre bout du bassin olympique, elle éteignit le jeu et se dirigea vers le vestiaire. Elle allait le prendre par surprise.

Une fois déshabillée, avec seulement sa serviette autour d'elle, elle revint près de la piscine, mais Chad avait disparu.

Mais il est où ?

Un petit rire se fit entendre derrière elle. Et en se retournant, Kate perdit de ses couleurs. Un homme s'avançait vers elle, passant une main dans ses cheveux mouillés. Elle le reconnut puis elle rougit.

— Oh, mon Dieu, je suis vraiment désolée, je vous ai pris pour Chad.

— Chad a eu un empêchement.

— Eh bien, s'il n'est pas là, excusez-moi, mais je rentre chez moi, lui lança Kate, apeurée.

Elle remarqua le couteau que tenait l'homme. Prise de panique, elle fit quelques pas en arrière, cherchant du regard une sortie. La porte principale n'était pas si loin, elle avait juste à courir. Elle s'élança aussi vite que possible, mais fut stoppée net. La porte était fermée. Verrouillée.

On l'avait piégée.

Elle essaya plusieurs fois de faire le code, mais n'y parvint pas, puis se retourna face à l'homme, qui avançait vers elle, très lentement, un sourire satisfait sur le visage et une chaussette à la main, avec quelque chose de lourd à l'intérieur. Plusieurs secondes passèrent pendant lesquelles elle resta paralysée. Il fallait qu'elle trouve quoi faire. Se tournant de nouveau vers le cadenas, elle tenta le code une nouvelle fois.

1.

2.

3.

4.

Rien.

Elle se retourna, transie d'horreur. L'homme avait un sourire jusqu'aux oreilles.

Elle retenta le code dans l'autre sens : 4, 3, 2, 1... Rien.

— Ce n'est plus la même combinaison, ma belle, lui lança la voix grave derrière elle.

Il faut que je m'échappe. Il faut que je m'échappe... Courir. Courir jusqu'aux gradins de l'autre côté de la piscine, puis sauter par-dessus la barrière. Mais alors qu'elle s'élançait, une douleur atroce l'attrapa à la tête. Sa vision se brouilla et elle s'écrasa sur le sol de tout son poids. Le souffle court, elle essaya de ramper, le plus loin possible de ce monstre.

Mais l'ombre de l'homme se tenait juste au-dessus d'elle. Elle pouvait sentir les gouttes d'eau qui tombaient de ses cheveux.

— Tu crois aller où, comme ça, ma belle ?

28

Jenna et ses adjoints avaient beau travailler sans relâche, ils étaient dans l'impasse. Après avoir dîné avec Kane au café, Jenna décida de se coucher tôt.

Elle enfila ses pantoufles et se dirigea vers la cuisine. Et le téléphone se mit à sonner. La sonnerie du 911. Elle lâcha un soupir : jamais un moment de répit.

— Shérif Alton à l'appareil, décrivez-moi la situation.

— *Oh, mon Dieu, oh, mon Dieu, je ne sais pas quoi faire, il faut m'envoyer quelqu'un !*

— Respirez un grand coup, puis donnez-moi votre nom et votre localisation, insista Jenna en attrapant de quoi noter.

— *Je suis Chad Johnson et je suis devant la piscine du lycée,* expliqua le jeune garçon visiblement en panique. *Quelque chose est arrivé à ma copine, Kate Bright. Elle est allongée sur le plongeoir et y'a des bouts d'elle qui pendent dans tous les sens. C'est horrible, envoyez-moi quelqu'un !*

Jenna ravala sa salive, se forçant à garder son calme.

— *Je peux pas entrer, elle est à l'intérieur et quelqu'un a fermé les portes. J'ai essayé de l'appeler, mais elle bouge pas !*

— Est-ce que tu as vu quelqu'un dans les alentours, Chad ?

— *Non. Mais dépêchez-vous ! Elle va mourir !*

— Reste en ligne. J'appelle une ambulance.

Elle quitta l'appel un instant, le temps de parler à Kane.

— J'ai Chad Johnson au téléphone. On a un troisième homicide. Envoyez immédiatement une ambulance à la piscine du lycée et dites-leur que le tueur est peut-être toujours là. Dites-leur de ne pas approcher si la victime est clairement décédée. Apparemment, elle est éventrée, exactement comme Felicity.

— Bien reçu. Je vous amène ?

— Oui. Donnez-moi cinq minutes pour m'habiller.

Chad, tu es toujours là ?

— *Oui, madame. Mais je crois que je vais vomir.*

— Ce n'est pas grave, c'est normal, mais ne raccroche pas, j'ai besoin de savoir que tu vas bien, expliqua-t-elle tout en s'habillant.

Le temps d'activer l'alarme de la maison, Kane était déjà là.

— J'ai prévenu Wolfe, il nous rejoint là-bas. Qu'est-ce qu'on a ?

— J'ai Chad au bout du fil, mais là, tout de suite, il est trop occupé à vomir, expliqua Jenna en grimpant dans leur véhicule. Il n'a pas dit grand-chose, seulement qu'il a trouvé Kate Bright allongée sur le plongeoir de la piscine, éventrée.

— Nom de Dieu. On a trouvé Felicity et Joanne il y a moins de quarante-huit heures, ce mec ne s'arrête plus.

Le paysage défilait à toute allure alors qu'ils traversaient la ville, sirène hurlante. Kane manœuvrait d'une main experte, accélérant si vite par moments que Jenna était plaquée contre son siège. Son adjoint était féru d'automobiles, il avait même fait ajouter des jantes pare-balles. Rejoignant Stanton Road en un temps record, le SUV contourna la forêt et arriva devant le lycée peu de temps avant les ambulanciers. Jenna lança un regard à Kane.

Conduite de qualité.

Merci, dit-il en baissant les yeux.

Chad, est-ce que tout va bien ? lança-t-elle en réactivant son micro.

Oui, j'ai entendu les sirènes. Est-ce que je reste ici ou est-ce que je vous rejoins à l'entrée principale ?

— Reste où tu es. On est devant l'entrée, mais tout est verrouillé. Par où tu es entré ?

À cet instant, elle jeta un regard à Kane qui, en deux temps, trois mouvements, était sorti de la voiture et avait, d'un tir de revolver précis, détruit l'épais cadenas au centre de l'enchevêtrement de chaînes qui gardait le portail du lycée.

— OK, oublie ça, on arrive.

Jenna resta bouche bée devant cette performance avant de se rappeler que l'homme était tireur d'élite, pendant que Kane, muscles gonflés sous son t-shirt, défaisait sans difficulté les chaînes.

— Une idée d'où se trouve la piscine ? lui lança-t-il.

Pour une fois, elle savait, et peu de temps après, ils avaient rejoint le complexe sportif.

— Chad, tout va bien ? On est tout près.

— *Je suis devant l'entrée de la piscine, mais c'est verrouillé aussi.*

— OK. Tu peux raccrocher, maintenant, on vient vers toi.

Wolfe et les ambulanciers étaient aussi sur place.

— C'est probablement une scène de crime. Faites attention, le tueur est peut-être encore dans les parages. Est-ce que vous avez croisé des gens sur la route ? demanda Wolfe aux ambulanciers.

— Juste une vieille dame avec son chien, répondit l'un d'eux. Personne d'autre. Et pas d'autres voitures que la vôtre.

Chad était non loin, assis sur le sol, dos à la piscine. Et Jenna dut réprimer un cri d'horreur en apercevant la fille, étalée sur le dos, ses quatre membres dépassant du plongeoir. Vu l'état du corps, il était évident qu'il était trop tard.

Elle s'approcha du jeune homme, qui leva un regard empli de larmes vers elle.

— Je sais qu'elle est morte, dit-il.

— Viens avec moi, lui murmura-t-elle en l'invitant à rejoindre les ambulanciers.

Alors qu'elle l'aidait à se relever, elle prit le temps d'observer le jeune homme. En dehors d'un peu de terre sur son jean à force d'être assis par terre, ses vêtements étaient parfaitement propres, ce qui, à première vue, l'innocentait.

— Occupez-vous de lui. Il est en état de choc.

— Oui, madame. Je présume que la jeune femme est décédée ?

— Je vais aller vérifier, mais je le crains. Je vous appelle si on a besoin de vous.

Alors qu'un des infirmiers prenait le relais pour s'occuper de Chad, Jenna observa la scène de crime à travers la paroi transparente de la piscine.

— Dire que je lui ai parlé il y a à peine quelques heures, soupira-t-elle, en posant les yeux sur Kate. Elle était si heureuse, si insouciante. Je n'ose pas imaginer la réaction de ses parents.

— C'est dans ce genre de situation que je suis soulagé de ne pas avoir d'enfant, ajouta Kane. Ça doit être horrible pour Wolfe, de vivre une chose pareille. Sa fille aînée a le même âge que nos victimes.

— Oui, mais on n'attrapera jamais le criminel si on n'arrive pas à entrer dans la piscine. Faites ce que vous faites de mieux, mais ne détruisez pas le système de verrouillage, si possible. Il y a peut-être des empreintes dessus.

— Oui, madame.

En un seul tir, Kane avait réussi à ouvrir la porte, le boîtier à code toujours intact. Avoir un sniper dans l'équipe avait ses avantages.

— Bien joué, lui lança Jenna.

— C'est normal. Autant tirer profit des compétences de

chacun. Je propose que Wolfe examine Kate pendant que je commence une fouille de la zone. Le tueur est peut-être toujours là, il faut aussi qu'on voie par où il aurait pu s'échapper.

— Bonne idée. Allez-y, je me charge d'interroger Chad pour savoir ce qu'il faisait ici à cette heure de la nuit, répondit Jenna, qui avait tout sauf envie d'écouter Wolfe parler de l'état du corps.

— Est-ce que tout va bien ? demanda Kane d'un air inquiet. Vous savez, c'est normal de se sentir mal. Les homicides, ce n'est jamais facile, même pour les enquêteurs les plus chevronnés.

Jenna apprécia l'intention, mais il ne fallait pas se déconcentrer. Ils avaient encore beaucoup de pain sur la planche.

— Merci, mais ça va aller. On ne serait pas humains si on restait impassibles devant tant de cruauté.

— OK, dit simplement Kane, en tournant les talons, prêt à aller fouiller la scène.

29

Jenna se dirigea vers l'ambulance pour interroger Chad. Elle ne lui avait encore posé aucune question et Wolfe avait pris soin de la prendre à part et de baisser la voix.

— La victime est très clairement décédée, avait-il dit, mais je vais faire un examen préliminaire sur place. Après ça, je vais emporter le corps à la morgue et procéder à l'autopsie immédiatement.

— Vous avez toujours besoin du thanato pour signer la paperasse.

— Plus maintenant ! Je viens de recevoir mon accréditation, le courrier est arrivé aujourd'hui. J'ai aussi reçu les financements pour l'installation d'un laboratoire et d'une nouvelle morgue. Dans quelques mois, plus besoin de bricoler aux pompes funèbres !

Jenna se tut un instant, avant de se racler la gorge.

— Est-ce que ça veut dire que vous ne travaillerez plus en tant qu'adjoint ?

— Oh non, ce serait seulement pour les homicides et autres décès suspects. Je continuerai à travailler avec vous le reste du temps. Enfin, si vous êtes d'accord pour faire les analyses médico-légales en interne, je veux dire. Ça nous permettrait d'avancer plus vite dans les enquêtes.

— Oui, bien sûr. Je ne pourrais pas rêver mieux. Et j'ai confiance en votre expertise. Merci de faire ça pour nous, Wolfe. Mais qui vous paye, sans indiscrétion ? Je suis sûre que le maire voudra bien mettre la main à la poche si on lui explique la situation.

— Pas besoin, madame. Le maire de Blackwater a déjà offert le financement. Et avec ça, j'ai déjà de quoi employer un assistant à temps plein. On m'a proposé un lieu qui est très bien. À deux pas du bureau. Une ancienne usine d'emballage de viande. Petersham s'occupe de faire rénover le bâtiment pour nous.

Wow. Tout ça alors que Wolfe n'était là que depuis quelques jours. Stupéfaite, Jenna se contenta de hocher la tête, avant de se diriger vers l'ambulance, où elle fut accueillie par deux infirmiers à l'expression fatiguée, alors que Chad, en larmes, s'était recroquevillé dans un coin du véhicule, les mains serrées autour d'une bouteille d'eau.

Jenna se racla la gorge avant de lui lancer :

— Est-ce que tu veux appeler tes parents, Chad ?

— Pour que ma mère voie Kate dans cet état ? Non. Par pitié, ramenez-moi à la maison.

— Il faudrait vraiment prévenir tes parents. Je peux parler à ton père, si tu préfères. Et on ne les laissera pas approcher de la piscine, ça, tu peux en être certain. Mais d'abord, j'aurais besoin de te poser quelques questions si tu veux bien, dit-elle en posant tendrement une main sur son épaule. Ça m'aidera à trouver qui a fait ça à Kate. Est-ce que tu peux me dire ce que vous faisiez ici ?

— On avait rendez-vous devant le gymnase à 20 h 30, dit Chad avant d'engloutir une gorgée d'eau. On avait dit 18 h 30, au départ, mais elle a changé d'avis à la dernière minute. Je suis arrivé ici vers 20 h 20, mais le portail était fermé, alors j'ai fait le tour par les bois pour rejoindre l'autre côté. Tout le monde le fait, vous savez. Si on regarde attentivement, le chemin n'est pas trop dur à repérer et à vrai dire, pas tellement besoin de le suivre, d'ailleurs.

Il s'arrêta un instant pour se moucher puis reprit :

— Comme Kate n'arrivait pas, je lui ai passé un coup de fil. Et là, j'ai entendu sa sonnerie ; je me suis dit qu'elle n'était pas loin, mais c'est un type qui a décroché. J'ai pensé que c'était peut-être son père. J'ai demandé s'il pouvait me passer Kate et il m'a dit qu'elle m'attendait près de la piscine, expliqua-t-il entre deux sanglots. Et moi, j'étais inquiet, je pensais qu'il allait me mettre une raclée parce qu'il ne savait pas qu'on se voyait en secret. Et c'est là que je l'ai trouvée... et que je vous ai appelée parce que je ne pouvais pas ouvrir... Quelqu'un a changé le code, je ne sais pas comment elle est entrée.

Jenna fronça les sourcils.

— D'où tu connaissais le code ?

— Tout le monde le connaît. Avant, c'était 1, 2, 3, 4. Mais faut croire que le concierge l'a changé.

OK. Penser à interroger le concierge.

— Tu as dit que c'était peut-être le père de Kate au téléphone. Est-ce que tu connais le son de sa voix ? Est-ce qu'il a un accent ou quelque chose qui le rendrait reconnaissable ?

— J'imagine que c'était peut-être lui, oui, mais les mecs d'ici ont un peu tous la même voix. J'ai rien remarqué de spécial. C'était juste une voix grave et j'étais paniqué.

— Est-ce que tu peux me donner le numéro de téléphone de Kate ? On va voir s'il répond.

« *Le numéro que vous avez demandé n'est plus attribué.* » Jenna se mordit la lèvre, incertaine de la suite de cet interrogatoire.

— Et tu n'as vu personne, dans le coin ? Pas de voitures, pas de passants ?

— Non, personne.

— OK. Qui savait que tu avais rendez-vous avec Kate ce soir ? Est-ce que tu saurais me donner des noms ?

— J'imagine qu'ils ne sont pas au courant du changement d'horaire, sauf si elle le leur a dit, mais Aimée et Lucas savaient pour notre rendez-vous de 18 h 30. Et ils savent qu'elle devait faire le mur pour pouvoir me rejoindre, c'était un peu un secret. D'autant plus que vous nous aviez dit à tous de rester chez nous et de pas nous balader tout seuls dehors.

— Est-ce que tu sais où est Lucas ?

— Chez lui, je pense. J'ai joué avec lui, en ligne, juste avant et il m'a envoyé des messages pendant que j'étais en chemin. Au moment où je suis arrivé, il venait de se faire engueuler par son père.

Une lueur d'effroi s'invita dans son regard, tout à coup.

— J'vous jure, madame, Lucas a rien à voir avec ça !

— Je te crois, Chad. Mais je vais devoir vérifier les alibis de tout le monde, c'est la procédure.

Après avoir rassemblé ses notes, Jenna s'empressa d'appeler le père de Chad, en s'éloignant de quelques mètres. Puis, laissant Chad avec les ambulanciers, elle prit une grande inspiration et retourna vers la scène de crime. Kane avait fini la fouille des environs immédiats et aidait Wolfe à finir son examen préliminaire. Les dents serrées, Jenna se força à regarder le corps.

La pauvre Kate, si jeune et pétillante tout à l'heure, ressemblait maintenant à un mannequin de cire. La peau sur son visage était transparente comme un vieux parchemin et couverte du même rouge que Felicity, sur les lèvres et les joues. Ses paupières avaient été entaillées, comme pour l'empêcher de fermer les yeux. Mais contrairement aux autres victimes, aucune trace de légitime défense sur ses membres.

Jenna se força à regarder les incisions, obscènes, mais d'une précision presque chirurgicale, sur le torse. Le tueur avait clairement pris son temps cette fois-ci et il était même resté jusqu'à l'arrivée de Chad, probablement pour se réjouir de la détresse du pauvre garçon.

Le calme de ses adjoints aidant, Jenna rassembla son courage et analysa la scène, remarquant les similitudes avec les meurtres précédents : le peu de sang, les fleurs. Ce meurtre-ci, contrairement à celui de Joanne, était clairement prémédité. D'ailleurs, il n'y avait pas de fleurs dans les environs immédiats. Un frisson lui parcourut l'échine alors que le sentiment d'être observée s'invitait en elle de nouveau. *Je parie qu'il est toujours là... en train de nous espionner.*

La voix de Kane la tira de cette pensée.

— Pardon ? Qu'est-ce que vous avez dit ? demanda-t-elle.

— Il l'a tuée dans le bassin de repos. C'est un petit bassin d'eau chaude utilisé par les plongeurs professionnels pendant les compétitions, dit Kane en attrapant Jenna par le bras pour lui montrer le chemin. C'est probablement aussi ici qu'elle a été violée.

Il s'arrêta un instant, le regard inquiet, puis continua :

— Ce meurtre est significatif. Ça prouve que notre tueur est de plus en plus sadique et qu'il cherche des sensations de plus en plus fortes. Et aussi qu'il est compétent. Trop compétent. Probablement un médecin ou un militaire. Ça me rappelle le genre de chose qu'on nous apprend à l'entraînement : il l'a touchée à la moelle épinière pour la paralyser. Et contrairement aux autres, il ne lui a pas tranché la gorge. Wolfe confirme que les lacérations au niveau des paupières ont pour but de lui maintenir les yeux ouverts. Ce salopard s'est assuré qu'elle puisse tout voir alors qu'elle se vidait de son sang. C'est la souffrance qui l'excite. Le pouvoir qu'il a sur ses victimes.

Jenna ravala sa salive et frissonna de dégoût.

— Est-ce qu'on a des chances de récupérer son ADN dans le bassin ?

— Je n'y croirais pas trop si j'étais vous. On peut arrêter les pompes et autres filtres, mais il y a trop de chlore dans l'eau pour que les échantillons soient viables. Et cette piscine est utilisée par des centaines de personnes, on ne trouvera rien de concluant. Mais on a des fibres sous ses ongles. Peut-être qu'on touche enfin au but. Qu'en est-il du petit copain ?

Jenna lui résuma la conversation qu'elle avait eue avec Chad.

— Comment Kate a-t-elle pu entrer alors que tout était verrouillé ?

— J'imagine que le tueur avait le code et qu'il a laissé ouvert pour elle. Ce type est intelligent. Et il sait couvrir ses traces. D'ailleurs, les caméras étaient toutes éteintes, mais c'est peut-être juste le concierge qui cherche à économiser de l'électricité.

— Il faudra aller l'interroger. Pour l'instant, il fait partie des suspects. Quoi d'autre ?

— Peut-être qu'elle s'est changée en attendant l'arrivée de Chad. J'ai trouvé ses habits dans le vestiaire des femmes, soigneusement pliés. Il y a des traces de lutte près de l'entrée. Et une serviette aussi, que le tueur n'a probablement pas touchée, sinon il ne l'aurait pas laissée ici. Je pense que Kate est sortie du vestiaire, a vu le tueur et a couru vers la sortie. C'est là qu'il l'a poignardée, la laissant paralysée, dit-il en désignant un cercle jaune qu'il avait tracé au sol. Et ensuite il l'a traînée par les cheveux jusqu'au bassin. On a trouvé des cheveux blonds, mais il faudra que Wolfe vérifie que l'ADN correspond. Après l'autopsie, il passera aussi la zone au luminol, pour voir si on trouve des traces de sang. La victime a des marques à l'arrière des jambes qui laissent entendre qu'elle a été traînée sur le sol de cette manière.

Jenna dut employer des efforts colossaux pour ne pas vomir à cette pensée et s'obligea de toutes ses forces à rester en contrôle de la situation, cachant ses mains tremblantes au fond de ses poches. Fondre en larmes ne ferait pas avancer l'enquête. Elle fit un pas de plus vers son coéquipier – l'avoir auprès d'elle l'aidait à rester calme et concentrée – et elle fit un effort pour garder la tête haute.

— Est-ce que vous voulez interroger Chad ? lui demanda-t-elle. J'aimerais vraiment le renvoyer chez lui le plus vite possible.

— Si le tueur a la même voix que le père de Kate, on pourrait peut-être l'appeler et le mettre en haut-parleur, pour voir comment Chad réagit. Il pourrait nous dire si le tueur est un local ou non. En fonction de son accent.

— Non, merci, je ne vais pas lui dire au téléphone qu'un malade a découpé sa fille en morceaux. Je ne suis pas sans cœur à ce point-là.

Kane leva la tête un instant, comme en quête d'une intervention divine, puis planta ses yeux bleus dans ceux de Jenna.

— Il n'y a pas un bout de vous qui soit sans cœur, Jenna. Langue de vipère, peut-être un peu, mais là, ici, dit-il en lui tapotant le sternum du bout de l'index, il y a une femme aimante et généreuse, avec beaucoup d'empathie. Vous ne pensez pas que je vois combien ces meurtres vous affectent ? Je ne suis pas aveugle, vous savez, dit-il en soupirant. J'ai passé cinq ans à tuer sur commande, je sais me détacher de mes émotions quand j'en ai besoin. Et Wolfe, eh bien... Non seulement il y a ça, mais en plus, par amour de la science, il serait prêt à tout. Quitte à collectionner les corps sur son balcon comme d'autres font pousser des tomates.

À moitié gênée par la métaphore, mais touchée par la douceur de ses mots, Jenna détourna le regard.

— Est-ce qu'on appelle le père de Kate, alors ?

— Demandez-lui s'il est chez lui et dites-lui qu'on lui expliquera tout une fois sur place. Si Chad reconnaît sa voix, on saura qu'il est impliqué.

Jenna hocha la tête. Kane savait ce qu'il faisait.

— C'est d'accord. On va faire ça tout de suite. Et après, j'attendrai avec les ambulanciers que le père de Chad arrive.

— Est-ce que vous pourriez leur demander d'emporter le corps à la morgue, après ça ? Wolfe devrait avoir bientôt fini.

— Je les ai appelés, ils nous attendent. Wolfe veut faire l'autopsie dès ce soir.

— Pas de problème.

Elle se dirigea une nouvelle fois vers l'ambulance, laissant ses adjoints s'occuper du corps. Puis elle appela le père de Kate, sous l'oreille attentive de Chad.

— Je suis désolée de vous déranger à cette heure tardive, monsieur Bright. Ici le shérif Alton. Est-ce que je pourrais passer chez vous d'ici une vingtaine de minutes ? C'est important.

— *Katie ne s'est pas attiré des ennuis, j'espère ?*

Jenna esquiva, ne voulant rien lui révéler pour l'instant.

— Je vous expliquerai tout une fois sur place. Je préférerais que votre femme soit là, également.

— *Pas de problème, on vous attend.*

En raccrochant, elle jeta un coup d'œil à Chad. Le pauvre garçon était totalement traumatisé.

— Est-ce que c'est la même voix ? demanda-t-elle doucement.

— Ça ressemble, mais l'autre type l'a appelée Kate, dit-il en s'essuyant le nez dans sa manche. Ça m'a pas choqué sur le coup, on l'appelle tous comme ça. Mais maintenant que vous le dites, je me rappelle que son père l'appelle toujours Katie. Alors que le mec au téléphone m'a dit que *Kate* m'attendait près de la piscine, j'en suis cent pour cent sûr, dit-il en pleurant à chaudes larmes.

Peu de temps après, un bruit de moteur se fit entendre.

— Ça doit être ton père. Je vais lui parler rapidement et après tu pourras rentrer chez toi.

Pensant à la terrible tâche qui l'attendait, celle d'informer les parents de Kate, elle posa une main sur l'épaule du jeune homme.

— Je te promets qu'on va attraper celui qui a fait ça. Il va payer pour ce qu'il a fait à Kate, je te le jure.

Sous la façade calme et professionnelle, une rage intense bouillonnait en elle. Elle n'en pouvait plus de savoir que ce taré sévissait juste sous son nez. Elle pouvait presque sentir sa présence flotter dans l'air. En se tournant un instant, elle aperçut Kane, qui suivait les ambulanciers, un air sombre sur le visage, alors qu'ils poussaient un brancard avec le sac mortuaire. Ce supersoldat, formé par les plus grands, était-il arrivé là pour l'aider, comme un ange gardien, ou est-ce que c'était juste de la chance, un cadeau de la destinée ? Le shérif qu'elle était voulait arrêter le tueur et l'emmener devant la justice en bonne et due forme ; mais la louve en elle voulait plus que tout que Kane l'abatte, d'une balle dans la tête, comme on achève un chien enragé.

30

Kane observa Jenna qui accompagnait Chad vers la voiture et lâcha un soupir. La petite ville tranquille de Black Rock Falls était en train de devenir le terrain de jeu de tous les pires détraqués. Et Jenna n'avait certainement pas signé pour ça. Elle avait déjà failli y passer, capturée par deux salopards qui se faisaient passer pour ses amis. Kane en avait la nausée rien que d'y repenser. Et voilà qu'à peine six mois plus tard, ils étaient face à un autre tueur en série.

Il attendit Wolfe, puis se racla la gorge.

— Je m'inquiète pour Jenna, dit-il. Elle est forte, mais elle reste traumatisée par son kidnapping d'il y a quelques mois.

— Il n'y a qu'avec vous qu'elle puisse baisser un peu sa garde. Je ne dis pas que vous devriez devenir son amant, mais elle a besoin d'une épaule sur laquelle pleurer. On finit tous par craquer, à un moment ou un autre. Même vous.

— Oui. Elle sait que je tiens toujours à ma femme. Et mélanger le travail et l'amitié, ça rend les choses difficiles. Attendez un peu de voir comment elle mord quand on lui marche sur les pieds au boulot !

— Eh bien, dans ce cas, je resterai loin de ses pieds, répliqua Wolfe, sur le ton de la plaisanterie.

Kane se tut un instant, en se grattant nerveusement la joue.

— J'admire sa combativité, je dois l'admettre. Elle ne recule devant rien. Une vraie tête brûlée.

— Jenna ne sera jamais du genre à faire dans la dentelle, hein ? Mais parlons d'autre chose pour le moment. Je vais appeler mes filles et filer aux pompes funèbres, pour faire l'autopsie tout de suite. L'heure de la mort va être difficile à déterminer, étant donné qu'on ne sait pas combien de temps le tueur l'a laissée tremper dans le bassin d'eau chaude. Si vous vous inquiétez pour Jenna, accompagnez-la voir les parents. Dites-leur qu'ils ne pourront pas voir Kate avant demain matin. Je vous dirai quand ce sera bon.

— Mais comment vous faites, pour tenir, avec autant d'enfants sur la table de dissection ?

— La nature du défunt qui se trouve sur la table n'a aucune importance. Tout ce qui compte, c'est que ces personnes ont besoin de mon aide. Je suis un outil qui permet de comprendre leur histoire et la voie qui emmène les criminels devant la justice. Ces personnes méritent une dignité dans la mort. D'ailleurs, je ne pense jamais à elles comme à des « victimes » ou des « corps ». Même quand on ne sait pas qui c'est et que ce sont des John ou Jane Doe[1], pour moi, ce sont toujours des personnes.

Il lâcha un long soupir.

— Est-ce que ça me rend triste ou hors de moi selon la situation ? Bien sûr. Sûrement plus que vous ne l'imaginez. Je sais ce que font les hommes, en tant de guerres, pour protéger leur pays. Mais les mecs qui torturent pour le plaisir, juste parce que

---

1. Aux États-Unis, lorsqu'un cadavre n'est pas encore identifié, on lui attribue le nom de John Doe, ou Jane Doe pour les femmes.

ça leur colle une érection, croyez-moi, ça me secoue autant que vous.

Il regarda Jenna pendant un instant.

— Allez lui tenir compagnie, ce soir. Elle est au bord du gouffre, ça se sent.

— Je vais faire de mon mieux, dit Kane en s'éloignant pour rejoindre le shérif, qui discutait avec le père de Chad.

Une fois les civils partis, il s'approcha d'elle.

— J'aimerais vous accompagner chez les parents de Kate. Et ensuite, j'aurais besoin de m'éloigner un peu de tout ça. Rentrer chez moi, recharger les batteries. Peut-être, regarder un film, quelque chose de plus... léger.

Elle se tourna vers lui le regard vide, du genre qui sonne comme un : « Votre correspondant est actuellement indisponible. » Puis se tourna pour regarder autour d'elle, tremblante.

— Je crois qu'il est là. Le tueur. Qu'il nous épie. Et s'ils étaient deux ? Si je me trompais depuis le début ? Ce ne serait pas la première fois, hein ?

Kane lui attrapa le bras. Le syndrome post-traumatique refaisait surface.

— Qu'est-ce qui vous fait croire ça ? lui demanda-t-il doucement.

— Chad a appelé Kate en arrivant ici et il a entendu sa sonnerie, dit-elle en lui lançant un regard empli de terreur. Je suis sûre qu'il est là. Parce qu'il voulait voir la réaction de Chad.

Comme elle n'avait pas repoussé sa main, il lui pressa gentiment le bras.

— J'ai fouillé la zone. Tout était verrouillé, de partout. Je pense qu'il est parti avant notre arrivée.

— Mais comment ?! Chad ne l'a pas vu sortir et vous venez de me dire que tout était fermé !

Elle se tourna vers les bois, de l'autre côté de la route puis enchaîna :

— Je suis sûre qu'il est là. Qu'il nous observe.

— Alors, on va aller voir ! En voiture.

La lumière des phares éclairant la forêt sur plus d'une quinzaine de mètres, quelques chouettes et chauves-souris s'envolèrent avec grand fracas, mais rien de plus. Aucun signe de l'homme dans les environs.

— Il est parti depuis longtemps. Il ne prendrait pas le risque de se faire identifier, dit Kane avant de se tourner vers Jenna. On va aller voir les parents et ensuite je vous ramène à la maison. Venez chez moi, on va regarder un film pour se changer les idées.

— Pour quoi faire ? répondit Jenna, en lui lançant un long regard confus.

Il haussa les épaules.

— C'est juste que... J'ai besoin de penser à autre chose. Et j'aurais bien besoin d'un peu de compagnie aussi, parce que sinon je vais craquer.

— *Vous* allez craquer ? Celle-là, c'est la meilleure ! Wolfe et vous avez tellement de sang-froid à tous les deux que vous pourriez empêcher le réchauffement climatique !

Elle détourna le regard, l'expression sur son visage cachée par la nuit.

— C'est d'accord pour un film accompagné d'un verre de vin. J'ai hâte de dire à Maggie qu'un grand garçon comme vous est fan de comédies romantiques ! Elle va le raconter à toute la ville, vous allez voir !

— *Oh non*, dans quoi je me suis embarqué. répondit-il en riant, alors qu'ils s'apprêtaient à reprendre la route, en direction de chez les Bright.

Vu la difficulté de la tâche à venir, il avait tout intérêt à faire rire Jenna tant qu'il en était encore temps.

— Quoique, maintenant que vous le dites, ça me rendrait service, en vérité. Après ça, tout le monde en ville saura que sous ma carapace de gros dur, il y a un *lover* au grand cœur.

— *Pff...* Bon courage avec ça ! dit Jenna en posant une main délicate sur son bras. Je pense qu'on devrait refermer le portail, maintenant que l'ambulance est partie.

— Oui. Je vais mettre des rubalises. Espérons que ça décourage les gamins de s'aventurer par là le temps qu'on prévienne le proviseur. Même si, en cette période de l'année, j'imagine qu'il doit être quelque part loin d'ici, à se dorer la pilule au soleil. Est-ce que vous savez qui appeler pour s'occuper des Bright ?

— Pas vraiment. Je n'ai trouvé personne avec le même nom dans l'annuaire et vu l'heure qu'il est, il faudrait quelqu'un du coin.

— Le révérend Jones a apporté beaucoup de soutien aux Parker, j'ai entendu dire. Et les Bright vont à la même église, il me semble. J'ai son numéro, si vous voulez.

— Je l'appelle ? demanda Jenna, alors que l'écran illuminait son visage inquiet.

— Puisqu'on n'a les coordonnées d'aucun membre de la famille, j'imagine qu'un religieux reste la personne idéale pour ça, dit-il avec un soupir.

— OK. On va lui demander ce qu'il en pense.

Le révérend Jones accepta sans peine de les retrouver devant chez les Bright.

En allant fermer le portail, Kane remarqua une fleur, à moitié écrasée, non loin de là. Après s'être penché pour l'examiner, il l'emporta dans un petit sachet pour pièces à conviction, convaincu qu'elle était assez semblable à celles trouvées sur le corps de Kate. En se relevant, il observa une allée d'arbres à l'aide de sa lampe de poche.

La terre était retournée à un endroit, comme si quelqu'un avait arraché les fleurs par la racine, avant de couper les tiges et de laisser là les restes.

— Alors, c'est là qu'il a cueilli les fleurs.

Il fouilla la zone plus précisément et finit par trouver une empreinte de pas, dont il prit des photos, en plaçant son pied juste à côté, pour donner une idée de la taille. L'empreinte étant plutôt petite, il se dit qu'il s'agissait sûrement de Kate, ce qui lui donnait une idée assez précise du déroulement des événements.

— Qu'est-ce que vous avez trouvé ? demanda Jenna alors qu'il grimpait dans la voiture.

— Une fleur. Le tueur les a apportées, ce qui prouve la préméditation. C'est très similaire au meurtre de Felicity. Allez savoir comment, il pouvait être sûr que Kate serait à la piscine à ce moment précis.

— Il aurait aussi bien pu la suivre.

— Je ne crois pas. J'ai trouvé l'endroit où il a arraché les fleurs et il y a une empreinte de pas, qui, je pense, appartient à Kate, pile à cet endroit-là. Si elle est passée par là, c'est *après* qu'il a cueilli les fleurs. Je serais prêt à parier qu'elle était là à 18 h 30, comme prévu au départ.

— J'imagine que l'heure de la mort nous donnera une meilleure idée, mais Chad a bien dit qu'elle avait décalé le rendez-vous.

— Ce que le tueur lui a fait a pris du temps. Et il en a savouré chaque seconde, dit Kane, en secouant la tête, de dégoût. Vous dites que Chad a reçu le message de changement d'horaire via Internet, sur son jeu, c'est ça ? Non, mais comment le tueur a-t-il pu avoir le temps de la charcuter à ce point ?

— J'en ai aucune idée.

— On sait qu'il était sur place, puisque Chad a entendu la sonnerie du téléphone, dit Kane en tapotant nerveusement sur le volant. Ensuite, on est arrivés et il n'y avait personne. Croyez-moi, j'ai bien cherché, mais *niet*, *nada*. Je dirais qu'il est resté quelques minutes pour voir la réaction de Chad et qu'ensuite, il s'est enfui par les bois. D'ailleurs, je pense qu'il était déjà dans les bois quand Chad l'a appelé.

— Attendez une minute, interrompit Jenna en grimaçant. Tout ça me semble très plausible, mais vous oubliez le plus important. Comment diable est-ce qu'il a *su* qu'elle serait là ? Il faut qu'on demande à Chad quand et comment a été planifié ce rendez-vous. Il a dit qu'Aimée et Lucas étaient au courant. Le tueur devait être avec eux à ce moment-là. Mais je ne pense pas que ce soit Lucas. Il a un alibi solide pour ce qui est du meurtre de Felicity et Chad était en contact avec lui tout le long de son chemin vers la piscine.

Elle soupira.

— Si ce mec est le même que celui que cherche le shérif d'Helena, il est plutôt intelligent.

— Si c'est le même, alors ça change tout. Jusqu'à présent, on pensait qu'il était du coin, mais ce n'est peut-être pas le cas. Il faut qu'on élargisse nos horizons. Qui est-ce qui travaille auprès de jeunes ou pourrait facilement gagner leur confiance ?

— Quasiment tout le monde sur notre liste de suspects, répondit Jenna, en se mordant la lèvre. Rogers a rejoint le lycée en tant que prof en janvier dernier. Et les cow-boys, ils vont et viennent. Quant à Lionel Provine, il a ouvert son magasin en décembre. Le seul qui vit ici depuis toujours, c'est Derick, le petit ami de Felicity, mais il bouge beaucoup aussi, avec son équipe de rugby et ils restent au moins deux nuits sur place à chaque match.

Elle lâcha un soupir.

— J'ai hâte de voir s'ils ont un alibi pour ce soir.

— Et il y a aussi le concierge, ajouta Kane. De nos jours, les gamins de cet âge-là diffusent toute leur vie sur Facebook. Je veux dire, ses amis ont peut-être répété à tout le monde qu'elle avait rendez-vous avec Chad. Si ça se trouve, c'est partout sur les réseaux sociaux.

À cet instant, il remarqua une berline bleue, garée en bordure de forêt.

— Drôle d'endroit pour laisser son véhicule, fit-il remarquer. Est-ce qu'elle était déjà là tout à l'heure ?

— Je ne saurais pas dire, vous conduisiez comme un fou.

Kane gara le véhicule près de la berline, puis entreprit

d'examiner l'intérieur à l'aide de sa lampe de poche. Comme quelqu'un bougeait à l'intérieur, il dégaina son Glock.

— Shérif ! Mains en l'air !

Son arme parallèle à sa lampe de poche, il les pointa vers l'homme. Steve Rogers était à l'intérieur de la voiture.

— Sortez du véhicule ! Mains sur la tête !

Du coin de l'œil, il aperçut Jenna qui s'avançait vers eux, arme en main elle aussi. Puis il força Rogers à écarter les jambes et le fouilla. L'homme n'était pas armé. Il prit ensuite le temps de l'observer. Le professeur était pieds nus et particulièrement débraillé : taches de sueur sur sa chemise au niveau des aisselles et de la boue sur son pantalon, à moitié déboutonné. Un ordinateur portable sur le siège passager.

— Qu'est-ce qui vous amène ici en pleine nuit, monsieur Rogers ?

— J'ai entendu les sirènes et j'ai voulu jeter un œil. Ce n'est pas un crime, que je sache, hein ?

— Non, mais vous êtes dans un sale état. Qu'est-ce que vous avez fait avant ? Un petit jogging dans la forêt peut-être ? Ça vous arrive souvent, de courir pieds nus alors qu'il y a des enquêtes pour homicide en cours ?

— Je n'ai rien fait. J'ai entendu des coups de feu et j'ai voulu venir voir. Et dans la précipitation, j'ai oublié mes chaussures, voilà tout. Ce n'est pas un crime que de ne pas porter de chaussures, si ?

— Non, dit Kane en fronçant les sourcils. De quels coups de feu parlez-vous ?

— Je ne sais pas, j'en ai entendu et j'ai regardé sur mon téléphone s'il y avait quelque chose dans les infos locales, mais rien.

Rogers était si nerveux qu'un tic le faisait sourire par à-coups.

— Qu'est-ce qui s'est passé, alors ? Dites-moi !

— Rien, dit Kane, avec un soupir. Un groupe de gamins s'est introduit dans le lycée et s'est amusé avec des feux d'artifice, rien de grave. Et si vous rentriez chez vous, monsieur Rogers ? dit-il en l'invitant à reprendre place dans sa voiture.

Une fois Rogers parti, il s'approcha de Jenna et continua :

— Il avait un ordinateur, sur le siège passager. Et vous avez vu comment il était habillé ? Trempé de sueur, qui plus est. Nom de Dieu, ce que j'aimerais avoir un mandat pour fouiller son téléphone !

— Regardez par ici, interrompit Jenna, en désignant des traces de pneus qui menaient jusqu'à un massif d'arbres.

— Quelqu'un s'est garé ici. Et si c'est notre tueur, il a très bien pu faire le reste du chemin à pied pour rejoindre le lycée.

— Est-ce qu'on aurait dû arrêter Rogers ?

— Pour tentative de meurtre alors qu'on n'a aucune preuve ? Non. Vu tout le temps qui s'est écoulé entre le moment où on a trouvé le corps et le moment où on l'a croisé, son avocat nous aurait fait la peau et accusés de harcèlement. Au point où on en est, autant essayer de saisir son ordinateur pour suspicion de blanchiment d'argent ou consommation de pédopornographie. C'est vous qui choisissez.

— Non. On va le laisser tranquille pour l'instant. Même si ça le fait grimper tout en haut de la liste de suspects.

— Qu'est-ce qu'on fait, alors ?

— Pour l'instant, on va chez les Bright. Les informer qu'un détraqué a découpé leur fille en morceaux.

— Oui. Quelle joie. C'est reparti.

31

Après avoir annoncé la terrible nouvelle aux parents de Kate, Jenna décida de les laisser entre les mains du révérend, qui avait promis de les accompagner à la morgue et d'aider à organiser les funérailles. Soulagée d'en avoir fini avec cette partie du boulot, elle leur dit simplement :

— N'hésitez pas à m'appeler, quelle que soit la raison.

— Oh, mon Dieu, mais comment ça a pu arriver ? répétait M. Bright, le regard vide. J'étais persuadé qu'elle était dans sa chambre, en sécurité. Pourquoi je ne suis pas allé vérifier ? Je veux être là le jour où vous attraperez ce salopard ! Je lui arracherais le cœur à main nue, si je pouvais ! Par pitié, promettez-moi que vous attraperez ce salaud.

— Je vous le promets, monsieur, répondit simplement Kane.

Jenna, quant à elle, luttait de toutes ses forces contre un nouveau flash-back. Le souvenir d'avoir été attachée par les deux psychopathes, d'être restée sans défense. C'est à peine si elle entendait la conversation. Quand une main lui agrippa le bras, elle eut envie de s'enfuir à toutes jambes, son cœur battant à toute allure, mais se força à rester focalisée sur la voix de Kane.

— Je suggère qu'on repasse plus tard, shérif, si vous le voulez bien. Il est tard, on travaillera mieux après s'être reposés.

— Oui, bien sûr, bredouilla-t-elle. Toutes mes condoléances, monsieur Bright.

— Promettez-moi que vous attraperez le type qui a fait ça à mon petit trésor. Je veux aller la voir ! Je veux voir mon trésor !

— Oui, bien sûr. On vous appelle dès que c'est possible d'aller la voir. Je suis désolée, monsieur Bright, dit Jenna en suivant Kane jusqu'à leur véhicule.

— Espérons que le révérend saura les aider à gérer tout ça.

Elle remarqua Kane se crisper.

— Je suis pas très religion, expliqua-t-il d'une voix grinçante. D'ailleurs, vu le nombre de gens que j'ai tués, supposément pour le bien de mon pays, je ne m'attends pas trop à une place au paradis. Non. Je paye déjà pour mes péchés chaque jour que Dieu fait.

— En quoi c'est mal de protéger son pays ou de sauver des vies ? demanda Jenna, confuse.

Son adjoint cultivait une façade dure et froide et n'était pas du genre à révéler ses sentiments les plus intimes, d'habitude.

— Et, qui plus est, je pensais que vous aimiez Black Rock Falls ! conclut-elle.

— Aimer, c'est un bien grand mot. Repartir de zéro, oui. Vous avoir comme patronne, encore plus. Mais ça ne change rien au fait que j'aie vu ma femme mourir sous mes yeux. Et ça ne change rien au gouffre que ça a laissé en moi. Et en plus, je suis probablement coincé ici pour le restant de mes jours, que je le veuille ou non.

— Oh là là, mais quel cauchemar ! lui lança-t-elle avec un coup de poing dans le biceps.

Waouh ! Ça fait un mal de chien ! Elle avait l'impression de s'être brisé les phalanges, alors que Kane, lui, n'avait pas bronché.

— Mais qu'est-ce qui ne va pas chez vous ? reprit-elle. Mon

pauvre chou ! Alors, comme ça, on est malheureux ? Vous voulez que Maman vous achète une tétine ? Nan, mais ça ne va pas, non ? Allez, du nerf ! Reprenez-vous !

— Je vous reconnais bien là, Jenna ! répondit Kane en lui ébouriffant les cheveux. J'ai cru qu'on vous avait perdue, pendant un instant. Mais, la prochaine fois, tapez plutôt là où c'est mou, ou alors foutez-moi un coup de genou dans les roubignoles, ce sera plus facile, sans ça vous risqueriez de vous blesser !

— Qu'est-ce que vous voulez dire ? demanda Jenna, confuse.

— Non, rien, madame. C'est juste que... ces derniers jours ont été particulièrement éprouvants, si je puis dire. Et ça fait du bien de vous avoir de retour parmi nous, c'est tout.

Comprenant soudain ce qu'il insinuait, Jenna lâcha un long soupir.

— Oui, OK, c'est vrai, les mauvais souvenirs ont recommencé, sous forme de flash-back. C'est difficile pour moi de ne pas m'imaginer à la place des victimes. Si vous ne m'aviez pas sauvée, je suis à peu près sûre que les frères Daniels m'auraient tuée et violée. Pas forcément dans cet ordre, d'ailleurs. Et j'ai beau savoir qu'ils sont morts depuis et ne peuvent plus me faire de mal, je... Oh, mon Dieu, Kane, mais qu'est-ce qui m'arrive ?

— On a tous des faiblesses, Jenna. On finit tous par craquer à un moment ou un autre. Là, tout de suite, vous avez besoin de temps pour décompresser. On a fait tout ce qu'il y avait à faire ce soir. Et on ne peut pas continuer tant qu'on n'a pas les résultats des différentes autopsies. Si vous voulez, je peux compléter le dossier ce soir et envoyer un mail au shérif d'Helena, pour le tenir au courant.

Jenna lâcha un autre soupir.

— Merci beaucoup, Kane. C'est vrai que la journée a été longue et que j'ai besoin de repos.

— Je vous ramène. Détendez-vous, prenez une douche et

après, on se retrouve chez moi pour un film, si ça vous dit toujours ?

— À une seule condition : on ne parle pas du boulot.

— Marché conclu.

Sur le chemin, Kane fit un crochet par le café Chez Tante Betty. Et pendant qu'elle l'attendait dans la voiture, Jenna observait les passants. Ce sentiment d'être observée reprit possession d'elle tout à coup. Il y avait de la musique à l'intérieur du café et à travers la vitrine, elle aperçut Lucky Briggs et Storm Crawley, en proie à une conversation visiblement houleuse. Elle se força à rester dans la voiture, mais elle avait beau essayer, impossible de penser à autre chose qu'à l'enquête en cours. Il y avait forcément quelque chose, peut-être qu'ils avaient manqué un indice ou...

Elle alluma le spot au-dessus d'elle et attrapa son carnet. Et passa en revue les notes qu'elle avait prises lors de l'entretien avec Aimée et Kate. Leurs fantasmes au sujet de Lucky Briggs. Felicity aussi en était folle. Est-ce qu'elles auraient accepté un mystérieux rendez-vous en forêt avec l'homme de leurs rêves ? Probablement. Elle-même, à cet âge-là, elle aurait fait n'importe quoi pour rencontrer les membres de son groupe préféré. Et en plus, ces deux cow-boys étaient du coin, ils pouvaient complètement avoir gagné leur confiance. Et pour les avoir interrogés, elle savait qu'ils pouvaient très bien être des violeurs. Mais des tueurs ? *Hum...*

Quand ce n'est pas la saison du rodéo, les cow-boys travaillent dans des ranchs, ça fait donc partie de leurs compétences de savoir tuer et découper le bétail. Mais ça ne voulait pas dire grand-chose. La plupart des hommes de la région pratiquaient la chasse – c'était comme un passage obligé, pour prouver sa virilité – et forcément, ça réveillait des instincts sanguinaires chez certains. Elle n'en savait pas assez sur ces deux cow-boys. Il fallait qu'elle demande à Rowley de récolter des infos auprès des habitants de la région. Il y avait forcément quelques rumeurs qui circulaient sur eux.

Qu'est-ce qu'elle avait pu manquer d'autre, pendant l'entretien des deux filles ? Est-ce qu'elle avait raté une référence cruciale ? Ou pas posé les bonnes questions ? L'esprit turbinant à cent à l'heure, elle jeta un œil au magasin d'informatique, à peine visible dans la nuit. Et c'est comme ça que se fit le déclic. *Aimée et Kate échangeaient en ligne. Est-ce que le tueur les avait piratées ?*

32

Kane s'affala dans le canapé, au côté de Jenna et lui tendit le bol de pop-corn. Elle était restée silencieuse pendant toute la seconde partie du trajet, mais elle était quand même venue le rejoindre après avoir pris sa douche chez elle. Visiblement, ces meurtres la secouaient bien plus qu'elle ne voulait l'admettre et passer la soirée devant une comédie romantique un peu niaise semblait la meilleure chose à faire.

Jenna fondit en larmes dès l'instant où il essaya de lancer le film.

— C'est bien. Essayez de lâcher prise, Jenna. Ça a été une journée difficile. Vous êtes humaine, pas une machine. C'est normal.

— Mais je suis shérif ! dit-elle entre deux sanglots. Il faut que je sois forte. Que je sois à la hauteur.

— Mais vous êtes forte, Jenna, dit-il en lui tendant une boîte de mouchoirs. Vous m'avez impressionné tellement de fois, vous ne vous rendez pas compte. Vous êtes un excellent shérif. Et je sais que les habitants sont d'accord avec moi. Ils viennent de voter pour que vous rempiliez, non ? Est-ce que ce n'est pas une preuve, ça ?

— C'est simplement parce que personne d'autre ne s'est présenté pour prendre mon poste, dit-elle en pleurant de plus belle. Et si c'était moi qui avais tout fait foirer dans cette enquête ? Si ça se trouve, j'ai manqué un indice et Kate est morte à cause de moi !

Kane lâcha un long soupir.

— Peut-être qu'*on* a manqué des indices, oui. Mais pas vous seule, toute l'équipe. Il faut que vous arrêtiez de vous sentir coupable pour absolument tout ce qui se passe en ville, Jenna. Les gens se comportent mal et commettent des crimes parfois, oui. Mais ce n'est pas notre faute, c'est comme ça. Chacun fait ses propres choix. De manière parfois sacrément dégueulasse. Et nous, tout ce qu'on peut faire, eh bien, c'est les arrêter et les envoyer en prison.

— Dans la voiture, je me suis rappelé Aimée et Kate ; elles m'ont dit qu'elles discutaient en ligne. *En ligne*, vous m'entendez ? Je ne l'avais même pas noté dans mon carnet. Alors que si le tueur a piraté leurs appareils, ça veut dire que j'ai raté un indice de taille ! Peut-être qu'on aurait pu sauver Kate !

— Arrêtez de culpabiliser, Jenna. C'est ce type qui a tué Kate, pas vous. Il faut vraiment que vous cessiez de vous ronger les sangs comme ça.

Il sortit son téléphone et appela Wolfe, en le mettant sur haut-parleur.

— Tenez. Ça va vous rafraîchir la mémoire. Salut, Wolfe, désolé de vous déranger à cette heure tardive. Dites-moi, combien de temps ça vous prendrait de retracer l'adresse IP d'un *black hat* ?

— *Je suis désolé, Dave, mais c'est compliqué. Ils passent par un nombre incalculable de proxys en même temps, dans plein de pays différents. Ça pourrait prendre des semaines. Et en plus, ils sont malins, ils changent d'équipement régulièrement. Si vous pensez que notre tueur a piraté les ordinateurs des filles, je dirais que c'est possible, mais quand même peu probable. Peut-être celui d'une des filles, mais pas tous. C'est tout ce que vous vouliez savoir ? J'aimerais finir l'autopsie et rentrer chez moi auprès de mes filles.*

— OK, merci beaucoup, Wolfe. Vous voyez ? lança-t-il en raccrochant. Ça n'a rien changé et Wolfe y avait déjà pensé. Alors, maintenant, on sèche ses larmes, on boit du vin et on va regarder ce film. On avait dit qu'on ne parlerait pas du boulot.

— D'accord, dit Jenna dans un petit couinement.

Kane s'endormit bien avant la fin puis se réveilla à cause d'une douleur dans le cou. Cela lui arrivait souvent à cette heure-là, la température baissant d'un coup en ces nuits de juin. Et la seule chose qui le maintenait au chaud, c'était le corps de Jenna contre lui. Elle s'était endormie elle aussi, la tête contre son épaule et une de ses minuscules mains agrippait fermement son t-shirt. Ses longs cils noirs caressaient le haut de ses pommettes. Elle était magnifique. Éclairée par la lumière bleue de la télévision, dans son petit pyjama blanc et ses chaussons roses. Elle avait une telle douceur et une telle vulnérabilité dans ce genre de moments que ça lui fendait le cœur. Il avait envie d'être là pour elle. En tant qu'ami et pas seulement adjoint. Bientôt, le doute libérerait son esprit et elle retomberait sur ses pattes, prête à reprendre le contrôle de ses émotions. Ça, il en était certain.

Alors qu'il se dégageait lentement pour ne pas la réveiller, les petits doigts glacés se crispèrent, agrippant son t-shirt de plus belle et Jenna poussa un petit grognement. Il décida de la porter jusqu'à son lit. Puis hésita un instant.

Jenna avait besoin d'un ami et d'une nuit reposante et sa présence auprès d'elle pourrait apaiser ses cauchemars. Alors, il la posa dans le lit et elle grogna de nouveau quand il la força à lâcher son t-shirt pour se diriger vers la salle de bains. Puis, il éteignit la télévision et vint se glisser dans le lit auprès d'elle. *Elle va me le faire payer, demain matin.*

Ça faisait une éternité qu'il n'avait pas dormi comme ça. En cuillère. Ça lui rappelait Annie, sa femme. Il se souvenait des conversations qu'ils avaient eues, sur le fait qu'il risquait de mourir au combat et que, quand ça arriverait, il lui faudrait aller de l'avant. Il se rappelait la façon dont elle prenait sa tête dans ses mains, pour lui faire promettre que, lui aussi, il saurait aller de l'avant. *J'essaie, Annie. Je te jure que j'essaie. Mais je ne t'oublierai jamais.*

Caressant la cicatrice sur son crâne, il ferma les yeux. Depuis qu'il était entré dans l'armée, il ne savait plus dormir profondément. Le moindre bruit le réveillait, comme si son cerveau restait constamment en alerte. Mais pour la première fois depuis longtemps, il passa plusieurs heures sans ouvrir l'œil ; et en se réveillant, il mit un petit temps à se rappeler pourquoi Jenna était dans son lit. Le corps de la femme contre lui était crispé, même si elle respirait calmement. *Elle fait semblant de dormir.* Il lâcha un long soupir puis roula sur le dos.

— Je sais que vous ne dormez pas. Si vous voulez une explication, je me suis réveillé vers 2 heures du matin, sur le canapé et je vous ai portée ici parce que vous étiez gelée comme la mort. C'est tout ce qui s'est passé, je vous le jure.

Jenna répondit d'un grognement, lui tournant toujours le dos.

— Je vais prendre une douche puis passer au café, j'ai une faim de loup. On se retrouve au bureau, madame.

Depuis la salle de bains, il entendit un juron particulièrement macabre et inhabituel, suivi par le son de pas lourds sur le plancher, puis par le claquement de la porte d'entrée, tellement fort qu'il se demanda si Jenna l'avait sortie de ses gonds. *On n'est pas de super bonne humeur, ce matin, hein ?*

Après un bon petit déjeuner au café Chez Tante Betty, il se rendit au bureau et se gara juste derrière la nouvelle voiture de Jenna – celle qui avait remplacé le véhicule de patrouille qu'elle conduisait depuis l'accident. Quand elle lui faisait la tête, elle arrivait toujours très en avance et Kane savait que la journée allait être particulièrement mémorable.

En entrant, il fut surpris de voir une petite blondinette à l'accueil, au côté de Magnolia.

— Bonjour, leur lança-t-il gaiement. On a du beau temps aujourd'hui !

— Regardez-moi qui débarque comme une fleur alors que le shérif est dans tous ses états ! lui lança Maggie, l'œil accusateur. Est-ce que vous voulez bien me dire ce qui se passe ?

— Je n'en ai pas la moindre idée, dit-il en haussant les épaules. Elle ne m'a rien dit, ce matin. Et l'enquête en cours est particulièrement... corsée, disons. Ce qui fait qu'elle a beaucoup de pression sur les épaules.

— Corsée, vous dites ? Effroyable, oui. Est-ce que je peux vous aider à ce sujet ?

Kane réfléchit un instant.

— Est-ce que le shérif vous a déjà demandé les coordonnées du concierge du lycée ? Il nous faudrait son nom et son adresse.

— Hum... À vrai dire, elle a déboulé ici sans un mot, en renversant tout sur son passage. Une vraie tornade. Mais vous ne trouverez personne sur le campus pendant au moins les deux premières semaines de vacances. Tout le personnel est en congé, vous savez. Mais ils vont revenir, pour arranger un peu l'endroit avant la rentrée. Le concierge devrait être de retour à ce moment-là. Je vais vous trouver tout ça et vous dire s'il est chez lui. Avez-vous rencontré notre stagiaire ? dit-elle en désignant la jolie blonde à côté d'elle. Je vous présente Emily Wolfe, une jeune fille très bien. Emily, voici l'adjoint David Kane.

— Ravie de vous rencontrer, monsieur Kane. Mon père a dit que vous aviez appelé hier soir ?

La fille avait les mêmes yeux que Shane, gris anthracite. Il lui serra la main en souriant. Elle avait beaucoup de prestance pour une fille de son âge, un air assez hautain même.

— Oui, Shane nous a beaucoup parlé de toi. Mais je ne

savais pas qu'on prenait des stagiaires. Tu veux devenir shérif plus tard, ou tu es là pour l'aspect administratif ?

— Ni l'un ni l'autre, dit la fille en balançant ses longs cheveux blonds par-dessus son épaule. Je veux devenir médecin légiste, comme mon père, pour pouvoir l'assister. Et mon école aime bien qu'on fasse des stages pendant les vacances, parce que ça présente bien, voilà la raison. Et puis, c'est intéressant, pour moi, de voir comment ça marche de faire respecter les lois dans une petite ville avec aussi peu de personnel. J'ai besoin d'être au courant de ces choses-là si je veux travailler avec Papa.

Kane fut assez surpris de voir que cette passion un peu glauque pour l'examen des cadavres se transmettait de père en fille.

— Je suis sûr que ton aide nous sera très précieuse.

La porte du bureau de Jenna s'ouvrit et ne voulant pas croiser un shérif en furie, il tourna les talons, pour rejoindre son box.

— Je ferais mieux de filer, j'ai du travail et c'est cinquante coups de fouet si je suis en retard !

Il rit en voyant l'expression choquée de la blondinette, estomaquée.

33

Jenna sirotait son café, tout en lisant les résultats d'autopsie. Elle était lessivée et seule la caféine l'aidait à tenir. Craquer devant Kane comme elle l'avait fait était impardonnable. Et se réveiller dans son lit, n'en parlons même pas. Toutes ces années d'entraînement... Envolées. *Oui*, tout le monde finit par craquer un jour ou l'autre, elle le savait. Mais ouvrir les yeux sous les draps de Kane et qu'il l'ait vue dans cet état... Il l'avait serrée dans ses bras toute la nuit, comme une petite chose fragile. Parce qu'il avait *pitié* d'elle. *Bon Dieu*, il fallait qu'elle se reprenne avant qu'il remette en cause son autorité.

Bien sûr, son comportement envers lui, le matin au réveil, n'était pas excusable pour autant. Elle lui faisait porter le chapeau pour *ses* problèmes. Alors que lui s'était juste montré bienveillant et attentionné. Il lui avait laissé voir une facette de lui qu'il gardait bien cachée habituellement. Et l'avait traitée avec le plus grand respect, en l'aidant à reprendre le contrôle de la situation. En seulement quelques mois, il était devenu son plus proche ami. Mais en tant que shérif, il fallait qu'elle montre qu'elle était solide, capable de tout endurer. Il fallait absolument qu'elle trouve quoi faire de cette situation.

Plus tard. Pour l'instant, on a des meurtres à gérer.

Déterminée, elle ouvrit la porte de son bureau :

— Wolfe ! Kane ! Venez me voir ! Immédiatement !

Les yeux fixés sur le tableau blanc, elle resta le dos tourné.

— Wolfe ! Êtes-vous sûr qu'il n'y avait que deux types d'empreintes à l'entrée de la piscine ?

— Affirmatif. J'ai vérifié, ce sont celles de Kate et Chad. On peut s'imaginer que la porte était ouverte quand Kate est arrivée et que le tueur l'a refermée derrière elle. Chad a confirmé avoir essayé de forcer le verrou. Je ne pense pas que le garçon soit suspect, madame. Par ailleurs, son père a confirmé l'heure à laquelle il a quitté la maison, c'est-à-dire 20 h 15. Et vu l'état du corps de Kate, le tueur a dû passer minimum vingt minutes à « s'occuper d'elle », si je puis dire. Beaucoup plus, probablement : on peut imager qu'il a pris son temps.

— Vous confirmez qu'elle était vivante pendant la quasi-totalité du processus ?

— Oui. Le tueur voulait qu'elle voie ce qu'il lui faisait. C'est pour ça qu'il a entaillé ses paupières.

— Assez différent des premiers meurtres, donc ?

— À quelques détails près seulement. Ce meurtre-ci était clairement prémédité, comme celui de Felicity. Et on peut s'imaginer que si le tueur a agi un tout petit peu différemment, c'est qu'il était frustré du meurtre de Joanne, imprévu et quelque peu... avorté, peut-être. Moins chirurgical aussi. Il n'avait pas ses outils sur lui à ce moment-là.

Jenna se tourna ensuite vers Kane, qui arborait un visage neutre, professionnel.

— Quand pensez-vous qu'il frappera de nouveau, adjoint Kane ?

— Cet individu est hors de contrôle. Ce peut être à tout moment. À condition qu'il soit toujours à Black Rock Falls. Jusqu'à présent, il n'y a toujours eu que deux meurtres de ce type par ville et ici, on en est déjà à trois. Ça ne m'étonnerait pas qu'il change d'endroit.

— Oui, mais ces autres meurtres ont été largement médiatisés. Ils l'ont même surnommé « Le nouveau Jack l'Éventreur ». Alors qu'ici, j'ai demandé à la presse de ne donner aucun détail. Je commence à me demander si c'est la bonne solution. Est-ce qu'il va renchérir d'autant plus à cause de ça ?

— Nourrir l'ego d'un psychopathe en diffusant les détails dans la presse n'est jamais une bonne chose. Ils adorent revivre le moment, ça les fait se sentir puissants de voir les images à la télé. Non. Presse ou pas, il va forcément recommencer. Par ailleurs, les parents ont tous dit qu'ils n'avaient pas envie de voir les détails du viol de leur fille dans les journaux. Dire qu'on suspecte un acte criminel est amplement suffisant.

Kane s'arrêta un instant, puis continua :

— Selon moi, s'il est toujours dans les parages, il est au courant qu'on est en train d'enquêter et va épier le moindre de nos mouvements, tout en planifiant son prochain coup.

— J'ai besoin que l'un de vous interroge le concierge, dit Jenna, les yeux de nouveau fixés sur le tableau blanc.

— Il est en vacances en Europe, répondit Kane. J'ai appris ça au café Chez Tante Betty ce matin. Susie Hartwig est une très bonne source d'information.

— Très bien, répondit simplement Jenna. On a surpris Rogers hier soir, dans sa voiture, pas très loin de la piscine. Et Lucky Briggs et Storm Crawley étaient en ville, au café. Sachant que ces trois-là avaient aussi été aperçus près de la forêt de Stanton au moment du meurtre de Felicity, il faut absolument qu'on sache à quelle heure les deux cow-boys sont arrivés au café. Et je veux aussi réinterroger tous les suspects, pour savoir s'ils ont un alibi, pour le meurtre de Joanne également. Demandez à Rowley de les appeler. Et si besoin, on ira aussi les voir en personne. L'ordinateur de Kate est à votre disposition,

Wolfe. Comparez avec ce que vous trouverez dans celui de Felicity, il y a forcément des choses en commun.

— C'est noté, madame. Je vais voir ce que je trouve, mais vous pouvez être sûre que c'est la même personne qui a tué ces filles. Si on considère que Joanne était un imprévu, alors il a choisi deux amies proches. Il faut qu'on garde un œil sur Aimée Fox. Elle est peut-être la prochaine. À vrai dire, je commence à m'inquiéter, moi aussi. Apparemment, Aimée est passée chez moi hier, avec une autre fille et leur mère respective. Pour aider Emily à se faire des amies. Elle est comme moi, vous savez, un peu trop intello pour être sociable, mais elle a dit que ça l'intéressait de se rapprocher des gens « qui sont potes avec le gars du magasin d'informatique ». Elle les retrouve au chez Provine tout à l'heure, après sa matinée de stage ici.

Jenna ne put s'empêcher de penser aux corps mutilés des victimes, dont les images défilaient à toute allure dans son esprit. Kane avait sûrement raison. Peut-être bien qu'elle souffrait d'un syndrome post-traumatique et qu'elle refusait de l'admettre.

— Vous devriez l'accompagner jusque là-bas et aller la chercher après.

— Je ne suis pas sûr qu'elle acceptera, madame. Ce serait lui « foutre la honte » devant ses nouveaux copains. Mais ne vous inquiétez pas, j'ai mis en place un système de sécurité avec mes filles : elles savent qu'il ne faut pas faire confiance à des inconnus et elles ont aussi plusieurs puces sur elles, pour les localiser en cas de souci. Assez similaires à celles que Kane a fait faire pour vous, d'ailleurs, mais une technologie plus avancée.

— C'est vrai que celles de Jenna n'étaient pas le top du top. *Mais* ça a quand même fonctionné, rétorqua Kane.

— Pas totalement, hein ? Les gens s'y connaissent mieux que jamais en technologie et les criminels repèrent tout objet suspect. Jenna n'a même pas pu vous contacter à cause de ça, parce que les tueurs avaient tout remarqué. Mes filles portent plusieurs *trackers* en permanence : collier, boucles d'oreilles, pins sur leur cartable. Et ils sont étanches, c'est pourquoi elles ne les enlèvent jamais. Et à la différence de vos mouchards, ma petite invention possède également un micro. Si elles les activent, non seulement je connais leur localisation, mais, en plus, j'entends tout ce qui se passe autour d'elles. J'ai néanmoins choisi de ne pas intégrer de haut-parleur, donc je ne peux pas communiquer avec elles. J'aurais trop peur que notre conversation soit repérée et que ça les mette en danger.

Jenna resta bouche bée, impressionnée par les compétences de son nouvel adjoint.

— Incroyable ! Je vous comprends. Si j'avais des enfants, je crois que je leur ferais insérer une puce sous la peau !

— Là, ça va un peu loin, interrompit Kane. Croyez-moi, j'en sais quelque chose. J'en avais une pour que le QG puisse me localiser en toutes circonstances. Et je peux vous dire que ma vie privée en a pris un coup. Mais je serais d'accord pour que Wolfe nous fabrique des puces similaires à celles de ses filles. Pour toute l'équipe. Du moment qu'elles ne s'activent pas à distance sans mon consentement, ça me va.

Jenna se hérissa, sentant le besoin de montrer *qui* était aux manettes.

— En parlant de ça, il me semble que les oreillettes sont arrivées ? On peut commencer à les utiliser dès maintenant, mais si vous pensez que ces... puces ou *trackers*, ou peu importe comment vous appelez ça, peuvent être utiles, alors c'est d'accord. Mais je voudrais la mienne dans une bague cette fois-ci. J'en ai une, à la maison, qui est très serrée, extrêmement difficile à enlever. Ça vous irait ?

— Éventuellement, si la forme correspond, avec un camée ou quelque chose comme ça.

— Entendu, dit Jenna en s'affalant sur une chaise, mains sur les tempes. Emily est très intelligente et pas trop du genre à traîner en bande, si j'ai bien compris ?

— C'est exact. Elle est très indépendante pour son âge et ne se laisse pas facilement influencer.

Wolfe réfléchit pendant un instant.

— Nom de Dieu, Jenna, ne me dites pas que vous voulez l'envoyer incognito pour qu'elle nous fasse un rapport sur ce groupe de jeunes ! C'est hors de question !

Jenna appela Maggie au téléphone, pour lui demander de faire venir Emily. La fille avait la même allure fière que son père, presque pédante.

— Bonjour, Emily. Assieds-toi, je t'en prie. J'aimerais te poser quelques questions, si ça ne te dérange pas. J'imagine que ton père t'a informée des meurtres qui ont eu lieu récemment ?

— Oui, mais je n'en ai pas parlé à qui que ce soit. Je sais que c'est *confidentiel*, dit la fille en jetant un regard noir à son père.

Jenna sourit. La petite avait du caractère.

— Oh, je ne m'inquiète pas pour ça, ne t'en fais pas. C'est plutôt que je me demandais... Si ton père est d'accord... Est-ce que tu pourrais prendre note, si l'un de ces hommes se montrait pendant ton rendez-vous avec tes amis tout à l'heure ?

Jenna prit le temps de lui montrer la liste des suspects, affichée sur le tableau blanc, avec une photo à côté de chaque nom.

— Lionel Provine, c'est le patron du magasin d'informatique, donc j'imagine que tu vas le croiser. Derick Smith était le petit ami de Felicity Parker et Steve Rogers est prof au lycée. Lucky Briggs et Storm Crawley sont des cow-boys, actuellement en ville pour le rodéo, expliqua-t-elle. Tout ce que je te demande, c'est que si l'un de ces hommes se pointe et vient parler aux filles, tu retiennes l'heure et en informes ton père. Ce serait possible pour toi ?

— Tout à fait possible, madame. Est-ce que ça te va, Papa ?

— OK, mais rien de plus. Tu ne leur parles pas. Pas un mot. N'importe lequel de ces hommes pourrait être le tueur, tu m'entends ?

— Oui, Papa, c'est compris, dit Emily en hochant la tête, faisant onduler ses longs cheveux blonds.

Puis elle sortit son téléphone, pour prendre la liste des suspects en photo.

— Je vais rogner l'image, ne vous inquiétez pas. Histoire que rien d'autre ne soit visible au cas où je perdrais mon téléphone. Je te tiens au courant par message de ce qu'on fait, dit-elle en souriant à son père. Si on se pose au café, quand on retourne au magasin d'informatique, tout ça... De ce que je sais, les filles restent dans le coin. Elles ont peur, maintenant qu'on sait pour Kate. Même si elles ne connaissent pas les détails. Donc elles restent en groupe, mais j'ai l'impression que personne n'est au courant pour Joanne Blunt.

— Joanne était seulement de passage, répondit Jenna. Mauvais endroit au mauvais moment. Elle n'avait aucun lien avec les autres victimes, ce qui rend notre tueur d'autant plus dangereux. Fais attention à toi, cet après-midi, d'accord ? J'ai hâte d'avoir ton rapport.

Dès qu'Emily eut quitté la pièce, Jenna se tourna vers Kane.

— Je veux qu'on garde un œil sur elle. Est-ce qu'on a pu installer des caméras devant le magasin ?

— Oui. Il y en a une pile en face du magasin d'informatique et du café Chez Tante Betty. Et six autres dans la même rue. Elles peuvent être utilisées à distance depuis la nouvelle salle de contrôle. Pour zoomer, changer l'angle, etc.

— Combien de temps dure la bande ? demanda Jenna en tapotant sur son bureau. Est-ce que ça s'efface toutes les douze heures, est-ce qu'il faut la changer pour garder une trace ?

Wolfe ne put s'empêcher d'éclater de rire.

— Qu'est-ce qu'il y a de si drôle ?

— Tout est numérique, maintenant, madame. Et ne vous inquiétez pas, on a plusieurs téraoctets d'espace de stockage, tout va bien. On peut conserver l'intégralité des images pendant au moins six mois, voire un an. Et si d'ici là, il n'y a pas eu de crimes, on pourra les archiver. D'ailleurs, maintenant que j'y pense, je pourrais nous créer une appli, pour qu'on puisse regarder les images en direct sur nos téléphones, ça peut s'avérer utile.

Elle acquiesça.

— Faites ça aussi vite que possible, si vous le voulez bien. Je vais demander à Rowley de commencer les interrogatoires par téléphone, mais j'ai peur qu'il faille courir après Lucky Briggs et Storm Crawley. Ça m'étonnerait qu'ils aient leur téléphone à la main en pleine compétition. Le rodéo a commencé aujourd'hui, si je ne m'abuse ?

— Je peux vous y emmener, si besoin, proposa Kane, d'un air nonchalant. J'ai embauché quatre adjoints du bureau de Blackwater pour veiller à la sécurité sur place jusqu'au week-end. Puisque nous, nous y serons incognito, je vous rappelle. Et c'est le nouveau maire qui les paye, pas besoin de passer par nous.

— Oui, je me souviens de vous avoir demandé d'arranger ça avec Petersham, merci beaucoup, répondit Jenna sèchement, irritée de voir qu'il avait de nouveau pris les devants.

Oui, il l'avait tenue informée du financement des caméras, mais *pas* du paiement des renforts humains venus d'un autre comté.

— Et il a accepté de nous laisser engager une nouvelle recrue aussi. Mais un bleu. Pas assez de budget pour un autre ex-*marine*, dit Kane avec un petit rire. Est-ce que j'attends qu'on ait attrapé le tueur avant de poster une annonce, ou est-ce que je m'en occupe tout de suite, madame ?

— On va attendre, dit Jenna en secouant la tête. Vous avez déjà assez de choses à gérer et c'est pas le moment de former de la bleusaille.

Kane avait baissé sa garde, la nuit précédente, en lui montrant toute la douceur qu'il cachait sous son armure d'acier. Au lieu de le repousser comme elle le faisait, elle aurait dû se montrer plus tendre avec lui, l'encourager à partager ensemble des moments de détente. La soirée s'était si bien passée. Ils se comprenaient parfaitement l'un l'autre ; et le fait qu'il tienne à elle suffisamment pour la serrer dans ses bras toute la nuit voulait dire beaucoup. Elle ne put s'empêcher de sourire à cette pensée et aperçut une vague de soulagement sur le visage de Kane.

— Merci d'avoir géré tout ça avec le maire, lui lança-t-elle, plus gentiment. À vrai dire, je le trouve un peu condescendant. Trop vieux jeu pour moi. Il doit faire partie de ceux qui se disent que shérif, ce n'est pas un métier de femme.

— Croyez-moi, madame, de vous à moi, tout le monde en ville sait qui est aux manettes ici, répondit Kane dans un sourire.

34

Kane remarqua combien ce compliment la faisait rougir.

— Si ça vous va, madame, je vais aller interroger les cow-boys.

— Attendez une minute. J'aimerais vous dire deux mots avant ça. Wolfe, si vous avez besoin d'un endroit tranquille pour fouiller les ordinateurs, utilisez le nouveau centre de contrôle. Comme ça, vous pourrez faire d'une pierre deux coups et garder un œil sur Emily.

— Oui, très bonne idée, madame. Il me faudrait l'adresse IP de Chad et de leurs autres amis. Pour avoir une meilleure idée de leurs interactions et voir si je trouve quelqu'un qu'on n'arrive pas à identifier. Est-ce que vous m'autorisez à appeler les parents pour récolter cette information ?

— Pas de problème, faites donc.

Pas sûr de la sauce à laquelle il allait être cuisiné, Kane s'efforça d'adopter une pose nonchalante, une cheville posée sur son genou.

Jenna resta debout une fois Wolfe parti et se posta devant lui, une expression confuse sur le visage.

— Que puis-je faire pour vous, madame ? demanda-t-il avec son plus beau sourire.

— Ce qui s'est passé la nuit dernière... C'est OK. Je sais que je n'étais plus trop moi-même ces derniers temps, dit-elle en portant ses mains à son visage. Et avant que vous posiez la question : oui, j'ai des flash-back affreux, mais ça va, je gère. Mon comportement envers vous ce matin était intolérable. Je n'aurais pas dû boire ni vous importuner avec mes problèmes. Ce n'était pas très bienvenu dans les circonstances que vous vivez et j'en suis désolée, je vous promets que ça n'arrivera plus.

— Que voulez-vous dire ?

— Vous avez perdu votre femme il y a peu. Me retrouver dans votre lit était impardonnable.

— Ça fait plus d'un an et demi, Jenna, dit-il en remarquant les yeux bleus du shérif se voiler de chagrin. Vous êtes mon amie et on avait tous les deux besoin d'un peu de réconfort, voilà tout. Croyez-moi, dormir seul après avoir passé cinq ans auprès d'Annie... C'est une torture. Quand j'étais en mission, c'était le fait de savoir qu'elle m'attendait à la maison qui me faisait tenir. Ça faisait longtemps que personne ne m'avait tenu dans ses bras.

Il lui caressa la main du bout des doigts.

— Parfois, on a besoin d'une épaule sur laquelle pleurer, c'est normal. C'est ça qui nous rend humains.

Jenna acquiesça, le regard dur.

— Je suis d'accord. Et j'apprécie beaucoup les moments que nous partageons hors des heures de service, mais... Il ne faut pas mélanger la vie privée et la sphère professionnelle.

Kane resta silencieux un moment. Ses rêves d'avoir une vie de famille, avec une femme et des enfants dans une jolie maison, étaient morts en même temps qu'Annie, mais il avait une vraie affinité avec Jenna. Elle était presque une âme sœur, d'une certaine façon.

— Moi aussi, j'apprécie votre compagnie, répondit-il. Et

avec tout ce qui se passe en ce moment, mieux vaut ne pas rester seuls avec nos angoisses. Venez donc dîner, ce soir. On regardera la fin du film.

— OK. Tenez-moi au courant de comment ça s'est passé avec les cow-boys.

— Oui, madame, dit-il en lui lâchant la main, prêt à partir.

En ce premier jour de rodéo, il y avait foule dans les rues, au grand plaisir des commerçants et les passants arboraient leurs plus beaux ensembles, mêlant paillettes et franges de cuir. Se frayant un chemin entre les stands, au milieu du brouhaha ambiant et de la country diffusée par les haut-parleurs, Kane s'efforçait de sourire et de saluer les habitants ; mais en vérité, le souvenir des corps mutilés ne le quittait pas. Aussi gardait-il un œil alerte, prêt à repérer tout individu au comportement suspect. Quelque part dans cette foule de joyeux lurons, il y avait une bête sans pitié, un monstre qui pouvait cueillir une autre fille à n'importe quel moment.

En approchant du café Chez Tante Betty, il remarqua deux filles qui discutaient avec Steve Rogers à l'intérieur. Un frisson lui parcourut l'échine en reconnaissant Aimée Fox. Il se gara le long du trottoir et il les observa pendant un long moment. Steve Rogers avait l'air bien différent en compagnie de ces demoiselles. Tout sourire, jovial. Solaire, même. Rien à voir avec le mari tyrannique qu'il avait interrogé. Cet homme pouvait très bien être le tueur. Quelque chose lui disait que Steve Rogers n'était pas celui qu'il prétendait être.

Désireux d'observer tout ça de plus près, il sortit du véhicule et se dirigea vers le café. Après avoir commandé au comptoir, il se dirigea vers le trio. Tous trois étaient visiblement fascinés par ce qu'ils voyaient sur le téléphone d'une des deux filles.

— Comment allez-vous, ce matin, monsieur Rogers ?

— Très bien, merci. Je discute avec deux de mes élèves, à la vue de tous. Rien d'illégal dans tout ça, si ?

— Non, répondit simplement Kane. Je vois qu'Aimée vous a montré quelque chose qui a l'air fascinant sur son téléphone et je me demandais ce que ça pouvait bien être. Je dois dire que j'ai croisé plusieurs jeunes surexcités, qui courent dans tous les sens, comme si leur vie en dépendait.

— C'est un nouveau jeu ! dit Aimée. Ça marche avec la caméra du téléphone. Il faut s'en servir pour attraper les personnages et monter en niveaux. Et il paraît qu'on gagne un autre jeu si on arrive à la fin.

Kane observa l'écran et vit l'intérieur du café, à la différence près qu'un petit personnage d'animation lui faisait signe, comme s'il était présent avec eux dans la pièce.

— Incroyable ! s'exclama-t-il. Un jeu qui interagit directement avec la caméra et le système de géolocalisation du téléphone. J'imagine que vous savez tout sur ce type de technologie, monsieur Rogers ?

— Mes compétences ne vont pas jusque-là. Sinon je ne serais pas enseignant, mais millionnaire ! Même si j'ai plus d'un tour dans mon sac, je dois l'avouer.

— Je n'en doute pas.

Kane se tourna vers Aimée.

— Tu te rappelles ce que ta mère t'a dit. Surtout, ne te balade pas toute seule.

— Ne vous inquiétez pas, monsieur. La mère de Julia est en ville, pas loin, et M. Rogers peut m'accompagner jusqu'à ma voiture, il est garé juste derrière moi. On a dû se mettre au parking de la bibliothèque, il n'y avait plus de places nulle part !

Kane acquiesça d'un signe de tête et voulant s'assurer que Rogers savait qu'on le surveillerait de près, il ajouta :

— C'est bien. C'est un bon endroit, pour se garer. Il y a des caméras et aussi un agent qui monte la garde. Tu devrais être en sécurité là-bas, mais reste vigilante, d'accord ? Tu peux croiser quelqu'un de dangereux à tout moment.

— Je pensais que c'était votre travail de protéger les habitants, monsieur l'adjoint ? ironisa Rogers.

Kane haussa les épaules et remarqua Susie Hartwig qui l'appelait au comptoir.

— Oui, mais je suis sûr que ces jeunes filles sont conscientes du danger que peut apporter le rodéo. En plus du fait que trois jeunes femmes ont été retrouvées mortes, récemment.

Tendant sa carte aux deux filles, il ajouta :

— S'il y a quoi que ce soit, surtout n'hésitez pas. Vous pouvez m'appeler à toute heure du jour ou de la nuit. Restez vigilantes, mesdemoiselles, je vous en supplie.

— Et moi ? Je n'ai pas droit à une carte, moi aussi ? s'écria Rogers. Vous ne pensez pas que *tous* les habitants sont en danger pendant cette invasion de brutes ?

— Avec tout mon respect, monsieur, vous n'avez pas vraiment l'air d'une adolescente, dit Kane, en s'efforçant de ne pas sourire.

Puis il se pencha, pour lui murmurer à l'oreille :

— Croyez-moi, je suis la dernière personne que vous avez envie d'appeler. J'en ai croisé tout un tas, de types comme vous et je sais ce qui se cache derrière le masque.

Satisfait de voir Rogers perdre de ses couleurs, Kane tourna les talons, pour aller chercher sa commande au comptoir. *Tu mijotes quelque chose, toi, espèce de salopard...*

35

Kane appela Jenna pour lui faire part de ses observations dès l'instant où il grimpa dans son véhicule.

— Il faut qu'on garde un œil sur Rogers.

— *Je suis d'accord. Un homme sensé ne traînerait pas avec ses élèves dans un moment pareil.*

— Et en plus, il a voulu me faire passer pour un idiot incompétent, dit Kane avant d'engloutir son café. Il me fait flipper, ce type, je le sens pas du tout. Je crois qu'il prépare quelque chose. Et j'ai l'instinct, pour ces choses-là.

— *Bien reçu. Je vais faire passer l'info à Wolfe pour qu'il le surveille via la salle de contrôle. Et je vais demander à Rowley s'il peut sortir cet après-midi, pour guetter ses mouvements. Je vais aussi appeler chez lui, voir si sa femme est de retour. Elle était très coopérative la dernière fois, peut-être qu'elle pourra nous en dire plus sur sa petite escapade d'avant-hier soir.*

— Très bonne idée. Mais on reparle de tout ça plus tard, madame. Pour l'instant, je file interroger Lucky et Storm.

En passant devant le motel, il remarqua un cow-boy en train de fumer dehors et s'arrêta pour aller l'aborder, en prenant soin d'avoir l'air le plus amical possible.

— Bien le bonjour ! Dites-moi, est-ce que Lucky Briggs est dans les parages ?

— Ah non, il a épreuve de lasso, là, tout de suite, répondit le cow-boy en écrasant son mégot sur le sol. Et puis je n'irais pas si j'étais vous. Lucky n'est pas très pote avec les poulets.

Kane ne put s'empêcher de rire.

— Oh, vous savez, on fait de bonnes actions aussi. Par exemple, je suis assez sûr que cette bague qu'on a reçue aux objets trouvés lui appartient, mais il va falloir qu'il me prouve qu'il était au bon endroit au bon moment s'il veut la récupérer.

— Il est sorti hier, avec Storm. Ils sont allés dans un bar, le Triple Z. Ils sont partis vers 18 heures, rentrés vers 22. Dites-lui que Zeke veut une récompense, dit l'homme avec un grand sourire arrogant.

— Pas de problème. Je vais aller voir si je le trouve près des arènes. Merci de votre coopération.

Il appela ensuite Rowley, pour en apprendre plus sur le Triple Z.

— Qu'est-ce que vous sauriez me dire sur l'endroit ?

— *C'est sur un chemin perpendiculaire à l'allée principale, côté campus. Ouvert tous les soirs du lundi au samedi. C'est un bar de quartier, probablement qu'ils vendent de l'alcool de contrebande, mais c'est assez miteux, tout le monde n'a pas les moyens de se payer le Cattleman. C'est pour ça que les cow-boys y vont souvent et déclenchent des bagarres. Pas trop l'endroit où emmener sa fiancée, quoi. Enfin... Il y a des filles aussi, mais elles ont leur prix, si vous voyez ce que je veux dire.*

Kane fronça les sourcils.

— Comment ça se fait que je n'en aie jamais entendu parler ?

— *Eh bien... C'est-à-dire que personne ne vient s'en plaindre chez nous. Croyez-moi, ils n'ont pas envie qu'on débarque là-bas et que le maire fasse fermer l'endroit. C'est le seul bar à des kilomètres à la ronde. Et c'est le patron du Cattleman qui gère la buvette du rodéo. Pareil pour celle du stade des Larks. Et il est strict, il a un code vestimentaire et tout, il ne laisse pas entrer les mecs qui puent le crottin de cheval.*

— À quelle distance du lycée, vous m'avez dit ?

— *Moins de cinq kilomètres, je dirais.*

— Ce qui veut dire que Lucky et Storm n'étaient pas loin au moment du meurtre de Kate. Le shérif les a aperçus au café Chez Tante Betty peu après.

Il soupira.

— Je vais aller les interroger de ce pas, transmettez au shérif ce que j'ai découvert.

— *Bien reçu.*

Les pensées de Kane se bousculaient dans sa tête. Suite à son profilage, les cow-boys étaient descendus de quelques places dans la liste des suspects, mais en prenant ces nouvelles informations en compte, le calcul se corsait. Ils avaient très peu de preuves et de nouveaux suspects de tous côtés. Il fallait absolument qu'il fasse le tri avant que ce taré frappe de nouveau.

Les cow-boys avaient beau avoir l'air louches, aucun des deux n'avait l'air assez intelligent pour pirater un ordinateur. Et *en même temps*, les deux voyageaient beaucoup et avaient toutes les filles à leurs pieds. Vu la fascination qu'avaient Kate et Felicity pour le rodéo, il ne fallait pas grand-chose pour les appâter. Mais les deux hommes n'étaient quand même pas assez stupides pour tuer Joanne, en laissant le cadavre dans un endroit qu'ils avaient admis fréquenter, si ? Et *en même temps*, Kate pouvait très bien avoir changé l'heure de son rendez-vous avec Chad pour lui cacher qu'elle avait rendez-vous avec Lucky Briggs. *Bon sang, si Wolfe avait trouvé de l'ADN, on ne serait pas là à tourner en rond.*

Kane se fraya un chemin parmi la foule de spectateurs, puis consulta le programme de la journée. Ses suspects enchaînaient épreuve sur épreuve et, d'après les annonces, Lucky venait de finir premier à celle de la monte de taureau.

Alors qu'il se dirigeait vers un groupe de participants, adossés contre la barrière au bord de l'arène, Lucky escalada le grillage et atterrit devant lui, couvert de poussière et de transpiration, un sourire sur le visage plus grand que l'État du Texas.

— Toutes mes félicitations ! lui lança Kane. Est-ce qu'on peut discuter deux minutes ?

— D'habitude, c'est plutôt un autographe qu'on me demande, dit Lucky en passant une main dans ses cheveux trempés de sueur. Ça vous dérange si je bois un coup d'abord ? Ça vous assèche, ces choses-là.

Kane le suivit dans un hangar où s'affairaient des hommes avec des numéros sur leur t-shirt. Lucky sortit une bouteille d'eau d'un des frigos et en engloutit le contenu.

— Qu'est-ce que je peux faire pour vous ? dit-il en laissant tomber la bouteille à même le sol, avant de s'essuyer la bouche d'une main gantée et poussiéreuse.

— Est-ce que vous êtes retourné au bassin rocheux, l'après-midi après notre entretien de la dernière fois ? demanda Kane en s'adossant nonchalamment contre la porte.

— *Nan*, dit Lucky en se frottant le visage avec un chiffon. La presse est venue nous interviewer, ça a pris toute l'après-midi.

— J'ai cru comprendre que vous étiez au Triple Z hier soir, avec Storm ?

— Et ? On est en âge de boire, à ce que je sache !

— Est-ce que vous êtes passés par Stanton Road pour rejoindre la ville ?

— Y'a pas d'autre chemin, j'vous mentirais si je vous disais non. Mais moi aussi, j'ai une question pour vous, dit Lucky en fronçant les sourcils. Pourquoi vous me demandez ça ?

— Il y a eu un incident sur le campus du lycée et j'interroge tous ceux qui se trouvaient à proximité, voilà tout. À quelle heure avez-vous pris la route pour vous rendre au bar ?

— On est partis du motel vers 18 heures, si je me souviens bien.

Une goutte de sueur s'écoula du front de Lucky et poursuivit son chemin le long de son cou.

— Ensuite on est retournés vers le centre-ville, pour dîner au Chez Tante Betty. D'ailleurs, je vous y ai vu, commander à emporter, ça devait être vers 22 heures.

— Est-ce que vous avez croisé qui que ce soit sur Stanton Road ? Ou vu des voitures garées non loin de là ?

— Putain, mais vous remarquez ce genre de choses quand vous conduisez, vous ? Si je vois une jolie fille sur le bord de la route, je remarque, mais je ne regarde pas les bagnoles ! Quoique, maintenant que vous le dites, j'en ai vu une, de jolie fille. Elle avait un sweat à capuche, je n'ai pas bien vu son visage, mais elle avait de ces jambes, mon vieux ! Jean bien serré comme on les aime et bottes de cow-girl parce que c'est trop la classe, dit-il avec un clin d'œil. Elle marchait en direction du lycée. C'est tout ce dont je me souviens.

Bon sang, il a vu Kate !

— Vous diriez que c'était à quelle heure ?

— On était sur le chemin pour aller au Triple Z, donc vers 18 h 30, quelque chose comme ça.

Kane tourna la page, pour avoir une feuille blanche et lui tendit le carnet.

— J'ai besoin d'un témoignage écrit. Il me faut l'heure, la description de cette jeune femme et votre signature. Si vous le faites maintenant, pas besoin de me suivre au bureau du shérif.

— OK, si vous insistez.

Lucky s'exécuta, appuyant le carnet contre un mur, puis signa avec beaucoup de théâtralité. Kane l'avait eu, son autographe, finalement.

— Et voilà pour vous ! Il vous faut autre chose ?

Kane lut son témoignage, puis data et signa le document.

— Oui. Vous savez où est Crawley ?

— Dans la sellerie, là où on a discuté la dernière fois.

Kane hocha la tête puis tourna les talons et s'élança dans la foule, slalomant entre les tas de crottins et autres mares d'urine. Peu importe le lieu, le rodéo, c'était toujours le même mélange d'odeurs : oignons frits, cheval, transpiration et bouse de vache. Essuyant la sueur qui commençait à perler sur son front, il se dirigea vers les écuries. Crawley était bien là, en train de récurer sa selle. L'interrogatoire se déroula à peu près de la même façon et lui aussi se souvenait avoir vu Kate.

— Je n'étais pas du bon côté de la voiture, je ne l'ai pas bien vue, mais je sais qu'elle avait de longues jambes et un sweat à capuche. Pas du tout vu son visage. Mais je me rappelle avoir croisé une berline, qui quittait Stanton Road pour rouler en direction de la forêt. Je me suis dit que c'était sûrement un couple en recherche d'intimité, si vous voyez ce que je veux dire.

Alors ça !

— Vers quelle heure c'était ?

— Je saurais pas vous dire. Mais quand on est repassés, au retour, elle était toujours là. On n'est pas restés longtemps au Triple Z. Seulement quelques heures. Lucky avait faim, donc on a bougé au café Chez Tante Betty, vers 21 heures. On vous y a vu, d'ailleurs. Commander à emporter pour votre fiancée le shérif, lança Storm avec un sourire taquin.

— Il faut bien manger. On est humains aussi, vous savez.

Après ça, il demanda à Crawley de coucher son témoignage sur papier puis se remit en route, bravant la foule une nouvelle fois, évitant de justesse les gamins qui couraient avec des ballons ou des hot-dogs plus gros que leur bras.

Une fois dans la voiture, il appela Jenna.

— J'ai un témoin qui a vu la voiture de Steve Rogers près du lycée vers 18 h 30 et deux qui ont aperçu Kate marcher le long de Stanton Road à la même heure.

— OK. Avec ça, on a de quoi l'inculper. Je commence la paperasse illico.

36

L'homme peinait à choisir la prochaine fille. L'odeur de Kate était encore proche et lui emplissait les narines. Concentré, il se faufila dans une ruelle sombre pour sortir son portable à l'abri des regards. Les photos de ses filles, toutes ses filles, n'étaient qu'à quelques caresses tactiles de là, cachées dans un dossier secret de l'appareil. Il avait envie de se rafraîchir la mémoire, d'admirer le fruit de son travail.

Alors que les photos de la dernière fille, la blondinette, s'affichaient à l'écran, son cœur fit plus d'un bond dans sa poitrine. Il se rappelait la sensation du couteau entre ses mains. La frayeur dans ses yeux et le goût de son sexe. Prenant le temps de savourer chaque image et de se remémorer chaque instant, il sentit la sueur qui commençait à perler sur son dos. Chaque fois qu'il regardait son œuvre, il avait envie d'en ajouter une autre à sa collection.

Tellement de filles parmi lesquelles choisir. Tellement de possibilités, pour s'amuser, à chaque fois différemment.

En relevant la tête, il aperçut un groupe de filles qui discutait non loin de là. Et ne put s'empêcher de sourire. La fille qu'il avait trouvée par hasard dans la forêt lui avait prouvé qu'il était invincible. Un de ces jours, il pourrait en attraper une dans la rue. Et après ça, la presse n'aurait plus le choix que de parler de son art. Alors que l'excitation montait en lui, il se retint de lâcher un grognement. La fille de la forêt s'était bien battue, mais personne n'échappait à son couteau. Personne.

Il pensa alors au shérif. Une belle femme, digne de lui, qui allait subir tout le poids de sa colère. Elle aussi, il l'aurait bientôt. Et il profiterait de chaque seconde. Cette façon qu'elle avait de se pavaner comme si la ville lui appartenait l'insupportait de plus en plus. Elle avait besoin qu'on la dompte, qu'on la remette à sa place. *Elles finissent toutes par me supplier. Toutes.*

Ses ridicules adjoints ne faisaient pas le poids. Eux aussi, il les aurait, un par un, à sa manière. Traitement spécial.

À contrecœur, il finit par ranger son téléphone. Il fallait qu'il commence à planifier. Alors qu'il tentait de se décider, tremblant sous l'enthousiasme, les visages de ses filles défilaient un par un dans sa mémoire. *Qui sera la prochaine ?*

37

Grâce aux témoignages des cow-boys, qui venaient s'ajouter à ceux des filles au sujet du meurtre de Felicity, le mandat d'arrêt concernant Steve Rogers finit par être accepté. Jenna et Kane se retrouvèrent au bureau, satisfaits.

— Bon travail, lança le shérif. On dirait bien qu'on a notre tueur.

— Et juste à temps, il semblerait. Il a été vu en ville il y a à peine une heure, à discuter avec Aimée et une de ses amies, Julia Smith. Wolfe a jeté un œil aux caméras. Il l'a vu garer sa voiture devant la bibliothèque, j'imagine qu'il va finir par y retourner. J'ai tellement hâte d'arrêter ce salopard.

— Je viens de le voir à la caméra, interrompit Wolfe, en sortant de la salle de contrôle. Acheter le journal sur un stand devant l'église.

— À croire qu'il veut voir si on parle de lui. C'est typique de ce genre d'*artistes*. Ils adorent revoir les images, ça leur fait revivre le meurtre. Ça doit le rendre dingue qu'il n'y ait rien aux infos.

— Merci, Wolfe. Je m'occupe de l'arrestation avec Kane. On y va !

Alors que le véhicule longeait la rue principale, Jenna remarqua la façon dont Kane tambourinait sur la boîte à gants.

— On va l'avoir. Pas d'inquiétude.

En arrivant près de l'église, elle aperçut Rogers qui se dirigeait vers le magasin d'informatique et sortit du véhicule. Elle n'eut même pas le temps de faire deux pas que Kane l'avait déjà menotté et plaqué contre un mur. Impressionnée, elle s'avança.

— Steve Rogers, au nom de la loi, je vous arrête. Kane, emmenez l'accusé jusqu'au véhicule. Circulez, y'a rien à voir ! lança-t-elle à la foule de badauds qui s'étaient rassemblés autour de l'événement.

Kane se fraya un chemin au milieu des passants, les écartant d'un coup d'épaule. À sa grande surprise, Rogers ne se débattait pas et se laissa docilement emmener jusqu'au véhicule. Il se contenta de hocher la tête, alors que Jenna lui rappelait ses droits.

— Si vous voulez appeler mon avocat, sa carte est dans mon portefeuille, lança l'homme avec un regard noir.

— Très bien. Est-ce qu'on prévient aussi votre femme ?

— Elle m'a laissé tomber et ne vous en mêlez pas ! Je n'ai aucune envie d'échanger avec elle. Et je sais que vous lui parlez derrière mon dos, j'ai entendu vos messages sur son répondeur.

Alors c'est pour ça qu'elle n'a jamais rappelé.

— Comme vous voudrez.

En arrivant au bureau, elle observa Kane et la façon dont il agrippait fermement l'accusé avant de le laisser entre les mains de Walters.

— Ne lui donnez pas de raisons de porter plainte, lui chuchota-t-elle. C'est compris ?

Elle avait bien remarqué combien Kane bouillonnait.

Quand Wolfe entra dans la pièce, elle l'attrapa par le bras.

— Je sais que vous mourez d'envie de le pulvériser, tous les deux, mais il reste présumé innocent jusqu'à preuve du contraire. Et les preuves qu'on a ne sont pas des plus solides, donc ne nous attirez pas d'ennuis, messieurs. J'ai néanmoins obtenu un mandat pour saisir son véhicule, c'est en train de se faire en ce moment même. Où est-ce que vous voulez faire la fouille, Wolfe ?

— L'idéal serait un lieu le plus stérile possible, pour qu'on ne nous accuse pas d'avoir truqué les preuves, mais j'imagine que le garage de la morgue fera l'affaire pour cette fois. Assurez-vous que personne ne touche à la voiture. Est-ce que j'y vais tout de suite pour superviser ?

— OK, mais fouillez Rogers d'abord. La voiture peut attendre un peu et il faut appeler son avocat.

Elle jeta un coup d'œil anxieux en direction de Kane, espérant qu'il saurait garder son sang-froid. Puis Rowley frappa à la porte.

— J'imagine que je n'ai plus besoin de camper devant chez les Rogers ce soir ?

— Non, mais je vais avoir besoin de vous cette nuit pour le surveiller ici. De minuit à 7 heures du matin. Puis Walters prendra le relais. J'imagine que Rogers va demander une libération sous caution, qui va lui être refusée et qu'après ça, il sera transféré en prison en attendant l'audience.

— L'avocat ne va pas nous rater, interrompit Kane. Il nous faut le plus de preuves possible à montrer au procureur, sinon la caution risque de marcher. Wolfe est parti superviser l'enlèvement du véhicule, mais il nous faudrait un mandat pour fouiller la maison.

— C'est déjà prêt, répliqua Jenna en lui tendant les documents. Je dois rester ici pour accueillir l'avocat, mais allez rejoindre Wolfe. Vous aussi, Rowley. Fouillez le véhicule, puis la maison. Ça ira plus vite si vous êtes trois sur le coup. Et vous pourrez vous reposer après, avant votre service de ce soir.

— Oui, madame.

Kane se tut un instant puis ajouta :

— Vous êtes sûre que vous n'avez pas besoin de moi ici ?

Surtout, ne le laissez pas sortir de sa cellule. Il fait le gentil, là, tout de suite, mais je ne lui fais pas confiance.

— Je sais comment gérer un prisonnier, Kane. Allez, dépêchez-vous !

Et voilà... Kane le protecteur, le retour.

Tasse de café en main, elle informa Walters du changement de programme, puis accueillit Samuel Jenkins, l'avocat, aussi amical qu'un chien enragé. Le regardant droit dans les yeux, elle lui lança son plus beau sourire.

— Bonjour, monsieur Jenkins. Vous êtes arrivé ici en un temps record, dites-moi ! Pas la peine de courir, vous savez.

— Qu'est-ce que vous avez comme preuves contre mon client ? Qui est-il supposé avoir tué ?

Jenna prit une grande inspiration, humant l'odeur de son café. Elle avait besoin de gagner du temps. Ce qu'elle avait pour l'instant, ce n'était pas assez, elle le savait. Mais avec un peu de chance, ses adjoints trouveraient quelque chose dans la voiture ou la maison.

— Asseyez-vous, je vous en prie. Et fermez la porte derrière vous. J'ai ici des copies des témoignages de plusieurs personnes, mais il vous faut d'autres éléments pour en comprendre la pertinence.

— Quels témoins ? Témoins de quoi exactement ?

Le regard que lui lançait Jenkins était à en paralyser plus d'un.

— Je suis tout à fait en mesure de déposer plainte pour harcèlement, vous savez, dit-il en s'installant nonchalamment en face d'elle. D'ailleurs, je compte m'en plaindre auprès de votre employeur, le maire, directement.

— Je vois, répondit Jenna en faisant mine de rassembler ses papiers. Écoutez : trois filles ont été brutalement assassinées. Felicity Parker, Joanne Blunt et Kate Bright. Les témoins — d'ailleurs je dois ajouter que Kate Bright en faisait partie ; j'ai son témoignage ici, comme vous le voyez — ont aperçu

M. Rogers en bordure de forêt au moment du premier meurtre et il était également présent sur les lieux du dernier meurtre en date. Il connaissait d'ailleurs personnellement deux des victimes et nous pensons qu'il a piraté leur ordinateur afin de connaître leur localisation et préméditer ses crimes. Comme vous le savez, votre client est un expert en informatique.

Jenkins resta bouche bée, mais ne dit rien.

— À l'heure actuelle, nous procédons à une fouille de son véhicule et de son domicile. Par ailleurs, tout ordinateur sera saisi et passé au peigne fin.

Elle prit le temps d'avaler une gorgée de café avant de reprendre :

— J'ai rappelé ses droits à votre client et il a choisi de garder le silence. Si vous souhaitez lui parler, je peux vous guider jusqu'à sa cellule.

Jenkins prit soin de lire tous les documents et d'en faire tout un spectacle, ponctué de soupirs méprisants.

— Vous n'avez *rien*. Que des suppositions. Je souhaite m'entretenir avec mon client. Seul à seul.

Jenna jeta un regard désemparé vers le muffin qui trônait sur son bureau.

— Très bien, je vous y emmène. Mais sachez que nous allons l'interroger après ça. Par ailleurs, un appel à témoins vient d'être publié dans la presse ; sachez que nous aurons bientôt d'autres témoignages. Nous transmettrons le résultat des fouilles au procureur. Je suis sûre qu'en toute transparence, il vous en tiendra informé en temps voulu.

Laissant l'accusé seul avec son avocat, elle retourna à son muffin. *Pourvu que les adjoints trouvent quelque chose.*

38

Une fois pleinement équipés, les adjoints s'attaquèrent à la fouille du véhicule. En ouvrant le coffre, une odeur nauséabonde les frappa de plein fouet.

— Je crois qu'on a quelque chose ici, dit Kane en faisant signe à Rowley, qui prenait des photos. Des bottes boueuses et une pelle. *Tiens donc...*

— On dirait bien qu'il y a aussi du sang et des cheveux, ajouta Wolfe. J'en ai aussi collecté à l'intérieur du véhicule et ai fait des prélèvements sur toutes les zones suspectes. Rowley, occupez-vous d'emballer les objets pendant que Kane prélève les empreintes. Il vaut mieux qu'un seul d'entre nous s'occupe des sachets pour pièces à conviction, histoire qu'on ne se marche pas sur les pieds.

— Entendu, dit Rowley en grimaçant face à cette odeur de mort.

— Bonne idée, ajouta Kane. J'ai hâte de voir ce qui ressort au luminol.

— Moi aussi.

Après avoir prélevé les empreintes, Kane s'arrêta pour observer Wolfe, impressionné par la minutie du nouvel adjoint.

L'homme était si méthodique que rien ne lui échappait. Au bout d'une heure de prélèvements, Wolfe s'estima satisfait et aspergea le véhicule de luminol. Kane resta bouche bée devant la quantité de taches qui ressortait à la lumière noire.

— On a vraiment beaucoup de sang, mais il reste à déterminer si c'est du sang humain. Il aurait très bien pu tuer un chien et l'enterrer en forêt. Une fois qu'on aura la confirmation de l'origine du sang, je comparerai avec l'ADN des victimes. Et si ça ne correspond pas, eh bien... J'imagine qu'on aura un autre mystère sur les bras, conclut-il dans un soupir. On peut passer à la fouille de sa maison et de son ordinateur maintenant. Si le sang s'avère humain, il faudra peut-être retourner sur les lieux, au cas où il aurait enterré un corps. Ça ne va pas être facile, en forêt, il va nous falloir des chiens pisteurs.

— Vous me perdez, interrompit Kane. Si Rogers est bien notre tueur, enterrer le corps ne correspond pas du tout à ses méthodes habituelles. Et de toute ma carrière, je n'ai encore jamais croisé un tel changement de comportement. Il y a des psychopathes qui aiment enterrer leurs victimes pour les déterrer après, mais les deux fonctionnements en même temps, ce serait très étonnant.

Un frisson lui parcourut l'échine à la pensée qu'il y avait peut-être plus d'un tueur en ville.

— Et si ce n'était pas Rogers ?

— Ne paniquez pas. On n'a aucun signe d'un autre meurtre, personne de porté disparu. Il a peut-être kidnappé Felicity, on ne sait pas. Peut-être qu'il l'a immobilisée, puis transportée dans le coffre jusqu'à la rivière ? Quand vous l'avez surpris en bordure de forêt, peut-être qu'il enterrait ses trophées. Les vêtements de Felicity ou le couteau utilisé sur Joanne par exemple.

— Combien de temps pour confirmer la nature du sang ?

— Je peux le faire tout de suite. J'ai ce qu'il faut au labo.

Wolfe se tut un instant puis lâcha un long soupir.

— Par contre, ça va prendre plus de temps pour les tests

ADN. Même avec de l'équipement de pointe, au moins trois jours.

Kane suivit Wolfe jusqu'au laboratoire. La pièce était exiguë, mais stérile et Kane était impressionné de voir comment Wolfe jonglait entre plusieurs missions à la fois. Alors que le regard du légiste croisait le sien, il comprit instantanément le résultat.

— Affirmatif, hein ?

— Oui. C'est bien du sang humain. Mais tant qu'on n'a pas les analyses ADN, on ne peut pas prouver qu'il a tué les filles, ni qui que ce soit d'ailleurs. Ça pourrait tout aussi bien être son propre sang, pour ce qu'on en sait. En médecine légale, il faut savoir avancer pas à pas et ne pas tirer de conclusions hâtives. Je sais que c'est frustrant dans les circonstances actuelles, mais malheureusement, je ne peux pas faire plus vite que la musique.

— Commencez les tests pendant qu'on fouille son domicile, lança Kane. Je vous appelle si on trouve quoi que ce soit. S'il a plusieurs ordinateurs, on les apporte tous au bureau.

— Très bien, dit Wolfe sans le quitter des yeux. Prenez votre temps. Si c'est lui notre tueur, il va falloir faire ça dans les règles de l'art.

— Dans les règles de l'art, répéta Kane en quittant le labo, prêt à repartir avec Rowley.

Le trajet jusque chez les Rogers prit beaucoup plus de temps que d'habitude. En raison du rodéo, traverser la ville était très compliqué, car les passants déboulaient sur la route sans prévenir, comme s'ils avaient rendez-vous avec la Faucheuse, ignorant même les gyrophares du véhicule de patrouille. Certains se retournaient même vers Kane en lui souriant et en lui faisant de grands gestes, comme si lui aussi prenait part aux célébrations.

— Est-ce que c'est comme ça tous les ans ?

— Tous les ans, répondit Rowley avec un sourire. Le rodéo

revient au moins quatre fois par été, vous savez ! Et pour l'instant, c'est assez calme. Attendez un peu de voir dans quel état ils seront au bal, après quelques verres ! La tradition veut que les gens festoient dans le parc après et le café Chez Tante Betty reste ouvert vingt-quatre heures sur vingt-quatre pour l'occasion.

Kane klaxonna plusieurs fois pour faire réagir un groupe d'ados qui bloquait la route, mais ils ne bronchèrent même pas. Il ne put s'empêcher de lâcher un rire nerveux.

— Les adjoints de Blackwater vont être débordés. Peut-être qu'on devrait demander des renforts d'autres villes. On n'a pas le temps de gérer ce genre de choses alors qu'on a un tueur en série sur les bras.

— Oui. Avec les meurtres et tout, je donnerais cher pour revenir à une vie normale et surveiller simplement le rodéo. Comment vous faites pour survivre à ça ? Les cauchemars et tout le reste ?

Kane s'efforça de rester sur la version des faits qui correspondait à sa couverture. Seuls Jenna et Wolfe connaissaient sa véritable identité.

— Je ne fais pas de cauchemars. Enfin, au début, oui, j'en faisais. C'était difficile d'enquêter homicide après homicide et de voir de quoi les gens étaient capables. Au début, les cadavres d'enfants, ça me mettait à terre. Mais croyez-moi, quand j'ai eu la chance d'abattre mon premier psychopathe, je n'en ai pas perdu le sommeil.

Il éteignit les gyrophares en tournant sur Stanton Road.

— Équipez-vous, lança-t-il alors qu'ils arrivaient chez Rogers. Interdiction de contaminer une possible scène de crime.

Ils enfilèrent leur combinaison, puis entrèrent prudemment dans la maison, ne voulant pas effrayer Mme Rogers au cas où elle serait rentrée.

— Madame Rogers, est-ce que vous êtes là ? Ici Kane, l'adjoint du shérif !

En l'absence de réponse, Kane pénétra dans le salon, qui sentait la moisissure et les produits ménagers.

— Le tapis à motifs asiatiques n'est plus là. Je m'en rappelle très bien, de la fois où je suis venu l'interroger.

S'élançant à travers la pièce, il ouvrit les rideaux.

— Allumez tout et voyez si vous trouvez des cheveux ou des traces de sang, en commençant par ce coin. Je vais faire un tour dans le reste de la maison. Si vous trouvez quoi que ce soit, balisez-le et prenez des photos, je m'occuperai des prélèvements à mon retour.

Il avait un mauvais pressentiment. Quelque chose ne tournait pas rond. Quand il était passé la dernière fois, la maison était propre comme un sou neuf, alors que désormais, les piles d'assiettes sales commençaient à s'amonceler dans la cuisine, bien que l'évier soit totalement vide. *Étrange...*

Visiblement, Mme Rogers n'était pas revenue chercher ses affaires. La poubelle débordait d'emballages de plats à emporter et un début d'odeur rance commençait à flotter dans l'air. Il examina l'évier puis préleva le contenu du siphon dans un bocal approprié. *Jackpot.* Vu la couleur, Rogers avait tout l'air d'avoir nettoyé du sang.

39

— Lorsque vous avez parlé avec Mme Rogers, est-ce qu'elle a dit quand elle pensait revenir ?

— *Quand les poules auront des dents*, si je ne me trompe pas.

— C'est bien ce qu'il me semblait.

Avant de fouiller plus méthodiquement, il jeta un rapide coup d'œil à chaque pièce. Celles qui ressemblaient à des chambres d'amis étaient plutôt bien rangées et il n'y remarqua rien de particulier. Mais dans la chambre principale, il y avait un ordinateur portable, posé sur le lit. Il se faufila entre les vêtements qui jonchaient le sol et s'en saisit pour l'embarquer, puis fouilla la pièce plus avant. Les vêtements de Mme Rogers étaient toujours là, ses chaussures, son maquillage. Elle était sûrement partie sans rien prendre. Ce qui arrive souvent en cas de violences conjugales.

Observant autour de lui, Kane finit par remarquer un portefeuille, dissimulé dans le rebord du lit. Sa femme, Annie, faisait la même chose : le portefeuille à cet endroit-là et le téléphone sur la table de nuit. Peut-être que toutes les femmes faisaient pareil. Sauf Jenna, qui, elle, gardait un calibre 22 sous son oreiller. Alors que les images s'entrechoquaient dans son esprit, il tendit une main pour attraper l'objet. À l'intérieur, cartes de crédit, papiers d'identité... Il dégaina son téléphone pour appeler Mme Rogers et sursauta lorsque la sonnerie retentit dans la même pièce. L'appareil était dans le tiroir de la table de nuit.

Partir en catastrophe après une dispute, c'était une chose, mais partir sans portefeuille ni téléphone... Une vague d'inquiétude l'envahit. Mme Rogers était chez sa sœur et avait insisté sur le fait qu'elle y resterait. Peut-être qu'elle avait peur pour sa vie.

Kane appela Jenna.

— J'ai trouvé le téléphone de Mme Rogers dans sa table de nuit, avec son portefeuille. Avant d'en tirer des conclusions, j'aimerais vérifier qu'elle est toujours chez sa sœur.

— *OK. Je vais demander à Maggie de lui passer un coup de fil. Peut-être qu'elle voulait simplement couper tout contact avec son mari ?*

— J'espère, mais partir sans cartes de crédit ni téléphone, je trouve tout de même ça étonnant. Il y a quelque chose qui ne sent pas bon ici. Je vais continuer à fouiller, je vous tiens au courant.

— *Si vous y avez accès, regardez l'historique de ses appels, je suis sûre qu'elle ne nous en voudra pas. J'essaie de la contacter et je reviens vers vous.*

— Bien reçu.

Kane sortit le téléphone du sachet pour pièces à conviction et, le déverrouillant sans peine, lut les derniers SMS. Rien de spécial, si ce n'était des échanges avec sa sœur mentionnant que son mari était un gros porc qui la trompait avec d'autres femmes et traînait trop avec ses jeunes élèves. Puis, regardant l'historique des appels, il reconnut le numéro en haut de la liste. À sa grande surprise, la dernière personne qu'elle avait appelée était Jake Rowley.

Non, mais qu'est-ce qui se passe ici ?

— Vous avez reçu un appel de Mme Rogers après l'avoir interrogée ? dit-il en se précipitant dans le salon.

— Oui, dit Rowley d'un air désolé. Elle m'a laissé un message, mais quand j'ai rappelé, elle n'a pas répondu.

Il sortit son téléphone pour lui faire écouter l'enregistrement. « *Adjoint Rowley, bonjour, ici Millicent Rogers. Vous m'avez dit de vous recontacter si je me souvenais de quoi que ce soit et il y a quelque chose qui m'est revenu. Je vous rappelle demain matin.* »

— Je suis désolé ; avec tout ce qui s'est passé entre-temps, j'avais complètement oublié.

— Je comprends, il y a de quoi. Mais ne nous inquiétons pas, elle n'a pas l'air en danger. Si le shérif arrive à l'avoir, certainement qu'elle va nous dire ce dont elle se souvient, dit Kane en se dirigeant vers les escaliers pour fouiller l'étage.

Dans la salle de bains, un panier de linge sale plein à ras bord et une pile de serviettes mouillées et puantes sur le sol. Soulagé de porter un masque, il emballa les serviettes et les vêtements dans deux sacs distincts. Puis, inquiet pour la sécurité de Mme Rogers, décida d'emporter les brosses à dents et à cheveux, au cas où Wolfe y trouverait de l'ADN. L'esprit turbinant à toute allure, il retourna dans la cuisine et remarqua quelques taches au plafond, dont il fit des prélèvements. Pendant un instant, il se dit que Rogers avait peut-être tué sa femme. Puis, se forçant à rester rationnel, il se rappela que c'était peu probable. Ou du moins, ça ne correspondait pas au profil du tueur qu'il recherchait. D'ailleurs, il n'avait toujours rien trouvé qui le reliait aux trois meurtres. Ce genre de psychopathe gardait généralement des trophées, en souvenir de ses victimes, facilement accessibles, pour se remémorer les sensations.

— Vous avez quelque chose, vous ? demanda-t-il à Rowley.

— De la poussière, surtout. Et quelques taches sur le sol que j'ai entourées pour que vous fassiez des prélèvements. Si c'est du sang, on peut s'imaginer qu'il a utilisé le tapis pour envelopper un corps et le traîner jusqu'au garage, j'ai trouvé des traces par là-bas aussi.

L'estomac de Kane se noua.

— Wolfe m'a laissé de quoi tester ça. Si c'est du sang, il faut qu'il nous rejoigne illico.

Le test s'avéra concluant.

— OK. J'appelle Wolfe et ensuite on va fouiller la cave.

— Vous devez détester ça, hein ? Les caves...

Quelques mois auparavant, Jenna avait été enlevée et séquestrée dans une cave et les différents cadavres retrouvés pendant l'enquête à moment-là avaient été disposés dans ce même genre d'endroits ; l'inquiétude de Rowley était légitime.

— C'est vrai. Espérons que celle-ci soit vide.

Il appela Wolfe qui proposa de prendre le relais après un bref résumé de la situation. Kane lâcha un soupir de soulagement. Après avoir fouillé la cave, il pourrait rentrer au bureau et faire son rapport à Jenna. Jenna qui n'avait toujours pas rappelé au sujet de Mme Rogers.

Se forçant à ignorer son mauvais pressentiment, il descendit dans la cave, accompagné de Rowley. En bas, rien d'autre qu'une chaudière et quelques boîtes de rangement, pleines de vieux vêtements et de décorations de Noël. Étant donné l'épaisseur de la couche de poussière au sol, personne n'était descendu là depuis longtemps.

OK. Fausse piste. Vous avez fouillé tous les recoins, là-haut ? Pas de cachettes secrètes ?

Oui, pendant que vous étiez à l'étage, j'ai fouillé tous les placards, ouvert tous les pots, tous les récipients. J'ai trouvé du porno, mais rien d'illégal. Pas de jeunes filles ni d'enfants.

OK, dit simplement Kane en rassemblant tous les sachets pour pièces à conviction dans un grand sac. J'ai besoin de prendre l'air.

Une fois à l'extérieur de la maison, il enleva son masque et souffla un grand coup, puis lança un regard en coin à Rowley.

Vous savez, le genre de femmes qui excite un tueur ne correspond pas toujours à celles qu'il aime tuer. Souvent, c'est plus traumatique que ça. Imaginons qu'une blonde maigrichonne vous a humilié devant tout le monde au lycée. Dans ce cas-là, vous êtes bien plus susceptible de vous marier avec une brune pulpeuse, mais de tuer des jeunes filles blondes. Pour les psychopathes, le viol et le meurtre sont toujours des actes punitifs. Ça vient d'ailleurs souvent d'un traumatisme d'enfance.

— Je vois. Ce qui veut dire que Rogers pourrait très bien être notre tueur ?

— C'est possible, dit Kane en voyant le véhicule de Wolfe arriver. J'espère juste qu'il n'a pas en plus tué sa femme.

40

Kane rentra au bureau pile au moment où Jenna s'apprêtait à le rappeler. À travers la porte entrouverte, elle aperçut sa mine fatiguée, à moitié ensevelie sous son chapeau. Et dut attendre qu'il relève la tête pour distinguer les marques roses sur son visage, qui lui faisaient comme des moustaches de chat, à force d'avoir porté un masque en papier pendant des heures.

— Vous m'avez l'air épuisé. Venez, asseyez-vous.

— Ça fait du bien d'être dans un endroit propre. Je n'en pouvais plus de la saleté de chez Rogers. Rowley est au café Chez Tante Betty, il faut qu'il prenne des forces et qu'il rentre dormir avant de surveiller le prisonnier cette nuit. J'ai apporté à manger pour nous.

— Miam. J'ai une faim de loup, je suis restée enfermée dans la salle de contrôle pour garder un œil sur Emily en l'absence de Wolfe. Elle est chez Aimée Fox maintenant et son père va passer la chercher.

— Je suis rassuré de savoir qu'elle va bien. Et au vu de la méfiance dont Wolfe fait preuve, j'imagine que, pour lui, Rogers n'est pas notre tueur ?

Jenna se tut un instant.

— Qu'est-ce que vous en pensez, vous ?

— J'aimerais prendre le temps de revoir la temporalité des événements avec vous. Comme vous le savez, à l'heure actuelle, les éléments que nous avons contre Rogers ne sont que circonstanciels, dit Kane en enlevant son chapeau, pour se gratter la tête. Et on n'a pas trouvé grand-chose dans la maison, mis à part des éléments qui portent un peu à confusion. Je n'ai pas l'impression que ce soit lui, mais je pense quand même qu'il cache quelque chose.

Jenna lâcha un long soupir avant d'engloutir son café.

— On va pouvoir l'interroger cet après-midi. L'avocat essaie de le faire libérer, mais jusqu'ici, notre mandat a l'air de tenir. Les détails des meurtres seront révélés aux infos de ce soir. Toujours rien suite à mon appel à témoignages dans le journal.

— Qu'en est-il de Mme Rogers ? Jenna lâcha un autre soupir.

— Sa sœur a dit qu'elle était repartie et qu'elle n'a plus de nouvelles depuis. Ce n'est pas inhabituel, apparemment. Il paraît qu'elle n'appelle sa sœur que quand elle a besoin de quelque chose et que c'est bien dans ses habitudes de partir seule plusieurs jours sans donner signe de vie.

— Espérons-le, dit Kane, avec un regard inquiet. J'ai peur qu'elle soit morte, vous savez. À moins qu'elle ait une double vie ou une planque avec plein d'argent quelque part, c'est très bizarre d'être partie sans portefeuille ni téléphone. D'autant plus qu'on a trouvé des traces de sang dans la maison et on a une théorie concernant un tapis disparu qui aurait pu servir à transporter son corps.

— Et si on ajoute à ça la pelle et les bottes boueuses dans la voiture.

— Exactement. Wolfe ramène des chiens pisteurs. La forêt de Stanton s'étend sur des kilomètres, il va falloir plusieurs équipes de recherche. Ce qui m'inquiète, c'est que si ce n'est pas lui, notre tueur, alors on pourrait bien avoir une nouvelle victime d'un moment à l'autre. S'il est toujours dans le coin, je m'attends à ce qu'il frappe pendant le rodéo.

— Le soir du bal, murmura Jenna, alors qu'un frisson lui parcourait l'échine.

— Peut-être.

Se forçant à garder son calme, Jenna se dirigea vers le tableau blanc.

— OK, le plus sensé à l'heure actuelle serait de retirer Rogers de la liste de suspects et de passer la temporalité des événements en revue, comme vous le suggériez. Puisqu'on n'a aucune info sur Joanne Blunt et qu'elle a probablement croisé le tueur par hasard, on peut la mettre de côté pour le moment.

Feutre en main, Jenna commença un tableau.

Felicity
Vue pour la dernière fois en vie : lundi matin vers 7 h 50
Par qui : parents
Mme Rogers vers 8 heures

Que faisait-elle ?
Elle quittait la maison pour rendre visite à Aimée Fox
Or, Mme Rogers l'a vue marcher vers Stanton Forest, dans la direction opposée

Lieu : Stanton Road
Que portait-elle ? Haut bleu avec un papillon, jupe en jean, bottes de cow-boy roses, des écouteurs

Petit ami : Derick Smith

Amis : Aimée Fox, Kate Bright, Chad Johnson, Lucas Summerville

Interactions sociales récentes : jeux en ligne, café Chez Tante Betty, magasin d'informatique

Suspects :
Lionel Provine : a interagi avec Felicity et n'a pas su prouver son alibi
Derick Smith : petit ami de Felicity, n'a pas su expliquer son absence lors d'une livraison de voiture
Lucky Briggs et Storm Crawley : vus dans la forêt au moment de sa mort

---

Kate
Vue pour la dernière fois chez elle : mardi soir vers 18 heures

Par qui : parents

Que faisait-elle ? Dans sa chambre, elle jouait à des jeux vidéo.

Dernière fois qu'elle a été vue vivante : vers 18 h 15 par Lucky Briggs et Storm Crawley

Que faisait-elle ? Elle marchait en direction du lycée.
Lieu : Stanton Road

Que portait-elle ? Jean slim, bottes de cow-boy, sweat à capuche gris foncé, des écouteurs

Petit ami : Chad Johnson

Amis : Aimée Fox, Lucas Summerville

Interactions sociales récentes : jeux en ligne, café Chez Tante Betty, magasin d'informatique

Avec : Lionel Provine et Aimée Fox, Lucas Summerville et Chad Johnson au magasin d'informatique

Suspects :
Lionel Provine : incapable de prouver son alibi
Lucky Briggs et Storm Crawley : aperçus en ville au café Chez Tante Betty vers 21 heures mardi soir

— Et Derick Smith ? demanda Kane. On l'a peut-être écarté trop vite, non ?

— OK, je l'ajoute avec un point d'interrogation jusqu'à ce qu'on lui reparle, dit Jenna en mâchouillant son feutre. Dès qu'on enlève Rogers, il ne reste plus grand-chose.

— C'est vrai, dit Kane entre deux gorgées de café. Il faut qu'on enquête de plus près sur Provine. Il était proche des deux victimes avec ses histoires de jeux en ligne et comme il vit seul, il n'a jamais personne pour confirmer son alibi.

— Je suis d'accord. Tous les gamins lui courent après pour avoir des bonus et il pourrait aussi très bien se faire passer pour un enfant en ligne.

— C'est une possibilité. Les pédophiles s'invitent tout le temps sur ce genre d'espaces. Rien que le fait de pouvoir échanger des bonus avec n'importe qui, ça devrait alerter les parents. Et Wolfe a été tellement occupé par les autopsies qu'il n'a pas encore eu le temps de fouiller les ordinateurs. De plus, aucune trace de leurs téléphones. On a essayé de les localiser, mais aucun signal, je dirais qu'il les a détruits.

— Rien que ça, ça laisse entendre que le tueur les a attirées à lui par téléphone. Peut-être pas Joanne, mais les deux autres. C'est aussi pour ça que Rogers avait parfaitement le profil :

proche des filles *et* de Provine de par son intérêt pour l'informatique. Et il était sur les lieux *les deux fois*, nom de Dieu !

— Qu'est-ce qu'on fait, maintenant, shérif ?

Jenna se tut un instant, essayant de garder son calme.

— Je reste ici en attendant le retour de Wolfe. Walters peut rentrer se reposer avant de surveiller Rogers de 18 heures à minuit. Et vous, passez voir Provine puis Derick Smith. Je vous appelle s'il y a du nouveau avec Wolfe.

— Ça marche. Et l'avocat ? Quand est-ce qu'il repasse par ici ? J'aurais préféré être présent pendant l'interrogatoire de Rogers, madame.

— 15 heures. Donc vous avez une heure devant vous. Elle lui sourit et ajouta :

— Est-ce que *vous* voudriez interroger Rogers ? Après tout, c'est vous le profileur, ici. Mais faites gaffe à vos manières. Avec l'avocat dans la salle, hors de question d'employer la méthode forte, dit-elle sur le ton de l'humour.

Le regard de Kane se durcit et pendant un instant, elle se dit que c'était ça, le visage d'un homme qui tue pour le bien de sa patrie.

— Oui, je préférerais l'interroger, répondit Kane d'un air morose, alors qu'il s'apprêtait à quitter la pièce.

Surprise qu'il ait pris cette plaisanterie au pied de la lettre, Jenna l'attrapa par le bras.

— Kane, je...

Il se retourna vers elle de toute la masse de ses deux mètres, sourire jusqu'aux oreilles.

— Ah, ah ! Je vous ai eue !

41

Alors qu'il se frayait un chemin dans la foule pour tenter de rejoindre le garage, Kane aperçut la fille de Wolfe, qui marchait au côté d'Aimée Fox, à quelques mètres de là. Sans les approcher, il dégaina son téléphone et appela Shane :

— Hey, je ne voudrais pas me mêler de ce qui ne me regarde pas, mais Jenna m'a dit qu'Emily était chez les Fox, sauf que les deux filles sont juste là, en face de moi.

— *OK, je vais voir avec elle. Ça vous dérange de garder les yeux sur elle en attendant ? Je ne sais pas ce qu'elle manigance, mais c'est très inhabituel de sa part de me désobéir. Je quitte le labo, ETA¹ dix minutes.*

— Bien reçu.

Kane raccrocha et ralentit le pas, faisant semblant de s'attarder sur les vitrines, alors que toute son attention se portait sur les filles. Aimée avait, visiblement, beaucoup d'amis. En effet, les filles s'arrêtaient régulièrement, pour parler à divers groupes d'ados, affichant un visage sérieux.

Puis, elles se dirigèrent vers le garage. *Quel con !*

---

1. *Estimated Time of Arrival*, heure d'arrivée prévue.

Évidemment qu'elles connaissent Derick. Ils ne l'avaient même pas noté dans leur liste d'amis.

Pris dans ses pensées, il resta tellement longtemps devant la vitrine de la boulangerie que le vendeur vint lui parler. Gêné par l'immense boîte de donuts qu'on lui mettait sous le nez, il faillit perdre les filles de vue, mais les vit sortir du garage. Reprenant sa filature, il les observa qui discutaient avec Lucas Summerville devant le magasin d'informatique, puis son téléphone se mit à vibrer. Wolfe était dans tous ses états.

— *Emily ne répond pas à mes appels et je suis coincé dans les bouchons.*

— Je l'ai dans mon champ de vision. Elle discute avec Aimée et Lucas, devant le magasin d'informatique. Une conversation très sérieuse, visiblement. Je vais aller voir. Je ne sais pas ce qu'il leur a dit, mais ça a énervé Aimée. Emily, par contre, n'a pas bronché.

— Ma fille est une dure à cuire. Probablement un peu trop. Je pense qu'elle pourrait faire votre ancien métier si elle le voulait. Par pitié, rendez-moi service, dites-lui qu'on a besoin d'elle au bureau. Elle ne va pas du tout aimer que je vienne la chercher.

Kane se retint de rire. Aussi redoutable que fût Wolfe, sa fille le menait par le bout du nez.

— Bien reçu.

Alors qu'il approchait du groupe d'adolescents, il comprit que Lucas les mettait en garde, leur disant de se méfier des inconnus lors du bal du rodéo.

— Bonjour, leur lança l'adjoint, avec une tape sur l'épaule du garçon.

— Qu'est-ce qui se passe, monsieur Kane ? Il paraît que vous avez arrêté M. Rogers. La nouvelle a fait le tour de la ville. Mais... c'est pas lui qui les a tuées, si ?

Kane lâcha un long soupir.

— J'ai bien peur que ce soit confidentiel, mon garçon. Mais

si vous voulez bien m'excuser, je vous emprunte Emily. On a besoin de toi au bureau.

Une fois hors de portée d'oreilles, il murmura :

— Qu'est-ce qui se passe ? Ton père est dans tous ses états !

— C'est pas le moment, je suis sur une piste ! En tout cas, une chose est sûre, c'est pas le prof. Le coupable, je veux dire.

— Et comment tu peux être sûre de ça ? C'est notre suspect principal !

— Je le *sais*, c'est tout, expliqua-t-elle en lui faisant signe d'approcher, d'un doigt malicieux.

Baissant la voix, elle ajouta :

— J'ai entendu une fois Mme Fox évoquer au téléphone le fait que M. Rogers n'était pas capable d'avoir une érection. Apparemment, ça fait plusieurs années que c'est comme ça. Il aurait soi-disant tout essayé, consulté des spécialistes, etc. Mais d'après ce que j'ai compris, sa femme pense que c'est une ruse. Dans tous les cas, je sais par mon père que les victimes ont été violées et pas avec des objets, a priori. S'il est impuissant, ça ne peut pas être lui, on est d'accord ?

Désarçonné par le franc-parler de la jeune fille, Kane se demanda s'il hallucinait.

— Hum... J'imagine que tu as ta propre théorie ?

Emily lui lança un regard de glace. Tel père telle fille, pas de doute là-dessus.

— Aimée m'a parlé de ses amis virtuels et Lionel Provine est plus proche du groupe que vous ne le pensez. J'ai cru comprendre que, parfois, il invite des filles dans son appartement, au-dessus du magasin, pour leur *montrer des choses*.

Elle ponctua sa phrase d'un mouvement de sourcil, comme pour en accentuer la signification.

— J'y suis presque. Donnez-moi encore dix minutes, pour que Lionel m'invite chez lui et là je déclenche mes micros pour que Papa écoute.

Kane resta bouche bée.

— C'est hors de question ! Ton père va me tuer si tu sers d'appât ! Et tu pourrais te faire tuer, soit dit en passant !

— *Sans blague.* Je ne suis pas stupide, vous savez. Ça va aller. J'ai une bombe lacrymogène dans ma poche. Et croyez-moi, je n'hésiterai pas à m'en servir. Qui plus est, quand bien même Provine serait un psychopathe, jamais il n'oserait me tuer alors que le magasin est plein à craquer. Je suis la meilleure piste que vous ayez. J'y vais et vous ne pourrez pas m'en empêcher.

Scandalisé, Kane la fixa du regard.

— C'est hors de question, jeune fille. Tu n'as pas vu les atrocités dont il est capable.

Elle inclina la tête et leva un sourcil, lui lançant un regard qui en disait long.

— Non. Je n'arrive pas y croire. Ton père ne t'a quand même pas montré les dossiers ?

— Il ne m'a rien montré du tout. Je les ai consultés moi-même, ce matin, au bureau. Votre système de sécurité est vraiment naze, dit-elle avec un sourire. Je n'ai pas pu m'en empêcher, ajouta-t-elle. Parce que, vous comprenez, j'étudie la médecine légale depuis deux ans déjà. Pas encore officiellement, mais j'ai suivi des cours en ligne.

Elle se tut pour regarder en arrière, vers ses amis.

— J'y retourne. Appelez mon père et expliquez-lui. Hébété, Kane la regarda qui rejoignait le groupe d'ados, alors qu'ils entraient dans le magasin.

Au téléphone, Wolfe n'en avait pas cru ses oreilles et il débarqua, furieux, quelques instants plus tard.

— Je suis désolé, dit Kane, honteux de s'être fait marcher sur les pieds par une fille de 17 ans. Elle ne voulait pas m'écouter.

— Je sais, répondit Wolfe. Elle est comme ça depuis toute petite. Elle doit avoir quelque chose dans les gènes qui l'empêche de ressentir de la peur, contrairement à moi. Croyez-moi, je n'ai qu'une envie et c'est de défoncer la porte pour envoyer ce pervers dans l'au-delà.

Se forçant à garder son calme, il ajouta :

— On devrait s'éloigner un peu.

Puis, une fois dans une ruelle à l'abri des regards :

— J'ai fait des analyses chez les Rogers. Et je pense que quelqu'un a été blessé dans le salon. Vu la quantité de sang qu'a révélé le luminol, la victime est très certainement décédée. Je pense que vous avez raison concernant le tapis, j'ai trouvé des fibres et les traces au sol qui correspondent. Un trajet du salon jusqu'au garage, en passant par la buanderie.

— Rogers a donc bien tué quelqu'un. Mais si on en croit Emily, ni Felicity ni Kate. Même si, on n'en sait rien, peut-être qu'il n'y a qu'en tuant qu'il arrive à être sexuellement excité, justement. Il nous faut un mandat pour fouiller ses antécédents médicaux. Mais l'avocat ne va pas aimer ça, surtout si on l'accuse de plusieurs meurtres à la fois. Sa femme est portée disparue et on sait qu'ils se sont disputés. De plus, j'ai trouvé son téléphone et son portefeuille, chez eux.

— Ça ne présage rien de bon. L'équipe de chiens pisteurs sera là demain matin. Mais pour l'instant, ma priorité, c'est la sécurité d'Emily, dit-il en sortant son téléphone. J'espère qu'elle sait ce qu'elle fait.

42

Le téléphone portable émit un bruit de sirène et les doigts de Wolfe se déplacèrent à la vitesse de l'éclair.

— C'est parti. Ça enregistre. Ils ne peuvent pas nous entendre.

Kane posa une main sur son Glock, prêt à sauter sur Provine au moindre geste.

« *Allez, ne sois pas timide*, dit la voix dans le haut-parleur. *Tu peux me faire confiance ; demande aux autres.*

— *Mon père m'a toujours dit de ne pas faire confiance aux inconnus et je ne vous connais pas, monsieur Provine. Je préférerais rester ici dans le magasin.* »

Emily était une vraie pro, prenant soin de mentionner le lieu et le nom de son interlocuteur.

« *Allez, viens, je vais te montrer ma collection de figurines, je t'offre un bon d'achat si tu veux.* »

— Putain, je vais tuer ce salopard, marmonna Wolfe entre ses dents.

Nom d'un chien. Kane posa une main ferme sur son épaule, pour le rassurer.

— S'il arrive quoi que ce soit, je tire. Et je le neutralise d'une seule balle. Pour l'instant, elle va bien. Mais s'il essaie de la toucher, alors vous pouvez y aller et lui coller une bastos.

Wolfe dégaina lui aussi son arme et s'approcha un peu plus du bâtiment, invitant Kane à faire de même. Il fallait absolument réussir à le calmer. Contrairement à Kane, il ne parvenait pas à conserver son sang-froid face à une telle situation, d'autant plus que sa fille était impliquée.

— Reculez. C'est un ordre. Écoutez-moi. Emily gère mieux que vous ne le pensez.

« *Allez, viens,* répéta Provine d'une voix mielleuse. *Je ne mords pas.*

— *Je ne veux pas.* »

La voix d'Emily était un peu tremblante et Kane put voir Wolfe se crisper de tout son corps.

« *Je veux bien vous suivre jusqu'à l'entrée de la réserve, mais pas plus loin.*

— *D'accord. Mais tu n'en parles à personne, c'est compris ? Tu es dans mon club VIP, maintenant. Il n'y a que quelques personnes qui y ont accès, mais puisque tu es amie avec Aimée, je veux bien t'accepter. Tiens, voici pour toi.*

— *Qu'est-ce que c'est ? Une clé USB ?*

— *Pas exactement. Branche-la sur ton ordi et on pourra communiquer tous les deux. En dehors des jeux, je veux dire. Je t'enverrai des* cheat codes *et tu pourras grimper les niveaux en un rien de temps et mettre une raclée aux garçons.*

— *Ça me semble très intéressant, monsieur Provine, mais je ne suis pas bête, je sais que rien n'est gratuit. Qu'est-ce que vous voulez en échange ? Parce que si c'est du sexe ou une pipe, ne comptez pas sur moi.* »

— Dis-le et je te saute à la gorge.

« *Oh non, rien de tel, Dieu m'en garde !* répondit Provine avec un petit rire. *Non, non. Encourage juste tes parents à m'acheter les dernières consoles. Je t'aide et toi aussi, tu m'aides, tu comprends ? Échange de bons procédés.*

— *OK. C'est d'accord. Mais je dois y aller, mon père m'attend devant la boutique.*

— *Tu gardes bien ça secret, hein ? Ton père ne comprendrait pas.*

— *Oui, bien sûr, monsieur Provine.* »

— Il va voir, si je ne comprends pas, ce connard. Il peut se la mettre où je pense, sa clé.

— Calmez-vous. Est-ce que vous pouvez étudier cet appareil ? Est-ce que c'est avec ça qu'il contrôle à distance les ordinateurs des filles ?

— Fort possible. Je vais étudier tout ça *via* les ordinateurs de Felicity et de Kate, comme ça on n'aura pas besoin de mandat. Ça va peut-être prendre du temps, mais j'arriverai peut-être à inverser le processus et à espionner son ordinateur.

— Est-ce qu'il a accès à leur webcam, aussi ?

— Si c'est le cas, j'ai hâte de voir sa réaction quand il tombera sur moi, ce pervers. Il faut qu'on garde un œil sur lui. Je vais mettre un mouchard sur sa voiture, puisqu'on n'a pas assez de personnel pour le mettre sous surveillance.

La voix d'Emily s'invita de nouveau dans la conversation.

« *Papa ? Je suis en sécurité et en route vers le café Chez Tante Betty.* »

— Allez-y, je m'occupe du reste.

Alors que Wolfe partait au pas de course, Kane retourna au magasin. S'approchant de Lionel Provine, il lui lança à voix basse :

— J'ai besoin de vous parler. Seul à seul.

— Oui, pas de problème, dit Provine en l'invitant à le suivre vers l'arrière-boutique. On n'est jamais trop prudent, ajouta-t-il en voyant que Kane posait les yeux sur les écrans des caméras de surveillance.

— Vous gardez les vidéos ou bien vous effacez tous les jours après avoir vérifié que rien n'a été volé ? dit Kane en se faisant passer pour plus idiot qu'il n'était.

— Oh non, j'ai une technologie bien plus avancée que ça, je ne vide le disque dur qu'une fois par semaine. Est-ce que je peux vous aider ? Pour le bureau du shérif, je veux dire ?

— Oui. Est-ce que vous sauriez me dire où vous vous trouviez hier soir entre 18 heures et 21 h 30 ? dit Kane en sortant son bloc-notes.

— J'étais ici, je jouais à un nouveau jeu, *Thunder Clap*. Mon pseudonyme c'est Geek24, si vous voulez tout savoir. On se retrouve en ligne avec les gamins et on joue des parties ensemble. Je peux vous écrire l'URL des serveurs si vous voulez, c'est très facile à retracer. Je suis sûr que votre nouvel adjoint saura faire.

— Donnez-moi l'adresse, ça va aller, je sais me servir d'un ordinateur. Je sais aussi que vous pouvez vous connecter sans jouer, ou jouer depuis un appareil mobile, donc il va vous falloir un meilleur alibi, je le crains.

— Laissez-moi réfléchir. Je suis passé au café Chez Tante Betty vers 21 h 30. C'est Tilly, la serveuse plus âgée, qui m'a servi. Il y avait aussi deux cow-boys qui étaient là. Il y en a un que j'ai reconnu, c'est Lucky Briggs. Je ne sais pas s'il m'a vu. Il était en pleine conversation avec une autre serveuse, la petite jeune, Sally, je crois.

— 21 h 30, c'est ça ? Ça a dû vous donner faim, de jouer à votre jeu pendant si longtemps.

— C'est-à-dire que le magasin est plein à craquer pendant les vacances, donc j'ai à peine le temps de manger à midi ou de sortir faire des courses. Heureusement que les filles m'aident en allant chercher mes commandes.

— Est-ce que vous ne pourriez pas vous préparer à manger et apporter votre casse-croûte au magasin ?

Kane remarqua une goutte de sueur qui commençait à se former sur le front du suspect. Il l'avait coincé.

— Oui, c'est ce que je fais, parfois. Selon la météo. Je ne voudrais pas demander aux filles de sortir s'il pleut.

— Je vois. Elles y gagnent quelque chose, en échange ?

— J'ai tellement de *goodies* et de cartes-cadeaux. J'en distribue à tout le monde, ça fait marcher le commerce. Il faudrait vraiment que j'y retourne, ajouta-t-il en jetant un regard anxieux vers les écrans de surveillance. Je suis sûr que vous arriverez à vérifier mon alibi, monsieur Kane.

Hum... Seuls les coupables utilisent le mot « alibi ».

— Aimée Fox nous a dit que vous aviez fermé boutique pendant plus d'une heure lundi après-midi. Est-ce que vous pourriez m'expliquer pourquoi ?

Est-ce que vous avez tué Joanne Blunt pendant que vous étiez de sortie ?

— J'ai fait une mise à jour et les ordinateurs étaient hors service suite à ça. Donc j'ai fermé boutique et fait une pause chez moi, dans mon appartement.

— D'accord. Merci de votre coopération.

Pas très convaincant, tout ça, Provine, se dit Kane en se dirigeant vers le garage dans le but de reparler à Derick Smith. Il n'avait pas beaucoup de temps s'il voulait rentrer à temps pour l'interrogatoire de Rogers à 15 heures et il était crucial qu'il arrive à dresser le profil de l'homme. À ce stade, les charges qui couraient contre lui n'étaient pas du tout suffisantes et il serait bientôt relâché. Mais Rogers avait tué quelqu'un, il n'y avait pas de doute.

Feuilletant ses notes, Kane appela la mère de Smith. Selon elle, Derick avait passé la soirée à jouer au billard, chez lui, avec des amis. Décidant de lui faire confiance, il le raya de la liste et retourna au bureau. Il se demandait comment Jenna allait prendre la nouvelle.

Si l'homme en cellule n'avait pas tué les filles, alors leur assassin était toujours en liberté.

43

Jenna jeta un œil à l'horloge ; l'avocat de Rogers allait arriver d'un moment à l'autre. Kane n'était toujours pas revenu et elle avait à peine aperçu Wolfe, qui avait déboulé en trombe, poussant Emily devant lui, visiblement furieux. *Non, mais qu'est-ce qui se passe ?* Fermant le dossier ouvert devant elle, elle se leva pour aller chercher une tasse de café. Elle en avait bien besoin. La voix de Wolfe résonnait dans le couloir. Si son père lui avait parlé comme ça quand elle était gamine, elle serait probablement morte de honte.

— Vous m'en servez aussi ? demanda Kane en apparaissant de nulle part, alors qu'elle tendait la main vers la cafetière.

Elle tourna la tête et le vit qui déposait une immense boîte de donuts sur le comptoir, puis qui se détournait pour ranger quelque chose dans le tiroir de son bureau.

— Vous avez fait du shopping ? Alors que l'avocat de Rogers arrive dans dix minutes ?

— Je n'ai pas fait des emplettes pour le plaisir, madame. J'étais en filature, pour ainsi dire. Je gardais un œil sur Emily, en vérité. Le boulanger s'est dit que si je fixais si longtemps sa vitrine, c'est que je n'avais pas les moyens d'acheter un gâteau, donc il est sorti et m'a mis la boîte de donuts dans les mains, en me faisant signe de partir. J'imagine que me voir traîner là doit être mauvais pour les affaires, expliqua-t-il avec un sourire. Par contre, les cookies dans le tiroir sont pour moi. Un homme de ma corpulence a besoin de beaucoup de cookies. Surtout ceux cuisinés avec amour par sa patronne.

Jenna sourit à son tour.

— J'en ferai d'autres quand tout ça sera fini, dit-elle avant de jeter un œil en direction de la salle de contrôle. Wolfe est là-dedans avec Emily. Et je ne sais pas ce qu'elle a fait, mais visiblement, elle va se faire remonter les bretelles. Qu'est-ce qui s'est passé ? Pourquoi vous deviez la surveiller ? Je croyais qu'elle était en sécurité chez les Fox.

— Vous n'imaginez pas, madame.

Stupéfaite que Wolfe ait accepté les agissements d'Emily, Jenna resta bouche bée pendant toute l'explication. Une montée d'angoisse s'empara d'elle à l'idée que le médecin de Rogers puisse l'innocenter, mais Rogers pouvait très bien avoir tué sa femme.

— Oh, mon Dieu, lâcha-t-elle en réalisant l'ampleur du problème. Le mandat d'arrêt était spécifique aux meurtres des filles. Et on ne peut pas le retenir pour suspicion du meurtre de sa femme puisque, officiellement, elle n'est pas portée disparue. On est vraiment dans la panade, conclut-elle entre deux gorgées de café. J'espère que vous avez des idées pour nous sortir de ce pétrin ?

— Je vais faire de mon mieux. Mince. L'avocat est déjà là. Il va falloir agir vite. Rogers va sortir et si on a fait une erreur, il risque de récidiver. Enfin... Quelqu'un va sûrement récidiver, dans tous les cas. L'heure tourne.

Jenna lâcha un long soupir.

— Allez chercher le prisonnier. Je vais demander à Wolfe de placer des traceurs sur les véhicules de tous nos suspects. Je doute qu'on puisse utiliser ce genre de preuves une fois au tribunal, mais, de vous à moi, si l'un d'eux quitte son domicile, j'aimerais bien le savoir.

— Moi aussi.

Prête à accueillir l'avocat, elle se força à afficher son plus beau sourire.

— Pile à l'heure, monsieur Jenkins ! Si vous voulez bien me suivre jusqu'à la salle d'interrogatoire, votre client sera là dans quelques minutes.

— Salle d'interrogatoire ? répéta Jenkins, furieux. Pourquoi m'avoir forcé à parler à mon client dans sa cellule la dernière fois ?

— Parce que nous n'avions malheureusement pas de salle disponible à ce moment-là, mais c'est le cas, cette fois-ci. C'est l'adjoint Kane qui conduira l'entretien, si vous le voulez bien.

Pour son plus grand bonheur, Wolfe avait fait quelques changements depuis son arrivée et avait transformé une zone de stockage en salle d'interrogatoire, équipée d'une serrure électronique avec carte d'accès, ce qui en faisait une zone sécurisée. Une fois installée à la grande table en bois, elle lança un regard sévère en direction de l'avocat, assis en face d'elle.

— Avant de commencer, dans quelle mesure pensez-vous que M. Rogers serait prêt à renoncer au secret médical ?

— Ce n'est pas quelque chose dont nous avons discuté, mais je peux vous assurer que M. Rogers est sain d'esprit, si c'est là votre question. Cette accusation sans queue ni tête n'est que pure fabrication et relève clairement d'un harcèlement de la part de votre adjoint.

La porte s'ouvrit et le regard de Kane se posa un instant sur Jenna alors qu'il faisait entrer le prisonnier. Jenna ne put s'empêcher de remarquer dans quel état était Rogers qui ne s'était visiblement pas lavé. Se retournant vers l'avocat, elle précisa :

— Que ce soit bien clair, le prisonnier a le choix d'utiliser nos infrastructures ou non. On a proposé à M. Rogers de prendre une douche ce matin, mais il a refusé.

— On les arrose au jet après quatre jours, habituellement, ajouta Kane, avec un petit sourire en coin vers Jenna. Pour des raisons de santé, vous comprenez ?

Jenna lui lança un regard noir, avant de se racler la gorge.

— Je mets en route l'enregistreur. Cet entretien est également filmé. Il est 15 h 05. Dans la salle se trouvent le shérif Jenna Alton, l'adjoint David Kane, l'avocat du prisonnier, M. Samuel Jenkins et le prisonnier, M. Steve Rogers. L'adjoint Kane va commencer la procédure.

— Monsieur Rogers, nous avons déterminé où vous étiez pendant les meurtres de Felicity Parker et de Kate Bright, dit Kane en faisant glisser sur la table une photo de chaque victime. Nous avons des déclarations signées de témoins qui peuvent vous situer dans la zone au moment de la mort de ces deux filles.

Je n'ai rien fait de tel. Nom de Dieu, mais vous me prenez pour un animal ou quoi ? Je connais ces deux filles, ce sont mes élèves. Je suis professeur au lycée, pour l'amour du ciel !

Il pointa du doigt le portrait de Joanne.

— Celle-ci par contre, jamais vue de ma vie.

— Ces filles ont été sauvagement violées, expliqua Kane en le regardant fixement. Puis mises en scène de sorte à les faire ressembler à des prostituées. Certains animaux peuvent déchirer une personne en lambeaux, certes, mais je n'ai jamais entendu dire qu'ils violent d'abord leurs victimes.

— Jamais je ne pourrais violer qui que ce soit, dit Rogers en rougissant un peu.

Jenna voulut sauter sur l'occasion et le questionner sur son impuissance, mais croisa le regard désapprobateur de Kane. En tant que profileur, il saurait utiliser ses compétences pour amener le suspect à en parler de lui-même.

— Vraiment ? Quelle est votre opinion sur la prostitution, monsieur Rogers ?

— Cette question est totalement hors de propos, interrompit Jenkins.

— L'est-elle ? répondit Kane en se tournant un instant vers l'avocat, avant de revenir sur Rogers. Selon mon expertise, le tueur a eu affaire à des prostituées et a peut-être été maltraité dans son enfance. Est-ce que c'est votre cas, monsieur Rogers ? Auriez-vous tué ces filles pour vous venger de votre mère par exemple ?

— Je veux répondre à cette question, lança Rogers avec un regard vers son avocat.

Il pâlit puis annonça, la tête haute :

— Je n'ai pas d'opinion sur les prostituées. Je ne vais pas en voir et ne compte pas le faire, mais la façon dont elles vivent où choisissent d'en faire leur gagne-pain les regarde.

Après un long soupir, il ajouta :

— Quant à mon enfance, ma mère est une femme compatissante, douce et craignant Dieu.

— Rien à voir avec votre femme, donc ?

— Ah ça, non ! Millicent est un véritable démon !

— Vous avez mentionné que vous ne « pouviez » violer personne et c'est bien normal, mais une autre question se pose. Êtes-vous impuissant, monsieur Rogers ?

Jenna reporta son attention sur Jenkins, s'attendant à ce qu'il mette fin à l'entretien, mais à sa grande surprise, l'avocat garda le silence. Peut-être avait-il compris que si Rogers pouvait prouver qu'il était impuissant, il serait innocenté du meurtre des filles.

— Pourquoi cette question aussi intrusive tout à coup ? Ça ne vous regarde pas !

— Ah, mais c'est une question très pertinente, monsieur Rogers. Avez-vous violé ces jeunes femmes ?

— Non, jamais je ne pourrais faire une chose pareille, répéta Rogers, en se mettant cette fois-ci à pleurer.

— Vous ne pourriez pas ou vous ne... *pourriez* pas ?

— Les deux, d'accord ? lâcha Rogers en s'essuyant les yeux. Je vois des spécialistes depuis plusieurs années. Depuis que j'ai emménagé ici, je suis suivi par le docteur Littleman et le docteur Peters à l'hôpital de Black Rock Falls. Mon dernier rendez-vous date d'il y a deux semaines. J'ai eu un accident de ski il y a trois ans, je me suis blessé le bas du dos et depuis, voilà... Mais mon épouse est persuadée que je n'ai aucun problème et que je la trompe avec toutes les femmes de la ville.

— Si vous autorisez ces médecins à confirmer vos dires, nous sommes prêts à abandonner les poursuites.

— Je vous conseille d'obtempérer, ajouta Jenkins. Je peux vous faire sortir dès cet après-midi. J'irai moi-même recueillir les informations auprès des médecins ; comme ça, personne d'autre n'aura à savoir.

— Je crains que le procureur doive en être informé, répliqua Jenna.

— Très bien. Rédigez les papiers, je les signerai.

— Encore une chose avant que je vous renvoie dans votre cellule. Où est votre femme ?

— J'espère qu'elle pourrit en enfer. Malgré tout ce que j'ai traversé, elle refusait toujours de me croire. J'ai été stupide et fidèle, pendant des années, alors que, croyez-moi, il y en avait, des femmes qui s'intéressaient à moi. Tous les jours, elle menaçait de me quitter. Mais maintenant qu'elle est partie, je suis enfin débarrassé de cette sorcière.

— C'est tout ce qu'il me faut pour le moment. Shérif, souhaitez-vous, vous aussi, interroger le suspect ?

— Non, c'est bon pour moi. Avez-vous quelque chose à ajouter, monsieur Jenkins ?

— Non.

— Très bien. L'entretien s'est terminé à 15 h 10, dit-elle en arrêtant l'enregistrement. J'ai les documents prêts à être signés. Si vous voulez bien les vérifier et demander à M. Rogers de signer toutes les copies, nous pourrons obtenir les informations sans délai.

— Je vais les emporter et vous les rendre dès que possible.

J'ai un peu de temps devant moi pour me rendre à l'hôpital. D'ailleurs, j'y vais de ce pas, si vous voulez bien déverrouiller la porte pour moi. Je vais bientôt vous faire sortir d'ici, dit-il en se tournant vers Rogers.

Jenna lança un regard inquiet en direction de Kane. Dans quelques heures, voire moins, un meurtrier potentiel se promènerait de nouveau dans les rues de Black Rock Falls et elle ne pourrait rien y faire.

44

Après avoir passé une heure à mettre en place son piège, l'homme sortit de la douche et sourit à son reflet. L'équipe du shérif de Black Rock Falls était une vaste blague. Admirant son propre corps, il s'assura qu'il ne restait pas un seul poil sur sa peau et gloussa. Regarder les adjoints courir dans tous les sens était très amusant, mais il ne pouvait pas rester trop longtemps, au risque de se faire repérer. Le shérif Alton était crédule et ses valets de pied inutiles comme pas possible. À tel point qu'il avait réussi à récupérer juste sous leur nez une combinaison et des chaussons usagés, utilisés pour travailler sur les scènes de crime. Il les avait portés à l'envers. Et rit en s'imaginant la tête du légiste quand il trouverait des cheveux ou de l'ADN de l'adjoint sur la fille morte. Il avait de quoi le ridiculiser. Le shérif était peut-être même assez bête pour arrêter ses propres collègues.

Il avait envie de passer à l'étape supérieure. De tenter quelque chose de risqué. Il n'avait eu que quelques heures pour planifier son dernier meurtre et cela avait été un vrai défi, mais il avait confiance en son intelligence. À Evansville, il avait tellement bien prévu le coup que le shérif était passé juste à côté de lui sans le voir, alerté par les cris.

Kate avait été son plus beau travail jusque-là. Il avait apprécié la lueur de terreur dans ses yeux alors qu'il la tailladait. Et il frémit à ce souvenir, au reflet si particulier qui luisait dans les yeux de la fille. Son horreur de le découvrir sous son vrai jour. Il avait détesté étouffer ses cris, mais le bruit résonnait trop dans la pièce carrelée et il désirait passer beaucoup de temps avec elle.

Les coupures sur ses paupières, c'était une vraie idée de génie. Ses compétences brillaient à nouveau, sous-estimées pendant si longtemps. Les grands yeux bleus de Kate avaient suivi chacun de ses mouvements ; et la façon dont ses lèvres tremblaient à chaque incision avait été un vrai délice. Oh, elle avait essayé de crier, mais le son n'était qu'un petit gémissement. Un petit gémissement de pute.

Mais c'était aussi bien d'avoir le temps de réfléchir. Il avait besoin de planifier son prochain coup. Comment arracher Aimée à ses parents ? Facile. Il savait que les Fox avaient pour tradition de sortir en couple tous les mercredis, généralement au cinéma ou au Cattleman. Aimée en profitait pour voir son petit ami – comment déjà ? Le garçon aux cheveux gras ? Ah, oui, Lucas. Lucas Summerville –, mais il suffirait de lui envoyer un bonus pour son nouveau jeu et ce dernier oublierait Aimée en un clin d'œil, absorbé par sa partie.

Enroulant une serviette autour de sa taille, l'homme se dirigea vers sa chambre, puis s'habilla rapidement. Si son plan fonctionnait, il fallait partir aussitôt. Il fit un détour par son bureau, prêt à peaufiner les dernières étapes avant l'obtention de sa récompense et alluma son ordinateur portable. Aimée Fox était là, belle comme un fruit mûr, prête à être cueillie. Elle discutait avec Emily, la fille de l'adjoint Wolfe, en conversation vidéo. L'homme sourit à l'idée de la cueillir elle aussi, sous le nez de son père. Il plaça l'image des filles dans un coin de son écran puis il se connecta sur le serveur du jeu, tout en essayant d'écouter leur conversation.

Il voulait Emily. Il la voulait tellement. Il avait envie de plonger sa main dans ses longs cheveux blonds, de voir la vie s'échapper d'elle. Mais il fallait rester concentré. Suivre le plan. En tant que nouvelle arrivée dans la bande d'Aimée Fox, ce ne serait pas difficile, puisqu'elle ferait tout pour se faire bien voir de sa camarade. Utilisant le pseudonyme de Julia, il envoya un message et put entendre le tintement de la notification arrivée sur l'ordinateur d'Aimée.

— Une minute, dit la jeune fille à son amie. J'ai un message de Julia.

Elle marqua une pause puis enchaîna :

— Il faut que je sorte.

— Que tu sortes où ? Tes parents ne t'ont pas dit de rester à la maison ? Ce n'est pas prudent de sortir seule en ce moment, dit Emily d'un ton prétentieux. Pas après que trois filles se sont fait tuer. Et si tu étais la prochaine ?

— Ça va, je ne serai pas toute seule. Julia a localisé trois personnages rares en lisière de forêt. Elle dit qu'elle y sera dans quinze minutes. Il ne m'en manque que deux pour finir le jeu et si c'est un magicien d'or, j'aurai accès au jeu gratuit !

— C'est débile, Aimée. C'est juste un jeu, enfin !

Aimée lui lança un regard noir.

— Si tu insistes pour risquer ta vie, reprit Emily, attends au moins que Lucas arrive et allez-y ensemble. En voiture.

— Mais je te dis qu'il y aura Julia ! Tout ira bien ! Et puis, non, je ne vais pas sortir la voiture alors que c'est juste à côté. T'es vraiment pas drôle. Rappelle-moi de ne pas t'inviter pour Halloween pour la maison hantée.

— Aimée, ne sois pas stupide. Les fantômes, ça n'existe pas, alors que ce tueur, lui, est bien réel. Et il y a déjà eu deux meurtres dans la forêt de Stanton. Des meurtres de *vraies* personnes, Aimée.

— Alors, pourquoi il n'y a pas des agents de police qui patrouillent dans les rues ? Puisque tu flippes à ce point-là, je vais chercher Julia et la ramener ici, d'accord ? Et je la raccompagne chez elle, plus tard.

— OK, dit Emily en se rongeant les ongles. Ça te va si je t'appelle et que tu restes en ligne jusqu'à ce que tu la retrouves ?

— Super idée, ironisa-t-elle. Comme ça, je ne pourrai pas entendre le tueur se faufiler derrière moi.

— Je vais dire à mon père que tu es sortie seule. Il va prévenir tes parents et tu vas être punie à vie, tu vas voir.

— Waouh, mais t'as quel âge ? Arrête de faire la gamine ! Je vais m'en sortir, t'inquiète pas. Et si tu le répètes à ton père, t'embête pas à me rappeler. J'aime pas les cafteuses. Bon, allez, j'y vais maintenant. Je ne veux pas faire attendre Julia, conclut Aimée en raccrochant.

Tressaillant d'excitation, l'homme enfila ses gants. *Oh oui, Aimée, viens me trouver. J'ai un cadeau très spécial pour toi...*

45

La sonnerie de Kane la réveilla d'un profond sommeil et Jenna jeta un œil autour d'elle. *Oh, nom d'un chien*, elle s'était encore endormie chez lui.

Mais cette fois-ci, au moins, elle se trouvait dans la chambre d'ami.

— OK, je vais prévenir Jenna. On sera là pour 6 h 30, dit Kane en entrant dans la pièce, douché, rasé et déjà en uniforme, deux mugs de café fumant à la main.

Jenna se frotta les yeux et bâilla un grand coup.

— Vous n'auriez pas dû me laisser m'endormir. Est-ce qu'on est en retard ?

— Non, dit-il en lui tendant une des deux tasses. C'est simplement Wolfe qui appelait pour dire que l'équipe de chiens pisteurs nous rejoint à l'endroit où on a trouvé la voiture de Rogers. Mais il n'est que 5 heures, on a le temps. Est-ce que ça va ? ajouta-t-il avec un regard inquiet. Vous vous êtes assoupie et je ne voulais pas vous réveiller.

— Oui, je vais bien, merci. Mais pour l'instant, je dois prendre une douche et me préparer. Peut-être *après* avoir bu mon café, néanmoins.

À cet instant, son estomac se mit à gargouiller.

— J'imagine que nous n'avons pas le temps de manger avant de partir.

— Bien sûr que si ! Je vais préparer le petit déjeuner. Des œufs brouillés, ça vous va ?

C'était si bon d'être dorlotée. C'était bien la première fois depuis trois ou quatre ans qu'elle pouvait faire confiance à quelqu'un. Elle ne put s'empêcher de sourire.

— Ce serait parfait, merci.

Peu de temps après, ils étaient en lisière de forêt et retrouvaient Wolfe et Rowley qui discutaient avec l'équipe de maîtres-chiens. Jenna et Rowley avaient laissé leur véhicule au bureau, afin de minimiser la présence policière et ne pas attirer l'attention, et avaient demandé à Walters de tenir le fort jusqu'à leur retour. Grâce aux renforts de Blackwater, qui faisaient double service en ville dans les arènes du rodéo, ils avaient enfin le temps de se concentrer sur les meurtres. Jenna lança un regard à Kane.

— Vous savez, je pourrais m'habituer à avoir six adjoints supplémentaires.

— Petersham m'a l'air plus accessible que Rockford ne l'était. Peut-être qu'il acceptera de vous en donner trois, si vous le lui demandez gentiment.

— Je peux toujours essayer, dit-elle en se rapprochant de ses hommes. Wolfe ! Vous avez votre équipement avec vous au cas où on découvrirait un corps ?

— Oui, madame. On a tout ce qu'il faut. Et les chiens sont devenus fous dès leur arrivée, j'imagine qu'on peut d'ores et déjà suivre la piste ?

— C'est parti.

À peine quelques mètres plus loin, l'odeur caractéristique de la mort se fit sentir, dans la brise qui faisait bruisser les pins. Jenna s'attendait à trouver une tombe dérangée par des animaux, mais la réalité était tout autre. Alors que les aboiements des chiens allaient crescendo, ses hommes s'arrêtèrent brusquement devant elle, lui cachant la vue.

— Nom de Dieu ! lâcha Wolfe avant de se tourner vers le shérif. Ramenez les chiens aux véhicules et équipez-vous. On va devoir sécuriser la scène.

Se frayant un chemin entre les hommes et les chiens, Jenna s'avança.

— Qu'est-ce qu'il y a ? Qu'est-ce que vous avez ?

Merde. Elle crut s'évanouir à la vue du spectacle qui s'offrait à elle. Suspendue entre deux pins, bras et jambes écartés, se trouvait Aimée Fox, tête penchée, menton reposant sur sa poitrine, ses longs cheveux fauves cascadant sur ses frêles épaules et son visage aux yeux grands ouverts. Le rouge à lèvres qui la barbouillait lui donnait des airs de clown digne des pires films d'horreur. Des fourmis recouvraient son jeune corps mutilé, à peine humain désormais. Elle se balançait au-dessus d'une tombe peu profonde et parsemée de fleurs sauvages. Jenna se couvrit la bouche, paniquée devant tant d'horreur. Un visage émergeait du sol, bleu et boursouflé, les yeux grands ouverts lui aussi, comme s'il observait Aimée.

— Oh, sainte Marie, mère de Dieu, c'est Mme Rogers ! lâcha Rowley avant de s'enfuir pour aller vomir derrière un arbre.

Se forçant à garder son calme, Jenna attrapa l'équipement que Kane lui tendait. Face au regard inquiet et interrogateur qu'il lui lançait, elle asséna :

— Je vais bien, ne vous inquiétez pas. C'est une chose terrible à dire, mais je commence à m'habituer à ne plus ressentir aucune émotion.

— Vous n'avez pas à faire ça, Jenna, dit Kane avec une expression compatissante. Il ne faut pas forcément anéantir ses émotions, plutôt les inverser. Il faut se dire qu'on est là pour aider à trouver les assassins, coûte que coûte, quelles que soient les épreuves.

— Oui, je me souviens de ma formation, merci, Kane, dit-elle en tentant d'ignorer la boule d'anxiété qui se formait dans sa gorge.

Chassant d'un clignement d'œil les larmes qui menaçaient d'exhiber sa faiblesse, elle ajouta :

— Allez donc aider Wolfe.

— Oui, madame.

Elle s'éloigna un instant pour reprendre ses esprits puis s'équipa et retourna sur les lieux, se tenant sur le côté pour ne pas gêner Kane et Wolfe qui commençaient à être très efficaces comme duo, l'un enregistrant, l'autre prenant les photos. Tentant d'oublier qu'elle connaissait les deux victimes, elle balaya la zone du regard.

— Je vois deux séries d'empreintes de pas. L'une d'entre elles semble indiquer que la personne était en chaussettes.

— Le mode opératoire est légèrement différent. Il n'a pas lavé Aimée comme les autres et ne l'a pas assassinée dans l'eau. D'après les traces de sang au sol, elle a été tuée ici.

— Nous n'avons pas divulgué assez de détails dans la presse pour que ce soit un imitateur, ajouta Kane. Ce doit être la même personne. Mais je pense que quelqu'un d'autre a assassiné Mme Rogers et qu'il a simplement dérangé sa tombe pour sa mise en scène. Le fait de découvrir le visage de la défunte correspond bien à la *théâtralité* dont ce détraqué fait preuve. La question est de savoir comment il a su que Mme Rogers était ici. Je suggère de demander à Rowley s'il peut emprunter deux maîtres-chiens et amener Rogers pour l'interroger. Le traceur de sa voiture est resté immobile, on a peut-être une chance qu'il soit chez lui.

Jenna se contenta de hocher la tête puis transmit les ordres à Rowley. Pendant ce temps, Wolfe continuait d'enregistrer ses conclusions.

— La plus jeune des deux victimes est a priori Aimée Fox, 17 ans, femme caucasienne, cheveux châtains, yeux bruns.

D'après la température du corps, la mort a dû avoir lieu il y a douze ou quatorze heures, c'est-à-dire entre 18 heures et 20 heures hier soir. Le tueur a utilisé une corde en fibre synthétique verte, facilement trouvable dans le commerce, pour attacher le corps entre deux arbres, similaire à celle utilisée lors du meurtre de Felicity Parker. Les premières constatations suggèrent une paralysie suite à un coup à l'arrière du crâne. La lacération de la gorge de gauche à droite suggère que le tueur est droitier. L'angle des blessures au torse suggère que l'éviscération a eu lieu après que la victime a été suspendue. Les ecchymoses sur les cuisses, autour des parties génitales, suggèrent un viol. Le rouge à lèvres sur la bouche et les joues correspond à celui présent sur les victimes précédentes. Il y a un motif de tissu sur une tache de sang s'étendant de l'aisselle à la cuisse, du côté droit du corps. J'ai prélevé un échantillon de fibres sur la peau. D'après mon examen initial et les empreintes inhabituelles autour de la zone, je présume que le tueur portait une combinaison et des chaussons comme ceux de la police scientifique. L'absence d'empreintes digitales suggère également le port de gants.

Il éteignit le micro, le regard vide de toute émotion.

— C'est tout ce que je peux dire pour l'instant. Nous allons devoir la décrocher et l'emballer. Je vais la faire tomber les pieds en premier dans le sac, puis nous la descendrons à plusieurs, en gardant les cordes *in situ*. Je dois les examiner très soigneusement.

— Bien sûr.

Kane lança un regard inquiet en direction de Jenna.

— Madame, est-ce que j'appelle d'abord Maggie pour organiser le transport des deux corps ?

À la façon dont il s'en remettait constamment à elle ces derniers temps, elle se dit qu'il s'était finalement habitué à avoir une femme comme supérieure.

— Très bien, lui dit-elle avec un signe de tête.

— Déterrer Mme Rogers ne va pas être agréable.

— À qui le dites-vous, répondit Jenna, en essayant de chasser son dégoût. Quoique, pour Wolfe, j'imagine que ce n'est que plus intéressant, puisque la décomposition est un de ses sujets de conversation favoris. Allez-y, je vais faire des moulages des empreintes de pas.

Alors qu'elle s'éloignait, prête à attraper un kit dans le sac de Wolfe, une voix l'interrompit.

— Excusez-moi, madame.

— Oui ?

— Personne n'a signalé la disparition d'Aimée... Ses parents ne sont pas au courant, dit Wolfe.

Et pendant un instant, Jenna eut l'impression qu'il parlait en tant que père, plus qu'en tant que légiste.

Elle soupira. Être porteuse des mauvaises nouvelles était une tâche insoutenable.

— Je vais aller leur parler. Mais si j'avais le choix, je préférerais presque déterrer le corps avec vous, dit-elle en attrapant les clés de voiture que Kane lui tendait. Merci, mais je peux marcher, ce n'est pas loin.

Elle enleva sa combinaison et la roula en boule.

— Allez-y en voiture, madame. On a potentiellement deux tueurs en liberté dans les environs immédiats. L'un comme l'autre pourrait être dans la forêt en train d'attendre sa prochaine victime.

Jenna se crispa, ne voulant pas montrer l'effet que ses mots avaient produit en elle.

— OK. Je serai de retour dès que possible.

Se détournant du spectacle macabre, elle rejoignit le sentier. La peur avait pris possession d'elle et envoyait des signaux le long de sa colonne vertébrale. Les yeux alertes, elle jeta un coup d'œil à cette forêt de grands pins, si pittoresque habituellement. Le matin, on était généralement auditeur de tout un orchestre d'oiseaux qui se réjouissait d'un nouveau jour d'été. Mais ce matin-là, pas un seul volatile dans les branches, même pas un corbeau prêt à picorer la chair pourrie. Le silence régnait, comme si la nature elle-même pleurait la perte de la beauté.

46

Alors qu'elle annonçait la nouvelle aux Fox, Jenna dut fournir des efforts colossaux pour ne pas fondre en larmes. Les parents d'Aimée étaient rentrés de leur soirée en amoureux et, trouvant la chambre de leur fille fermée, ne s'étaient pas posé de questions et étaient partis se coucher. Que le shérif vienne sonner chez eux un jeudi matin au réveil, pour leur annoncer que leur fille avait été sauvagement assassinée était, bien évidemment, un choc sans pareil.

— Non, ce n'est pas vrai ! s'écria Mme Fox dans un souffle avant de s'élancer dans les escaliers.

Quelques instants plus tard, trouvant la chambre d'Aimée vide, elle émit un cri qui retourna l'estomac de Jenna et qui résonna dans toute la maisonnée.

— Elle n'est pas dans son lit... Oh, mon Dieu !

— Vous êtes sûre que c'est Aimée ?

— Malheureusement, oui, dit Jenna en posant une main douce sur le bras de M. Fox. Asseyez-vous, je vous en prie.

— Qu'est-ce qui s'est passé ? demanda Mme Fox en s'écroulant sur le canapé. Je veux savoir, vous devez me dire.

Chassant les images du meurtre de son esprit, Jenna s'en tint à la réponse habituelle.

— La cause de la mort n'a pas encore été déterminée, mais nous avons des raisons de croire qu'il s'agit d'un homicide. Toutes mes condoléances.

— Mais qui pourrait faire une chose pareille ? Et qu'est-ce qu'elle faisait dehors ? Je pensais que Lucas lui rendait visite ici. Je leur avais dit de ne pas quitter la maison, pas après que ces filles ont disparu.

— J'imagine que vous n'avez pas vu les infos d'hier soir ? leur lança Jenna, après une courte pause. Il semblerait que Felicity, Kate et Joanne aient été assassinées par la même personne.

Les parents, en état de choc, ne dirent rien pendant un moment.

— Quand avez-vous vu Aimée pour la dernière fois ?

— Vers 18 heures hier, avant de sortir au restaurant. On a mangé tôt, puis on est allés au cinéma. Et on est passés au café Chez Tante Betty après, pour le café et le dessert. Vers 22 heures. Le temps qu'on rentre à la maison, il devait être 23 heures.

— Que faisait Aimée pendant ce temps ?

— Elle était en ligne avec une nouvelle amie à elle. Comment elle s'appelle déjà ? Emily, la fille du nouvel adjoint, expliqua M. Fox entre deux sanglots. Vous devriez appeler Lucas, c'est peut-être lui qui lui a donné rendez-vous à l'extérieur.

— Ça m'étonnerait, madame. C'est un ami de Chad, n'est-ce pas ? Le petit ami de Kate ?

— Quel rapport ? s'écria M. Fox, devenant soudain agressif, comme il était commun dans ce genre de situation. J'appelle Lucas, ajouta-t-il en dégainant son téléphone.

Un instant plus tard, on décrochait.

— Oui, Lucas, c'est M. Fox. Est-ce que tu es passé voir Aimée hier soir ? Ah bon ? Je pensais que tu viendrais lui tenir compagnie. D'accord. Merci, Lucas. Désolé pour le dérangement.

En raccrochant, il se tourna vers Jenna, le regard vide.

— Apparemment, il était tellement absorbé par une partie de jeu vidéo qu'il n'a même pas pensé à appeler Aimée. Il vient de me demander de lui dire qu'il la rappellerait plus tard...

— Peut-être qu'Emily l'a invitée à la rejoindre ? demanda Mme Fox, complètement dévastée.

— Non. Emily est au courant de ce qui se passe et est consciente du danger. Mais je vais lui demander ce qu'il en est. Le légiste vous contactera bientôt. Est-ce que vous voulez que j'appelle quelqu'un pour vous soutenir dans cette épreuve ?

— Non, merci, on va garder ça dans la famille. Quand est-ce qu'on pourra voir notre bébé ? Elle est toute seule, là-bas, elle a besoin de nous.

— Plus tard, ce soir ou demain matin. Je suis désolée. Mais elle est entre de bonnes mains, ne vous inquiétez pas. Je vous promets qu'on va attraper la personne qui lui a fait ça. Justice sera rendue, croyez-moi.

Une fois dehors, Jenna s'arrêta un instant, le temps de reprendre son souffle. Elle remonta ensuite à contrecœur dans le véhicule. Retourner sur la scène de crime ne lui faisait guère envie, mais le temps qu'elle arrive, les maîtres-chiens étaient déjà partis et les corps avaient été chargés à bord d'une ambulance.

— Vous avez trouvé quelque chose ? lança-t-elle à Kane.

— Quelques fibres et des cheveux, répondit l'adjoint, visiblement lessivé. Il semblerait que Mme Rogers ait été frappée à la tête, puis égorgée, expliqua-t-il en se défaisant de son équipement. Wolfe est convaincu qu'on a affaire à deux tueurs différents.

Nom de Dieu. Deux tueurs et on vient d'en laisser sortir un...

— On va passer pour des incompétents finis. J'imagine que

Rogers n'a pas eu la décence de rentrer chez lui, pour qu'on puisse l'arrêter de nouveau ?

— Non. Rowley est allé voir. Steve Rogers est en cavale. Sa voiture est dans le garage, mais il y a des signes qui montrent clairement un départ en catastrophe, probablement avec le véhicule de sa femme. Il a dû la planquer non loin, puisqu'il sait qu'on a la plaque. J'ai fait remonter l'info à la police de l'État. Sa photo sera bientôt dans tous les médias, comme quoi il est recherché pour meurtre.

Il se tut un instant, puis ajouta :

— Ce n'est pas notre faute. On n'avait pas assez de preuves pour le garder derrière les barreaux. Sa femme n'était même pas portée disparue et ce n'est pas un tapis manquant qui aurait convaincu le procureur. Si ça peut vous rassurer, je doute qu'il récidive un jour. On est clairement sur un crime passionnel, rien à voir avec ce qui a été infligé aux autres victimes.

— Et Aimée ? Est-ce qu'elle a souffert comme Kate ?

— Wolfe saura vous en dire plus après l'autopsie, mais de ce qu'on sait, le meurtre a eu lieu non loin de la route, il a dû s'inquiéter des cris. Un coup sec à l'arrière de la tête semble être sa méthode habituelle pour faire perdre connaissance aux victimes. Il attaque par-derrière, assomme les victimes avec un objet contondant puis les viole.

La bouche de Kane se tordit en une grimace.

— Ça ne peut pas être une coïncidence qu'il soit tombé sur la tombe de Mme Rogers. Peut-être qu'il s'est caché dans la forêt après le meurtre de Kate et qu'il a vu Rogers enterrer le corps.

Essayant de se concentrer, Jenna se frotta les tempes.

— C'est possible. Mais pourquoi avoir déterré son visage ? C'est si... glauque.

— N'oubliez pas qu'on a affaire à un psychopathe. Peut-être qu'assommer Aimée aussitôt n'était pas très satisfaisant en termes de sensations. Ou peut-être que c'était juste pour sa mise en scène. Ces gens-là sont narcissiques, vous savez. Pour eux, les victimes sont des objets, pas des personnes. Tout tourne autour d'eux, de leurs désirs et de leur besoin de se faire remarquer.

— C'est donc juste pour le plaisir de choquer ?

— Oui et non. Je dirais qu'il se nourrit de la terreur de sa victime, mais que le choc qu'il génère après coup auprès des témoins vient raviver cette sensation. Le maquillage, les mutilations... Chaque fille est un reflet de la personne qui l'a traumatisé. Il punit une femme et envoie un message aux autres. Et ce n'est pas fini, il va récidiver, mais il semblerait qu'il reste cantonné au même groupe d'amies. Nous devons déterminer sa prochaine proie avant qu'il ne soit trop tard.

— Oh, doux Jésus, Aimée était en discussion avec Emily hier soir !

47

Kane retrouva Wolfe qui sortait de la forêt.

— Est-ce qu'Emily est à la maison ? Jenna vient de me dire qu'elle était en appel vidéo avec Aimée hier soir avant le meurtre. Et comme ce fou a l'air de toujours frapper dans le même groupe d'amis, nous devons nous inquiéter de sa sécurité.

— Je l'appelle sur-le-champ, répondit Wolfe en enlevant son masque, dévoilant une expression sinistre. Même si je doute qu'elle ait la mauvaise idée de sortir seule.

— C'est une fille sensée, ajouta Jenna. J'aimerais bien qu'elle rejoigne le bureau du shérif quand elle aura terminé ses études. Je ne dirais pas non à une femme adjointe, dit-elle avec un grand sourire.

— Elle a d'autres projets. Elle va passer son diplôme de médecine légale et me rejoindre ici en tant que légiste.

Wolfe en parlait comme d'une certitude. Puis, il dégaina son téléphone portable et tourna le dos, révélant une large tache de sueur.

— Je suis désolé, je n'ai pas d'autre moyen de te dire ça, mais Aimée est morte. Et j'ai cru comprendre que vous avez discuté la nuit dernière ?

Kane observa les changements d'expression sur le visage de l'homme, alors qu'il se retournait vers eux. Wolfe était franc et ne mâchait pas ses mots avec sa fille. Quand son collègue eut finalement raccroché, Kane lui lança avec impatience :

— Qu'est-ce qu'elle a dit ?

Wolfe fit un geste de la main comme pour indiquer qu'il avait besoin de réfléchir, puis fixa le sol pendant quelques instants. Enfin, il soupira et dit :

— Je sais comment le tueur attire les filles sur les lieux du crime.

— Quoi ? lâchèrent Kane et Jenna en chœur. Comment ?

— Il se sert de ce foutu jeu auquel elles jouent toutes sur leur téléphone. Emily a dit qu'Aimée s'était précipitée à la rencontre d'une certaine Julia. Emily a essayé de l'en dissuader, mais en vain. Apparemment, ladite « Julia » a envoyé un message à Aimée disant qu'elle avait trouvé trois personnages rares en lisière de forêt. Vous comprenez, le jeu consiste à les collectionner en se rendant sur place. Les images étant projetées en temps réel *via* la caméra du téléphone. Emily a tenté de contacter Aimée ce matin, vers 8 h 30. Et comme elle ne répondait pas, elle a appelé Julia, qui n'a pas envoyé ce message à Aimée. Le tueur s'est fait passer pour elle.

— Mais comment ? demanda Jenna, incrédule. Je veux dire, il y a bien un numéro de téléphone qui s'affiche, non ? Vous parlez bien de SMS ?

— Non. Ils communiquent depuis la messagerie du jeu. Aimée a même dit à Emily qu'elle préférait ça, parce que ça empêchait ses parents de fouiner. En tout cas, notre tueur les a piratées, c'est une certitude. Ce qui fait grimper Provine au rang de suspect numéro un. J'imagine que c'est à ça que servent les clés USB qu'il donne aux filles.

Kane le regarda fixement, l'esprit en ébullition.

— Oh, mon Dieu, Chad a mentionné que Kate avait changé l'heure du rendez-vous *via* le *chat* du jeu.

— Exactement, répliqua Wolfe, avec un soupir. Il est bon, vraiment bon. À vrai dire, je suis surpris qu'il n'ait pas essayé de faire tomber les défenses du bureau du shérif. Enfin, pour l'instant, avec tout ce que j'ai fait, c'est plus sécurisé que le Pentagone. S'il avait essayé quoi que ce soit, on en aurait été alertés.

— Est-ce qu'on sait où il se trouve ? Vous avez gardé un œil sur lui ? s'écria Jenna, fulminante. Ce rat ! Est-ce qu'Emily a connecté son ordinateur portable à son foutu cercle VIP elle aussi ?

— Oui, elle l'a fait, mais à ma demande, pour que je puisse m'en servir et inverser le processus. Espionner notre *hacker* à son tour. Je vais m'y mettre en rentrant, mais jusqu'à présent, Provine semble se tenir tranquille. Pour autant que je sache, il n'a pas déclenché l'alarme que j'ai réglée sur son pare-feu et il n'a pas bougé de son appartement non plus, à moins qu'il ait trouvé le mouchard.

Wolfe fronça les sourcils alors qu'il consultait son téléphone.

— Oui, sa voiture est toujours au même endroit d'après mon appli. Mais il a peut-être un autre moyen de transport.

Sortant lui aussi son téléphone, Kane fit défiler sa liste de contacts.

— Je vais l'appeler. On ne sait jamais.

Au bout de deux tonalités, Provine décrocha.

— Bonjour, monsieur. Ici l'adjoint David Kane. J'étais en train de boucler notre budget pour le reste de l'année et je me demandais s'il serait éventuellement possible d'obtenir un prix d'ami pour le département du shérif, dans la mesure où on achète en gros ? C'est vrai ? Formidable ! Je vais en parler avec l'adjoint Wolfe et on devrait passer la semaine prochaine. Merci beaucoup.

Il raccrocha.

— Eh bien, il est visiblement au magasin. Je pouvais clairement entendre les jeux et les voix en arrière-plan.

— Le petit malin. Il pense qu'il est invincible et intraçable. Mais s'il est impliqué dans ces meurtres, il va forcément faire une erreur, soit en ligne, soit sur les lieux. J'ai trouvé des poils et des fibres cette fois-ci. Et il n'a pas lavé le corps, il devient négligent.

— Nous allons devoir le garder sous surveillance, ajouta Jenna. Je me demande s'il sera présent au bal du rodéo ce soir.

— S'il n'y est pas, nous devrons organiser une surveillance, dit Kane en se frottant la nuque. Je pense qu'il va profiter de l'occasion pour tuer à nouveau. Ce ne sera pas trop difficile d'attirer une fille dans la foule et le champ de foire est rempli d'endroits où se cacher.

— Ne comptez pas trop sur moi, dit Wolfe avec un soupir. J'y emmène Emily, comme promis. Et étant donné que je travaille depuis 6 heures ce matin, j'estime avoir droit à un peu de repos.

— On avait prévu d'y aller aussi, mais surveiller Provine est plus important, dit Jenna en se mordant la lèvre. Je comprends que vous soyez épuisé de cumuler deux emplois et je ne voudrais pas vous faire faire des heures supplémentaires. Allez-y, reposez-vous, on va finir ici. Combien de temps avant d'avoir les résultats des tests ADN ?

— En ce qui concerne les preuves trouvées sur Aimée, deux jours, trois au maximum. L'analyse des échantillons des autres victimes a été plus rapide que prévu, les résultats devraient être prêts cet après-midi.

Un drôle de sourire s'afficha sur le visage de Wolfe.

— J'espère en avoir assez pour condamner le tueur. J'ai trouvé des cellules sur les mains de Kate, probablement la sueur du meurtrier.

— Parfait, s'écria Kane en rassemblant leur matériel. Vous me tenez au courant après avoir informé le shérif ?

— Oui, bien sûr.

Fixant du regard les combinaisons que Kane rangeait dans le sac, il ajouta :

— Autre chose. En tant que légiste, je vais instaurer une nouvelle règle. Tout matériel usagé provenant d'une scène de crime devra être brûlé et non pas jeté dans les ordures. J'emporte ça. Pour l'instant, utilisons l'incinérateur des pompes funèbres. Mais je vais demander au maire d'en faire installer un au bureau du shérif. La poubelle que vous avez là-bas est une vaste blague, autant du point de vue de la sécurité que de l'environnement. Bon, allez, on se voit plus tard, conclut-il en grimpant dans son véhicule.

— Qu'est-ce qu'on fait, maintenant, madame ? lança Kane après qu'ils eurent fini de sécuriser les lieux.

— On va rendre visite à Lionel Provine. On a une excuse toute faite et j'aimerais bien voir comment il se comporte. On va lui demander s'il va au bal ce soir. Si c'est le cas, nous nous garerons devant le café Chez Tante Betty, attendrons qu'il parte et nous le suivrons jusqu'au champ de foire.

— On va pouvoir le surveiller de très près, dit Kane en se frottant les mains. Ça vous a plu de conduire ma voiture ?

— Je ne sais pas ce que vous avez fait au moteur, mais ça devrait être illégal, dit Jenna avec un petit rire. Elle se manie bien. Je suis jalouse.

Il lui adressa un sourire en coin, heureux de voir qu'elle avait mieux supporté la scène de crime qu'il ne s'y attendait.

— Je peux bidouiller votre véhicule pour le rendre plus rapide si vous voulez. Quand on aura un peu de temps libre, je veux dire.

Il jeta son sac à l'arrière du SUV et s'installa au volant. Il avait mal partout et il fallait encore se rendre au bal une fois la nuit venue. *La journée va être longue.*

48

Debout devant le miroir, Jenna se demanda si le combo franges et sequins n'était pas un peu trop. Il faut dire que depuis son arrivée à Black Rock Falls, elle avait toujours assisté au rodéo en uniforme. Vérifiant l'aspect de son fessier, bien moulé dans son jean, elle se dit que ça ferait l'affaire. Le chapeau en castor noir lui avait coûté une fortune, mais avec ça, elle devrait se fondre dans la foule sans trop de problèmes. Restait plus qu'à espérer que le DVD « Le Texas Two Step pour les nuls » l'empêcherait de se ridiculiser sur la piste de danse.

Avec Rogers toujours en fuite et Lionel Provine présent au bal, la situation était *parfaitement sous contrôle*. Kane, Walters et Rowley s'étaient relayés pour garder l'homme sous surveillance et avec tous ces yeux rivés sur lui, il aurait fallu être fou pour oser tenter quoi que ce soit.

Un klaxon retentit à l'extérieur et Jenna s'empressa d'aller retrouver Kane, tout de noir vêtu et nonchalamment appuyé contre son SUV. Un gilet en cuir venait habiller sa chemise brodée de revolvers. Il ressemblait à un bandit du Far West. En se glissant à l'intérieur du véhicule, elle remarqua son Glock posé sur le tableau de bord.

— Vous pensez avoir besoin de votre arme ?

— Je ne sors jamais sans, répondit Kane d'un air crispé. Normalement, je la garde attachée dans le bas du dos, mais ça me gêne quand je conduis.

— Je ne pouvais pas mettre mon Sig dans mon sac à main, dit Jenna avec un soupir. Et ç'aurait été un peu trop voyant d'avoir un holster dans cette tenue, surtout si on est censés être *incognito*.

— Pas d'inquiétude. J'ai un pistolet de secours attaché à la cheville. Si jamais vous en avez besoin.

Jenna sourit.

— Je n'en attendais pas moins de vous, adjoint Kane !

— Vous êtes ravissante, ce soir, madame. Jenna se sentit rougir un peu.

— J'ai le droit de dire ça ou bien est-ce que ça sort un peu trop du cadre professionnel ? demanda David.

— Non, tout va bien, vous avez le droit.

Ce n'était pas tous les jours qu'on lui faisait des compliments.

— Alors que vous, vous avez l'air tout droit sorti d'un vieux western ! ajouta-t-elle en riant.

— Oh, mince ! Mais elle est toute neuve, pourtant, cette chemise !

Son expression mortifiée la fit glousser comme une adolescente.

— Non, je plaisante, vous êtes parfait, lui lança-t-elle avec un petit sourire gêné. Toutes les femmes vont se jeter sur vous !

— Mais non ! s'exclama-t-il avec un sourire, révélant des dents d'une blancheur éclatante. Ce soir, je suis sous couverture. Pas le temps pour ce genre de choses. Au fait, vos oreillettes sont dans la boîte à gants. Vous verrez, la réception est incroyable. Comme ça, on pourra rester en contact avec Wolfe et Rowley, au cas où il se passerait quelque chose. Mais avec les adjoints supplémentaires et Walters en service, la soirée devrait a priori être tranquille.

— C'est assez différent de ce dont j'ai l'habitude. Comment est-ce qu'on éteint le micro ? Je n'ai pas envie que mes adjoints écoutent tout ce que je dis.

— Appuyez dessus, c'est comme un bouton marche/arrêt.

— Et comment je parle à chacun individuellement ?

— Malheureusement, ce n'est pas fait pour. Une fois allumé, vous parlez à tout le monde, alors utilisez des noms. Et n'oubliez pas de l'éteindre quand vous avez fini. J'ai un souvenir d'un gars de mon équipe qui l'avait oublié alors qu'il allait aux toilettes. Disons que c'était pour le moins *explosif*, dit-il en riant. On était deux à garder le président, en pleine conférence de presse. Je vous laisse imaginer les efforts colossaux que ça nous a demandés de ne pas éclater de rire. Une chose est sûre, ce type s'en souviendra toute sa vie.

— Oh, mon Dieu. C'est la chose la plus drôle que j'aie jamais entendue.

Elle n'arrivait pas à croire qu'il avait côtoyé le président.

— Je ne savais pas que vous travailliez aussi près du président des États-Unis.

— Après ma dernière mission, le QG craignait que je sois découvert, alors on m'a transféré à la Maison-Blanche. C'était supposé être un endroit sûr, mais il faut croire que ce genre de chose n'existe plus.

Le téléphone de Jenna interrompit Kane au beau milieu de son récit.

— C'est Wolfe. Ça doit être important, si ça ne peut pas attendre jusqu'au bal.

Elle pressa le téléphone contre son oreille.

— Oui. Alton à l'appareil.

— *S'il vous plaît, si vous êtes avec Kane, ne mettez pas le haut-parleur.*

— OK, répondit-elle, un peu confuse.

— *Je ne veux pas vous affoler, mais les traces d'ADN trouvées sous les ongles de Kate Bright correspondent à Dave. Le problème, c'est qu'il était couvert de la tête aux pieds, comme moi, quand on l'a trouvée, et j'avais pris soin d'ensacher les mains avant de lui demander de m'aider.*

Wolfe se racla la gorge avant de reprendre.

— *Je ne pense pas une seconde que Dave ait tué qui que ce soit. La seule explication est que le tueur a frotté le corps avec quelque chose lui appartenant, comme un t-shirt sale ou une chaussette par exemple. Savez-vous où il était au moment de la mort ?*

Elle fixa la fenêtre un instant, regardant les arbres défiler et ravala sa salive.

— Non, mais je compte bien le découvrir. Si c'est un coup monté, alors j'imagine que vous trouverez la même chose sur le corps d'Aimée.

— *Exactement. J'ai aussi des fibres qui correspondent aux combinaisons que nous utilisons sur les scènes de crime. J'ai testé l'ADN et tout correspond à Kane. J'imagine que les combinaisons utilisées pour Felicity ont été jetées dans la poubelle, devant le bureau du shérif ?*

— J'en ai bien peur. On n'a pas pensé à les faire incinérer.

— *Ça va être considéré comme preuve au tribunal. Kane va devoir prouver ses allées et venues, sinon il risque d'être inculpé, même si c'est évident que quelqu'un cherche à lui faire porter le chapeau. Mais on en reparle plus tard, Emily est impatiente de partir.*

— OK, nous nous dirigeons vers le champ de foire. En raccrochant, elle lança un regard confus à Kane.

— Vous étiez où quand Kate a été assassinée ?

— Vous ne vous souvenez pas ? J'étais avec vous !

Sa confiance en lui était absolue, mais il faut dire que ses souvenirs de la semaine étaient très flous. Sa mémoire lui jouait des tours, mais elle ne voulait pas l'admettre.

— Je ne vous le demanderais pas si je le savais déjà, s'exclama-t-elle, d'un ton soudain agressif. Pour l'amour de Dieu, Dave, votre ADN a été retrouvé sur le corps de Kate Bright !

— J'ai beau avoir tué beaucoup de gens, vous croyez vraiment que j'aurais fait ça à ces filles ?

— Non, bien sûr que non. Mais Wolfe a dit qu'il ne pouvait pas supprimer les preuves et que ça pèserait au tribunal. Il va vous falloir un alibi en béton armé. Excusez-moi, j'ai perdu mes moyens, la semaine a été longue.

— Dans ce cas, soyons rassurés que je passe autant de temps avec vous. Voyons voir... J'étais au bureau jusqu'aux alentours de 18 heures, puis on a dîné ensemble au Chez Tante Betty jusqu'à 19 h 30 environ, puis on est rentrés en voiture, on a pris un café chez vous et je suis retourné dans mon cottage vers 20 heures. Vous m'avez appelé vers 20 h 30 pour me dire que Chad avait trouvé le corps de Kate. Il faudrait que j'aie des superpouvoirs pour commettre un meurtre entre les deux. Je suis content que vous m'ayez révélé tout ça. Ça fait du bien de voir que vous me faites confiance et j'apprécierais avoir quelqu'un de mon côté si ces preuves arrivent devant les tribunaux.

— Il y aura plein de gens qui se souviendront nous avoir vus au Chez Tante Betty.

— Oui, surtout Susie Hartwig. Elle a dû mentionner qu'elle allait au bal au moins dix fois. Je me demande quand elle finira par comprendre que je ne suis pas intéressé, dit-il en levant les yeux au ciel. OK, qu'est-ce que Wolfe a dit d'autre ?

Une vague de soulagement s'empara de Jenna et la boule dans sa gorge commença à se dissiper.

— Il a trouvé votre ADN sur les mains de Kate. Et aussi sur des fibres qui correspondent aux échantillons prélevés sur nos combinaisons de scène de crime. Il pense que le tueur les a prises dans la poubelle et les a frottées sur le corps.

Jenna prit le temps de l'observer. Il était redevenu professionnel et détaché, avec un regard de pierre qui ne laissait rien transparaître.

— Il est probable qu'il trouve le même résultat sur le corps d'Aimée.

— Bordel ! Ce salaud essaie de me faire accuser à sa place ! En plus, c'est moi qui ai jeté nos combinaisons dans la poubelle à l'extérieur du bureau. Mais vous, vous vous souvenez où j'étais la nuit dernière, hein ?

— Oui, Kane. Je me souviens. Ça va aller, dit-elle en posant une main sur son épaule.

Elle s'éclaircit la voix, puis ajouta :

— Allez. Écouteurs dans les oreilles, micros en place. On va choper ce type.

— Oui, madame.

49

Le champ de foire empestait la bière et la friture, et les gens se
bousculaient de tous côtés, dans un ballet de couleurs criardes
et de brouhaha incessant, qui ne parvenait pas à atténuer le
malaise ambiant. Avec un potentiel tueur en série dans les
parages, le rodéo n'avait plus rien d'un carnaval. Les parents
gardaient leurs enfants serrés contre eux le plus possible et
Jenna ne put s'empêcher de remarquer comment les gens se
déplaçaient en groupe, tournant la tête dans toutes les directions, le regard inquiet. Le tueur pouvait être n'importe qui. Et
la foule le savait.

Suivant les guirlandes lumineuses, ils s'avancèrent jusqu'à
la salle de bal. En tant que shérif, elle aurait trouvé normal de
tout annuler, mais le maire avait insisté pour que les événements se déroulent comme prévu. Alors que ça pouvait coûter
la vie à une autre fille...

Les quelques renforts venus de Blackwater gardaient l'entrée et le parking, ce qui signifiait que Walters devait être à l'intérieur. Désireuse d'essayer ses nouveaux jouets, Jenna alluma
son micro et demanda à chacun des adjoints de répondre

présent. Elle fut ravie d'apprendre que Rowley avait Provine dans son champ de vision.

— Ça marche super bien, ces petits appareils, dit-elle en éteignant. Malgré tout ce boucan, j'arrive très bien à entendre.

— Wolfe sait ce qu'il fait, ajouta Kane avec un sourire. Je sais que vous ne dansez pas, mais ça vous dirait de faire le tour de la piste avec moi ? Juste pour voir un peu qui est là.

— Oui, mais n'oubliez pas de rester discret. On est sous couverture, vous vous rappelez ?

— Je pense que, dans la situation actuelle, les habitants attendent de nous qu'on veille à leur sécurité, madame. Pas de fausses excuses, Jenna, n'ayez pas peur. Le plus dur, c'est de se lancer.

— OK, je vais essayer, mais n'en attendez pas trop de moi.

— Ne vous inquiétez pas, vous allez apprendre en deux temps trois mouvements. C'est comme à l'entraînement. Vu comment vous assimilez les techniques de combat, danser sera un jeu d'enfant.

— Si vous le dites...

Alors qu'elle observait les couples qui tournoyaient sur la piste de danse, elle aperçut Jake Rowley, pomponné jusqu'au bout des ongles, appuyé nonchalamment contre le bar, surveillant la pièce. Depuis l'arrivée de Kane, il avait beaucoup progressé et sa présence dans l'équipe était inestimable. Il semblait remarquer les petites choses que les gens négligeaient et elle lui faisait confiance pour surveiller Lionel Provine. Se tournant vers les danseurs de nouveau, elle repéra Lucky Briggs et Storm Crawley, avec chacun une partenaire. Les femmes à leur bras étaient radieuses et souriaient de toutes leurs dents, comme si elles n'étaient pas conscientes de la menace. Bien qu'ils lui aient fait un peu peur au premier abord, elle avait écarté les deux hommes de la liste de suspects et leur alibi pour le meurtre de Kate avait été vérifié entretemps.

Saluant les habitants d'un signe de tête depuis le bord de la piste, elle remarqua Susie Hartwig qui se dirigeait vers Kane.

— Je vous avais dit que les femmes se jetteraient sur vous.

— Oh non. Par pitié, sauvez-moi, dit Kane en lui tendant la main. Allez, montrez-moi vos plus beaux mouvements, on pourra tout voir depuis la piste de danse.

Elle se laissa guider et à sa grande surprise, ils bougeaient avec aisance. Kane lui faisait la conversation tout en gardant un œil sur la foule. Et au bout de trois chansons, elle se prit d'affection pour le Texas Two Step. Elle sourit.

— Je suis crevée, je ne vais pas tenter le Boot Scoot. Je vais plutôt jeter un œil aux alentours.

— OK, dit Kane en la raccompagnant vers les tables en bon gentleman. Wolfe est là. Je vais aller chercher des boissons et voir qui traîne au bar.

— Tout va bien ? lança Jenna alors que Kane s'éloignait. Où est Emily ?

— Sur la piste, répondit-il avec un regard désespéré. Vous n'avez pas idée de ce que c'est d'être père seul de trois filles.

— Vous vous débrouillez super bien, Shane.

— Vous me surestimez, répliqua-t-il dans un soupir. Je fais des gaffes dix fois par jour. Par exemple, Emily m'a demandé mon avis sur sa tenue. Et moi, j'ai refusé qu'elle porte un short trop court et sorte le ventre à l'air. Elle a dit que j'étais vieux jeu. Ça grandit bien trop vite, on ne se rend pas compte.

Jenna suivit son regard et aperçut Emily qui dansait avec un jeune homme. Tout sourire, mais décemment vêtue, d'un jean bleu et d'une chemise *western* à paillettes.

— Elle est superbe, qu'est-ce qui vous inquiète ?

— Elle est impulsive et elle n'a peur de rien. C'est comme si c'était gravé dans ses gènes, dit-il, les lèvres pincées. Elle a son permis, mais je n'oserais pas lui acheter une voiture, par exemple. Elle me ressemble trop. Alors que les deux autres tiennent de leur mère.

— Détendez-vous, lui lança Jenna, avec une grande tape dans le dos. Avec tout ce qui se passe, c'est bien qu'elle arrive à s'amuser le temps d'une soirée.

Shane était un vrai papa poule.

— Oui, vous avez raison. J'essaie, mais ce n'est pas facile.

Peu de temps après, Kane était de retour avec des sodas et Emily les rejoignit à la table, avec son amie Julia.

— Vous vous amusez bien ? leur lança le shérif.

— Pas vraiment, mais je suis contente qu'Emily ait réussi à me traîner dehors. Après la mort d'Aimée, je n'arrêtais pas de pleurer. Mes parents sont là, aussi, pour plus de sécurité. Vous avez vu le cercle d'hommes qui s'est formé tout autour de la piste de danse ? Il faut croire que toute la ville est très secouée et prête à bondir sur quiconque ferait un pas de travers.

— Ça, c'est clair. Et puis, il y a des adjoints partout, ajouta Emily. Je voulais te dire qu'avec Julia, on va passer aux toilettes, puis acheter des hot-dogs, dit-elle en se tournant vers son père. On sera bientôt de retour.

— Je t'accompagne.

— Papaaa ! J'ai 17 ans, je ne suis pas une gamine ! C'est à seulement quelques mètres. Ça va aller. On s'assurera d'être toujours dans la foule, d'accord ? Je te laisse mes affaires. On est là dans cinq minutes. Tiens, garde mon téléphone, comme ça, on ne pourra pas me le piquer.

— Tu ne penses pas en avoir besoin ?

— Je ne vais pas passer des appels pendant que je fais pipi. Et puis j'ai ma broche et mes bijoux si quelque chose arrive. Arrête de t'inquiéter, c'est ridicule, conclut Emily avant de disparaître dans la foule avec son amie.

Les adjoints restèrent assis en silence pendant un moment et Jenna ne put s'empêcher de remarquer comment Wolfe vérifiait constamment sa montre et son téléphone. Elle s'éclaircit la gorge.

— Pourquoi ne pas demander à Rowley s'il l'a dans son

champ de vision ? Il est au bar à surveiller Provine. Je pense qu'il a vue sur la buvette, d'où il se tient.

Elle attendit, écoutant attentivement la conversation dans son oreillette. Rowley n'avait pas du tout vu Emily acheter ses hot-dogs, mais il y avait la queue, elle était sûrement loin derrière.

— Vous ne pouvez pas la localiser *via* sa puce ? demanda Jenna à Wolfe, qui s'agitait de plus en plus.

— Si. Ça indique bien qu'elle est ici, sur le champ de foire, mais ça ne me dit pas exactement où elle se trouve dans la zone.

— Vous voulez que j'aille voir dans les toilettes des dames ? Il doit y avoir pas mal d'attente là-bas aussi.

— Oui, merci. Quelle idée de partir sans son téléphone. Je sais que je la couve un peu trop, mais après tout ce qui s'est passé cette semaine...

— Pas de problème, dit Jenna en se dirigeant vers la porte.

50

L'homme se mêla à la foule, savourant son hot-dog et répondant avec compassion aux inquiétudes des uns et des autres, alors qu'en vérité, au fond de lui, il se délectait de leur détresse. Les bavardages incessants et les regards suspicieux étaient comme une récompense, qui ravivait les images de ses filles. Plus personne n'aurait l'occasion d'admirer leur grain de peau ou leurs lèvres pulpeuses. Et personne d'autre n'aurait la chance qu'il avait eue, de voir la vie s'échapper d'elles comme on éteint la flamme d'une bougie. Ces souvenirs-là n'appartenaient qu'à lui.

Au milieu d'un groupe de parents qui tenaient leurs enfants par la main, il observa la salle. La plupart des jeunes filles étaient bien évidemment chaperonnées, mais à cet âge-là, elles sont intenables. Il y en aurait forcément une, intrépide et naïve, qui désobéirait à ses parents. Son regard se posa alors sur Emily, la fille de l'adjoint Wolfe, puis sur Julia. Il avait eu envie d'elle tant de fois. Et de nombreuses fois, il aurait pu l'avoir, elle lui faisait tellement confiance. Mais la facilité, ça ne l'intéressait pas. Alors qu'ici, sous les yeux de tous, le moment était parfait. Après ça, il entrerait dans la postérité.

Se frayant un chemin à travers la foule, et se retenant de sourire, il prit soin de saluer un à un tous les habitants, tout en gardant un œil sur les filles, qui se dirigeaient vers les toilettes. Pendant un instant, il s'imagina faire d'une pierre deux coups et les prendre toutes les deux... Mais non. Il y avait des adjoints de partout. *Ne prenons pas de risques inconsidérés. Une seule fille suffira pour l'instant.*

Sans se faire repérer, il finit par trouver un endroit discret, dans une grange à foin. De cet endroit, il pouvait voir les gens qui entraient et sortaient du bal. Il toucha le couteau à sa taille, dans le fourreau de cuir bien caché par sa longue chemise. Il allait devoir faire vite ; pas le temps de s'attarder ni de prendre du plaisir à entailler *sa* fille. Quel dommage. Puis il repensa à celle de la forêt, qui lui avait appris que les meurtres rapides avaient du bon aussi. Le regard effrayé de la jeune femme et la façon dont elle tremblait resteraient longtemps gravés dans sa mémoire.

Les yeux fixés sur la sortie des toilettes, il vérifia ses poches et passa la langue sur ses lèvres. L'excitation montait en lui de plus en plus. Il observa les adjoints qui patrouillaient, à l'autre bout du champ de foire.

Ces idiots ne faisaient pas le poids.

Il cueillerait encore deux autres filles avant de quitter Black Rock Falls. Et Emily Wolfe serait l'une d'entre elles. D'abord la fille de l'adjoint, puis le shérif lui-même. Elle était un peu vieille, mais elle savait se battre, ce qui ajouterait du piquant. Caché dans la pénombre, il se délecta de cette pensée puis se reconcentra sur le moment présent.

Allez, viens, Julia, je t'attends.

À travers la masse de corps et le mélange d'odeurs qui allait avec, Jenna se fraya un chemin jusqu'aux toilettes. La file d'attente des femmes se prolongeait jusqu'au milieu du hall. En tant que shérif, elle se permit de doubler tout le monde et appela le nom d'Emily une fois sur place. Mais sans succès. Apercevant Susie Hartwig qui sortait du bâtiment, elle lui lança :

— Vous n'auriez pas vu la fille de l'adjoint Wolfe, Emily ?

— Si, elle faisait la queue avec Julia. Elles sont sûrement parties vers les toilettes de l'arène principale. Sous les gradins. J'ai entendu un groupe de femmes dire qu'elles allaient là-bas. On leur a dit de ne pas y aller, vu que l'éclairage n'est pas très bon, mais elles n'ont pas écouté. Mais elles sont en groupe, c'est déjà ça. Elles se sont dit qu'en restant ensemble, tout irait bien.

— Est-ce qu'il y a d'autres toilettes où elles auraient pu aller ?

— Oh oui, il y en a aussi près de la promenade. Là où sont installés les stands de souvenirs et de nourriture pendant la journée.

— Oui, je vois, dit Jenna en hochant la tête. Merci. Elle activa son micro, pour contacter Wolfe.

— Elle n'est pas aux toilettes à l'extérieur du hall, mais des gens l'ont vue avec Julia. Je me dirige maintenant vers les toilettes de l'arène principale. Si elle n'y est pas, je vais aussi vérifier celles de la promenade. Mais allez voir du côté du stand de hot-dogs, peut-être qu'elles sont déjà revenues.

— *Bien reçu.*

Puis, se rappelant qu'elle avait toute l'équipe en ligne, elle ajouta :

— Ici le shérif Alton, y a-t-il quelqu'un dans les environs de l'arène principale ou de la promenade ?

— *Oui, madame*, répondit un des adjoints de Blackwater. *Je suis à l'extrémité de la promenade, près de l'entrée.*

— Rappelez-moi si vous croisez la fille de l'adjoint Wolfe et son amie.

— *Oui, madame.*

Accélérant le pas, elle se dirigea vers l'arène. Un peu partout à l'extérieur, les gens s'agglutinaient en petits groupes, pour fumer ou prendre l'air après avoir dansé, mais aux alentours de l'arène principale, l'endroit était désert. Les néons étaient éteints et seul le crépuscule estival offrait encore un peu de lumière. Une bouffée d'angoisse s'empara d'elle au moment de s'aventurer sous les gradins. Est-ce que les deux filles seraient assez stupides pour venir ici toutes seules ? Rassemblant ses esprits, elle tendit l'oreille, dans l'espoir d'entendre des voix malgré la musique tonitruante qui émanait de la salle de bal. Malgré son entraînement au combat à main nue, entrer dans un couloir sombre alors qu'un tueur était en liberté n'avait rien de rassurant. Son téléphone en guise de lampe de poche, elle s'avança prudemment. Elle finit par entendre des voix. Une petite file de femmes attendait pour aller aux toilettes.

— Emily ? Julia ? Vous êtes là ? Est-ce que quelqu'un ici a croisé une jeune fille aux longs cheveux blonds ?

Les femmes secouèrent la tête, l'air horrifié.

— Surtout, restez groupées, ne laissez personne derrière vous lorsque vous retournerez dans la salle.

En s'éloignant, elle réactiva son micro.

— Elle n'est pas dans l'arène principale. Je me dirige maintenant vers la promenade. Ordre à tous mes adjoints, sauf Rowley, de partir à la recherche d'Emily Wolfe. Alton, terminé.

Alors qu'elle courait, elle remarqua un groupe d'adolescents près d'un stand de boissons. Elle s'élança vers une fille aux cheveux blonds, qui se retourna, les yeux écarquillés. Jenna lui sourit et avertit le groupe de faire attention à eux. Puis repartit.

Après avoir contacté Rowley pour s'assurer qu'il avait toujours les yeux sur Provine, elle retourna dans le hall. Emily était consciente du danger. Causer autant d'inquiétude à son père ne lui ressemblait pas. A priori elle allait bien, car dans le cas contraire elle aurait activé ses puces. À moins que...

En arrivant devant le hall, elle tomba nez à nez avec Kane, Wolfe et Rowley.

— Qu'est-ce qui se passe ? Qui surveille Provine ?

— Walters discute avec lui en ce moment même, dit Kane en lui tendant une bouteille d'eau. On a fait le tour de la salle, mais Emily n'y est pas.

— Je veux que tout le monde parte à sa recherche. Divisez le champ de foire en sections et demandez aux adjoints de faire le point après chaque endroit vérifié.

— Oui, madame. On commence par où ?

La panique s'installa dans son ventre. Tout était trop lent. Elle ne pouvait pas rester là, elle devait faire quelque chose.

— Répartissez les troupes, Kane. Il n'y a pas de temps à perdre. Je me dirige vers l'arrière-scène, c'est là que j'irais si je voulais tuer quelqu'un.

Alors que Kane lançait les ordres au micro, elle jeta un regard inquiet à Wolfe.

— Elle n'a pas encore activé sa puce ?

— Non. Espérons qu'elle soit juste avec ses amis quelque part, en train de se rafraîchir ou de discuter. Elle a rencontré pas mal de monde depuis qu'on a emménagé.

Une sonnerie stridente les interrompit.

— C'est sa puce. Attendez, je mets en haut-parleur.

— *Papa ? Je connais le nom du tueur.*

52

Emily regretta de ne pas avoir alerté son père plus tôt. Après ce qui était arrivé à Aimée, elle aurait dû le prévenir dès l'instant où Julia était partie à la poursuite d'un de ces satanés personnages de jeu vidéo. Obnubilée par son écran, la jeune fille s'était éloignée vers une zone mal éclairée et Emily avait voulu hurler le nom de son amie, lui crier de revenir, mais s'était tue en voyant l'homme émerger de derrière un bâtiment. Effrayée, elle s'était tapie dans l'ombre, pendant que Julia conversait avec lui. C'est au moment où il s'était penché pour regarder le téléphone de Julia qu'elle l'avait reconnu. Il était là depuis le début et personne ne l'avait soupçonné.

À son langage corporel, elle comprit qu'il avait proposé de l'accompagner dans sa chasse au personnage et son amie avait entrepris de le suivre vers un bâtiment sombre, un sourire naïf sur le visage. Emily activa immédiatement sa puce, mais le court message qu'elle lui avait transmis ne contenait pas les informations vitales dont il avait besoin et son père devait être furieux de ne pas connaître sa position exacte. Appuyée contre le mur de briques de l'écurie, elle jeta un coup d'œil aux alentours, alors qu'une terreur sans précédent prenait possession de son corps.

De l'autre côté de la rue, Julia se promenait naïvement au côté de l'homme, les yeux toujours vissés sur son écran, en discutant nonchalamment comme si rien n'existait. Elle n'avait même pas remarqué qu'il brandissait une chaussette remplie de quelque chose de lourd, alors qu'Emily, elle, ne doutait pas un instant qu'elle s'apprêtait à être témoin du meurtre de Julia.

Elle voulait hurler et se précipiter au secours de son amie, mais elle ne faisait pas le poids face à un psychopathe, même avec les rudiments de self-défense que lui avait inculqués son père. Les jambes lourdes, presque paralysées, elle recula de quelques pas, priant pour que le léger crissement des graviers sous ses bottes neuves ne la trahisse pas. La sueur ruisselait le long de son dos et elle se força à respirer calmement, espérant que les ombres la dissimuleraient. Elle ne voulait pas risquer un mot de plus, le tueur était tout près. Mais il était peut-être déjà trop tard, il l'avait peut-être déjà repérée.

Le cœur battant à toute allure, elle tira sur sa chemise pour rapprocher sa broche de sa bouche.

— Papa, je suis à l'autre bout du champ de foire, le dernier bloc d'écuries, sur la droite. Viens vite. C'est le révérend Jones. Il va tuer Julia.

En entendant un bruit sourd puis le son de quelque chose frappant le sol, elle se mit à trembler de façon incontrôlable. Elle voulait savoir ce qui arrivait à son amie, aussi jeta-t-elle un rapide coup d'œil au coin de la rue, puis se figea. Julia était étendue sur le sol, alors que le révérend avait disparu.

Emily se précipita hors de sa cachette et s'enfuit à toute allure. Tandis que des bruits de pas se rapprochaient derrière elle, elle ouvrit la bouche pour crier, mais aucun son ne sortit. Peinant à respirer, elle jeta un œil par-dessus son épaule. Il était à moins de deux mètres d'elle et gagnait rapidement du terrain.

Elle accéléra de toutes ses forces, luttant pour ne pas glisser malgré ses bottes trop neuves et se dirigea vers la route qui traversait le terrain. Derrière elle, les pas lourds de l'homme martelaient le sol et elle pouvait entendre sa respiration se faire de plus en plus proche. *Par pitié, je dois m'échapper. Il faut que j'arrive à m'échapper.*

Son père allait arriver, elle devait juste le rejoindre. Juste courir assez vite et contourner le dernier bâtiment. Mais les pas lourds et tonitruants tonnaient derrière elle puis une main puissante la saisit par les cheveux. Transie de douleur, elle se retourna vers le visage du démon et fit de son mieux pour appliquer les mouvements que son père lui avait appris. Griffer au niveau des yeux, puis mettre un coup de genou.

— Papa, aide-moi ! Je t'en supplie, aide-moi !

Le coup de genou dans l'entrejambe atteignit sa cible et Jones la lâcha, mais ça ne dura qu'une fraction de seconde avant qu'il lui assène un coup de poing au visage. Elle tituba un peu, mais réussit à s'enfuir. La vision brouillée et des larmes coulant sur ses joues, elle parvint à contourner le dernier bâtiment et put apercevoir l'équipe qui se dirigeait vers elle, au loin.

— Papaaa !

— Il ne te sera d'aucune aide, maintenant, dit Jones dans un grognement malsain.

Un coup sec sur son cuir chevelu la fit s'immobiliser une fois de plus et elle s'écroula sur le sol alors que l'homme se penchait sur elle de tout son poids. Elle n'arrivait plus à respirer, mais un mélange de sueur et de sang dégoulinait sur son visage. Elle lui avait presque crevé les yeux.

À la vue du couteau, elle s'écria entre deux sanglots :

— Papa, sauve-moi, je t'en supplie !

— Oh, je vais tellement aimer te tuer, toi, murmurèrent les lèvres ensanglantées de Jones avant de se courber en un sourire.

Les lumières de la promenade clignotaient alors que la lame s'élevait dans les airs et Emily s'apprêta à mourir.

Jusqu'à ce que le shérif Alton se précipite sur eux, les deux mains serrées autour du poignet du révérend. Elle élança son front contre son nez qui produisit un son épouvantable. Elle termina avec un coup de pied dans le ventre.

— Lâchez votre arme ! Vous êtes cerné. Le shérif roula sur le côté.

— J'ai dit : lâchez ce foutu couteau !

— Salope ! lâcha Jones en tentant de la frapper au visage. Je vais tellement te taillader que même ta mère ne te reconnaîtrait pas.

Le shérif esquiva le coup et fit rouler le révérend un peu plus loin. Terrifiée, Emily commença à ramper. Avant que l'homme n'ait le temps de se redresser, le shérif se jeta sur lui pour lui faire une clé de bras, puis l'enserra si fort entre ses jambes que le visage de Jones commença à bleuir. Des bruits de pas se firent entendre et en un instant, Kane lui avait arraché son couteau des mains. Puis l'adjoint attrapa Jones par la gorge, le soulevant dans les airs.

— Posez-moi par terre, murmura-t-il dans un souffle.

Le révérend Jones était défiguré, yeux exorbités alors qu'il luttait pour respirer. Mais malgré ça, il lança un regard vicieux vers le shérif Alton.

— J'avais prévu quelque chose de spécial pour toi. Pas de jeu, pas de règles, juste toi, moi et un couteau.

— Fermez votre grande gueule ! aboya Kane. Un mot de plus et je vous arrache la tête, c'est compris ?

— Calmez-vous, Kane. Il nous faut cet animal vivant. Mais éloignez-le d'Emily.

— Superbe plaquage, au fait. Bon travail.

Les lèvres de Kane tressaillirent tandis qu'il poussait Jones vers ses collègues.

— Nom de Dieu, s'écria Wolfe, en prenant sa fille dans ses bras. Tu es punie *à vie*, tu m'entends ?

Constatant l'étendue de ses blessures, il marmonna quelques jurons.

— Julia est près d'une écurie. La dernière, tout au fond. Il l'a frappée à la tête. Elle bougeait encore, elle est sûrement encore vivante.

— Je m'en occupe, dit Jenna. Kane, venez avec moi ! Rowley, occupez-vous du prisonnier et appelez les secours !

Emily leva des yeux mi-clos vers son père.

— T'as vu, je me suis rappelé tout ce que tu m'as appris. Regarde tout le mal que je lui ai fait. Et s'il m'avait tuée, j'aurais eu son ADN sous mes ongles.

— Tais-toi, garde tes forces. Est-ce que tu peux te lever ?

— J'ai la tête qui tourne. Il m'a mis un coup de poing au visage.

— Je vois ça. Mais rien de trop grave a priori ; une poche de glace, du repos et ça ira mieux. On va quand même te faire passer des radios pour vérifier. Mais je te préviens, si tu te mets en danger une fois de plus, je t'enferme dans ta chambre jusqu'à tes 25 ans !

— Papa... C'est grâce à moi que vous avez le tueur. Est-ce que tu veux bien admettre ça ?

— C'est hors de question !

Alors que deux adjoints de Blackwater escortaient le révérend Jones, Emily s'assit à l'arrière de l'ambulance. Son mal de crâne commençait à se dissiper. Elle regarda son père qui s'éloignait pour téléphoner. Il avait mentionné que le tueur était probablement responsable de nombreux meurtres identiques dans tout l'État.

Emily poussa un soupir de soulagement en voyant le shérif revenir. L'adjoint Kane portait Julia dans ses bras. Son amie avait un bras enroulé autour du cou du bel adjoint, un peu sonnée, mais bien vivante, et alors qu'ils se rapprochaient, elle pouvait l'entendre parler. Lorsqu'il la déposa dans l'ambulance, elle lui sourit.

— Je vais bien maintenant. Vous n'étiez pas obligé de me porter, mais merci.

— C'est Emily qu'il faut remercier, elle t'a sauvé la vie, dit Kane avant de s'éloigner, après un bref salut du bout de son chapeau.

Voyant une pointe de rêverie dans les yeux de son amie, Emily lui lança :

— Arrête de te faire des films. J'ai failli me faire assassiner à cause de toi, je te rappelle ! Le révérend allait me poignarder, mais je lui ai lacéré le visage avec mes ongles.

Après une brève pause, elle ajouta :

— Je serais morte si le shérif n'était pas arrivé à temps pour lui sauter à la gorge. Tu aurais dû la voir, elle était incroyable.

— C'est vrai que tu es dans un sale état.

— Parle pour toi ! Ça t'apprendra à t'enfuir comme ça toute seule.

— Oui, j'ai compris la leçon. Mes parents vont être fous de rage, j'avais promis de ne pas quitter le hall.

— Ah, ça, c'est clair. Mais c'est rien comparé à ce que mon père me réserve.

53

Quelques jours plus tard, Kane entra dans le bureau de Jenna et lui annonça :

— Ils ont chopé Rogers dans les alentours de Blackwater. Il a avoué le meurtre de sa femme. Ils le ramènent ici, on l'aura en cellule avant midi.

— Parfait, dit Jenna en s'enfonçant dans son siège. S'il plaide coupable, ça nous facilite le travail. Au fait, le maire a appelé. Vous n'allez pas le croire : il a laissé tomber son idée de créer une nouvelle route sur son terrain privé et va nous refiler les fonds. Ça veut dire deux nouvelles recrues, tout l'équipement informatique dont Wolfe peut rêver et même plus.

— Des casiers pour nos effets personnels ? lança Kane en se laissant tomber à son tour dans un fauteuil. Avec des cadenas pour plus d'intimité.

— C'est noté.

— Wolfe a fini son rapport. Il sera bientôt de retour avec les preuves qu'il a trouvées chez Jones. Y compris dans son ordinateur.

— Je sais que vous auriez préféré participer à la fouille de la maison, mais avec votre ADN trouvé sur deux des victimes...

Vous comprenez pourquoi j'ai préféré envoyer Rowley ? Une équipe de légistes venue d'Helena les a également rejoints. Pendant qu'on attend Wolfe, dites-moi où en est l'affaire Rogers.

Kane se frotta la tête au niveau de sa cicatrice, en proie à ses migraines habituelles.

— J'ai rassemblé toutes les preuves. Même s'il n'avait pas plaidé coupable, c'est du solide. Vous aurez tout ça en format papier dans moins d'une heure.

— Parfait. J'enverrai le tout au procureur avec ses aveux écrits. J'imagine qu'on sera vite débarrassés de lui pour qu'on le transfère en prison.

On frappa à la porte.

— Entrez ! lança-t-elle. C'était Wolfe.

— Fermez la porte derrière vous, reprit-elle. J'ai cru comprendre que vous aviez terminé votre rapport sur l'affaire Jones ?

— Oui, madame, dit l'adjoint en déposant le dossier sur son bureau. Il a fait une erreur, de celles qui font tomber tous les tueurs en série. Il a gardé des souvenirs de ses victimes. Nous avons trouvé seize mèches de cheveux de couleurs différentes et avons lancé les analyses ADN. Avec ça, on espère pouvoir l'inculper de meurtres dans tout l'État. Il a travaillé comme révérend à plusieurs endroits et n'est arrivé ici qu'il y a quelques mois. Et d'après le GPS de sa voiture, on sait qu'il a souvent voyagé dans d'autres comtés durant son séjour ici. J'ai des preuves de ses communications avec nos victimes qui prouvent qu'il a utilisé le jeu *Golden Wizard* et son mécanisme de réalité virtuelle.

— Donc on oublie Lionel Provine ? demanda Kane en se redressant. On peut sûrement l'attraper pour autre chose. N'oubliez pas qu'il attirait des jeunes femmes en les suppliant de rejoindre son « club VIP ».

— Je suis d'accord, ajouta Jenna. Mais il n'a pas d'antécédents et on n'a rien pour l'inculper. Comment s'est passé votre dernier entretien avec lui ?

— Je pense qu'il n'était qu'un pion dans le jeu du révérend Jones, mais on ferait mieux de garder un œil sur lui, dit Wolfe avec un soupir. Malgré les apparences, Jones était un *black hat* et a utilisé ses compétences pour hacker le jeu et faire apparaître des personnages là où ça l'arrangeait. En parallèle, il a dit à Provine qu'il avait travaillé comme développeur dans une grande boîte de jeux vidéo avant de changer de carrière et de vouer sa vie au service de Dieu. Il a conclu une sorte de marché avec lui. En lui disant qu'en échange de vingt pour cent de ses bénéfices, au profit de l'église bien sûr, il le rendrait riche. C'est lui qui était à l'origine de ce fameux « cercle VIP » et c'est lui qui a fourni les clés USB. Provine leur envoyait les bonus par ce biais-là, pour faire marcher son business, pendant que Jones contrôlait à distance leur ordinateur, sans que personne ne se doute de rien.

— C'est quoi, le délire avec ces « bonus » ? Est-ce que Provine y gagnait vraiment au change ?

— Il faut croire que oui... C'est ce qu'il a dit à Emily. « Je te laisse rejoindre le club et en échange, tu encourages tes parents à acheter dans mon magasin. » Provine ne se doutait pas qu'il était utilisé, il voulait juste profiter du fait que ces gamins soient totalement accros. Quand je l'ai interrogé, il a dit qu'il s'était demandé pourquoi Jones ne voulait que des filles dans le club et qu'il donnait aussi des bonus aux garçons, sans passer par les clés.

— Donc, en gros, le révérend Jones a fait profil bas, en mettant Provine en première ligne, dit Kane en fronçant les sourcils. Vous dites qu'il a hacké le jeu, mais comment est-ce qu'il a piraté les téléphones portables des filles ?

— Très bonne question, ajouta Jenna. Je ne savais pas qu'on pouvait faire ça sur un téléphone.

— Il n'a pas piraté les téléphones, il utilisait simplement l'interface du jeu. Ces clés de contrôle à distance lui donnaient accès aux ordinateurs des filles, pour les espionner. Comme ça, il savait tout de leur vie et de leurs mouvements et pouvait programmer le jeu en conséquence. Les filles étaient attirées par les personnages qui apparaissaient non loin d'elles et se jetaient droit dans la gueule du loup.

— Voilà qui explique tout. J'ai vu plein de jeunes courir comme des demeurés et traverser la route, les yeux rivés sur leur téléphone. Ils collectionnent les personnages dans le cadre du jeu, c'est ça ?

— Oui. J'ai vu Aimée y jouer, au café Chez Tante Betty, répliqua Kane. C'était comme si le personnage était avec nous dans le magasin. Un peu flippant, si vous voulez mon avis.

— C'est ça… Comme je vous le disais, Jones a modifié le jeu pour faire apparaître des personnages à sa guise, menant les victimes droit vers lui.

— Et aussi quand il a envoyé un message à Chad pour changer l'horaire de son rendez-vous avec Kate ?

— J'ai des preuves indiquant qu'il a aussi hacké le système de messagerie du jeu, pour se faire passer pour d'autres utilisateurs. Ce message, tout comme celui envoyé à Aimée par Julia, provenait de l'ordinateur de Jones. Il n'en a même pas supprimé les traces. Je pense qu'il se croyait invincible.

— Je dois dire que je suis impressionnée, lança Jenna avec un sourire. Le procureur va être ravi de recevoir des conclusions si détaillées. Je serais prête à parier qu'avec ça, le Département de la sécurité intérieure va étendre l'affaire à tout l'État.

— Oui, je les ai tenus au courant de mes découvertes comme vous l'aviez demandé. Je suppose que Jones sera jugé ici ? Va-t-il rester dans la prison du comté ?

— Oui, j'imagine que notre accusation initiale concernant la tentative de meurtre sur Emily va être transformée en meurtre avec préméditation pour toutes les victimes, dit Jenna, le regard triste de repenser à tant de vies avortées. Mais nous n'avons toujours pas de mobile. Qu'est-ce qui l'a poussé à les tuer ?

— Le Département de la sécurité intérieure a envoyé son dossier, répliqua Kane. Il était marqué comme « à surveiller » depuis un certain temps, donc je ne comprends pas pourquoi ils ne l'ont pas arrêté sur la base de soupçons plus tôt. Il a des antécédents de cruauté envers les animaux qui remontent à plusieurs années. Lorsqu'il était au lycée, la police locale a enquêté sur sa possible implication dans la noyade d'une jeune fille, mais il n'a pas été inculpé. Il est sorti premier de sa classe et a obtenu une bourse pour étudier l'informatique. Sa mère, comme nous le supposions, était une prostituée et ramenait ses clients à la maison. Ils vivaient dans un minuscule appartement et d'après ses déclarations, quelque peu confuses, sa mère le forçait à regarder, ou à effectuer des actes avec ces hommes. Il a aussi dit qu'elle pratiquait des avortements clandestins sur les prostituées du quartier et l'obligeait à y assister. Ce qui correspond à mes théories concernant le rouge à lèvres.

— Et en ce qui concerne les fleurs ?

— Quand il était petit et que sa mère était fâchée, il cueillait des fleurs et elle lui pardonnait. Il en a parlé pendant ses aveux.

— Mais pourquoi avoir tué ces jeunes femmes ? Kane soupira.

— Ça, il ne le dit pas. Mais qui sait ce qui se cache dans l'esprit d'un psychopathe.

— Jamais je ne l'aurais soupçonné. Il avait l'air si gentil et attentionné. Dire que je l'ai appelé pour m'aider à faire mon deuil et que c'est aussi le cas de plusieurs des parents, dit Jenna en enfouissant sa tête dans ses mains. Était-il vraiment révérend ?

— Oui. Il faut croire qu'il a fait ce choix de carrière pour se rapprocher des jeunes filles. Quand on y pense, c'est une bonne couverture. Qui suspecterait un religieux ? dit Kane en grimaçant. Il est passé entre les mailles du filet.

— J'ai vu son regard, quand il a attaqué Emily. Le diable en personne. Comment va-t-elle ? ajouta le shérif en se tournant vers Wolfe.

— Elle s'en veut beaucoup de ne pas m'avoir plus parlé d'Aimée, mais après avoir empêché le meurtre de Julia, elle va un peu mieux. Elle se sent utile. Assez fière, même.

— Ça fait plaisir à entendre ; j'ai hâte qu'elle poursuive son stage, dit Jenna avec un sourire. Moi aussi, je suis fière de mon équipe. Nous avons retiré deux meurtriers de la circulation. Et vous avez tous deux excellé, tout comme Rowley et Walters. Mais ne vous reposez pas trop sur vos lauriers, je vais encore faire claquer le fouet, ajouta-t-elle avec un petit rire.

Kane se pencha sur sa chaise pour mieux la regarder. Il fallait admettre que Jenna les dirigeait à la perfection. Il avait beaucoup de respect pour elle et une profonde affection.

— Alors... Affaire classée, madame ?

— Oui. Affaire classée.

Il lui rendit son sourire puis lui tira la langue.

— Ça nous laisse le temps de perfectionner vos pas de danse, alors ! Je vais vous apprendre le Boot Scoot avant le prochain rodéo !

— Ah, ah ! Bon courage avec ça ! Mais c'est ce que j'aime chez mes adjoints, dit Jenna en riant. Un trop-plein d'ambition.

UNE LETTRE DE D.K. HOOD

Chère lectrice, cher lecteur,

Je suis ravie que vous ayez choisi mon roman et que vous m'ayez rejointe dans le monde palpitant d'Alton et Kane avec *Pas une larme.*

Si vous souhaitez être tenus au courant de mes dernières publications, il vous suffit de vous inscrire en cliquant sur le lien ci-dessous. Nous ne partagerons jamais vos coordonnées et vous pourrez vous désinscrire à tout moment.

france.bookouture.com/subscribe/

J'ai vraiment adoré écrire sur Jenna Alton et David Kane, et c'était un plaisir d'introduire Shane Wolfe dans l'équipe. Je pense que je vais m'amuser à explorer son domaine d'expertise à l'avenir. J'adore les sciences médico-légales et la recherche de chaque aspect des scènes de crime.

Si vous avez aimé mon histoire, je vous serais très reconnaissante de laisser un avis et de recommander mon livre à vos amis et à vos proches. J'adore avoir des nouvelles de mes lecteurs, car lorsque j'écris, c'est comme si vous étiez là, avec moi, à suivre l'histoire des personnages.

Pour ça, n'hésitez pas à me contacter via ma page Facebook, ou via mon site Web (en anglais).

Merci beaucoup pour votre soutien

D.K. Hood

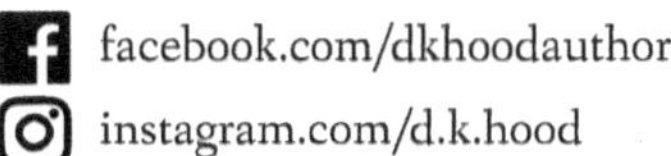

www.dkhood.com

facebook.com/dkhoodauthor
instagram.com/d.k.hood

www.ingramcontent.com/pod-product-compliance
Lightning Source LLC
Chambersburg PA
CBHW031936210726
48290CB00006BA/1631